혜능이 오다

일러두기

● 이 글은 소설이며, 종교나 진리에 관한 편견 없이 단지 소설로만 읽
  혀야 한다.
● 시대의 모습과 흐름을 설명하기 위해 실명으로 언급한 문헌이나 인
  물, 특정 기관에 대한 묘사는 객관적인 사실일 수 없다.
● 『육조정상탈취비사』는 소설적 장치를 위한 허구이다. 또한, 작가가
  상상하여 참고한 자료는 실존하지 않는다.

이정우 장편소설

헌 녕이 오다

책과나무

목
차

"다음 뉴스를 말씀드리겠습니다. 인터넷경매업체 홍보 사이트에 육조 혜능의 해골이 물건으로 올라와 화제입니다. 국내 최대 고미술품 경매업체인 트레져옥션의 홍보담당자에 따르면 물건의 소유자는 신변의 위협을 느껴 본인의 신분을 밝히지 않았고 불교유물을 전문적으로 취급하는 대행업체가 출품한 것으로 알려졌습니다.

일부 불교 관련 서적에 통일신라 성덕왕 당시 육조의 두상이 중국 광동성에서 탈취되어 지금의 경남 하동에 있는 쌍계사로 운구되어 온 것으로 기록되어 있으며, 일부 불교사학자들은 이를 역사적 사실로 받아들이고 있는 것으로 밝혀지고 있습니다. 대행업체 관계자는 해골의 DNA가 혜능의 등신불에서 채취한 것과 일치하는 진품으로서 관련 자료도 제시할 수 있다고 주장했습니다. 현재 혜능의 등신불은 중국 광동성 소관에 소재하는 남화선사에 안치되어 있습니다. 불교 최대 종파인 조계종에서는 공식 의견을 내놓지 않았고 경매 참여여부도 밝히지 않았습니다. 전문가들은 낙찰 가격을 30억 원 정도의 고가로 예상하고 있습니다."

저녁을 먹고 뉴스를 보던 나는 깜짝 놀라지 않을 수 없었다.

전혀 예측하지 못한 일이 발생한 것이다. 여몽(如夢)의 배신일 수도 있고 그의 실수일 수도 있었다. 순서가 뒤엉키고 해야 할 일이 새롭게 생겨났다. 식탁에서 소파로 자리를 옮겼다. TV화면에 흉측한 모습의 해골이 잠깐 보였다 사라졌다. 평범한 사람의 해골과 전혀 다름없는 모습이었지만 오랫동안 상상 속에서 집중했던 물건이라 깊은 감회가 물씬 몰려왔다.

순간 화면은 쌍계사의 금당으로 바뀌었고 〈六祖頂相塔 世界一花祖宗六葉〉이라는 현판에서 페이드아웃되었다. 추사 김정희의 글씨였다. 하지만 언급이 없었다. 곧바로 최종적인 낙찰가액이 궁금하다는 멘트를 마지막으로 다른 뉴스로 넘어갔다.

나는 TV를 끄고 잠시 생각을 가다듬었다. 묵묵히 식탁에 앉아 있던 아내는 손을 더듬거리더니 약간 비틀거리는 걸음으로 내 옆자리로 와서 앉았다. 주변을 살피는 눈빛이 마치 뿌연 안개에 갇힌 듯 초점이 흩어져 있었다. 분명한 목표물을 조준하여 볼 때의 눈빛과 그냥 막연히 정면을 응시할 때의 눈빛은 다른 법이었다.

아내의 시력은 최근 급속도로 나빠졌다. 이미 바로 눈앞에서 조금만 멀리 떨어져 있어도 사물의 형태가 무엇인지 판단할 수 없을 지경에 이르렀다. 다만 사물이 '있다' 혹은 '없다'만 판단할 뿐이었다. '있다'는 피해야 하는 장애물이었고 '없다'는 그냥 걸림 없이 지나가도 되는 허공이었다. 아내는 '있다'에서 멈추었고 '없다'를 향해 두리번거리다가 '없다'의 안내를 받아 움직였다.

아내에게 외부세계는 이렇게 '있다'와 '없다'의 디지털이었다. 마치 TV영상이 0과 1의 이진법으로 만들어진 디지털인 것처럼 아내의 외부세계도 그러한 것이었다.

"당신과 관계가 있는 일이야?"

아내는 불투명한 영상을 보듯 눈을 끔뻑거리며 가라앉은 목소리로 물었다. 아내는 시각 능력을 상실해 가면서 분위기를 감지하는 촉이 놀라울 정도로 발달해 갔다. 벌써 뉴스를 보는 나의 호흡과 동작을 통해 범상치 않은 느낌을 받은 것 같았다. 그리고 새로운 이야깃거리에 입맛을 다시고 있는 듯했다. 이야기는 아내가 꼭 먹어야 하는 양식이었다. 나는 한동안 침묵했다. 아내에게 대답해야 할 말보다 생각을 정리하는 게 우선이었다. 침묵이 답답했는지 아내는 곧장 그녀가 그린 디지털 세계의 그림 속으로 일어나 걸어 들어갔다.

아내는 망막에 있는 세포가 변성되어 망막의 기능을 잃어가는 병인 망막색소변성증 환자다. 처음에는 어두운 곳에서만 잘 보이지 않는 야맹증 증상을 보이다가 점차 시야가 좁아지는 시야협착증으로 발전하기 시작했다. 급기야 최근에는 급속도로 시력을 잃어가고 있는 것이다. 이제는 아내 스스로 사물을 정확하게 보려는 의지를 잃고 사는 형국이 되었다. 그야말로 '봄'과 '보지 않음'의 경계에서 보되 보는 바 없이 사는 인생이 되어 버린 것이다.

'위대한 스승', 그는 항상 "보되 보는 바 없이 보라."고 강조했었다. 그가 1년 전 열반 직전에 부탁했던 유언을 되새겨 보았다. 일단 위대한 스승이 우리에게 남긴 유언은 벌써 어긋난 셈이다. 그러나 그 연유를 찾아 다시 복원할 수 있는 가능성이 있는지 여부를 알아봐야 했다.

2   여 몽

자초지종을 알아보기 위해 서둘러 출발했다. 빠르면 3시간 반, 늦어도 4시간이면 도착할 수 있는 거리에 여몽(如夢)은 결가부좌를 틀고 있을 것이다. 언제부터인가 그가 앉아서 잔다는 소문이 들리기도 했다. 하체가 유난히 긴 그는 온전하게 결가부좌를 틀 수 있었고 편안하게 오래 앉아 있을 수 있는 드문 체형이었다. 밤길 고속도로 운전은 스스로 과속을 제어하지 않으면 상당히 위험한 길이기에 급한 마음을 가라앉히며 운전을 했는데도 눈 깜짝할 사이에 전주 IC에 도달했다. 여기서 1시간을 더 가야 했다.

여몽을 처음 만난 곳은 대학의 서클룸이었다. 벌써 30년이 훨씬 지난 세월이다. 불교경전을 배우고 익히는 서클이었다. 서클명은 여시아문(如是我聞), 대개의 불교경전은 서클명처럼 "나는 이와 같이 들었다"로 시작했다. 내가 먼저 가입해서 반야심경을 외우고 금강경을 읽고 있었다. 여몽은 입학 후 몇 개월이 지나서 서클에 들어왔다. 나중에 알고 보니 그는 불교를 공부하고 싶어서 온 것이 아니었다. 일종의 이념서클에서 보낸 포섭원이었다. 이념서클 선배들은 갓 들어온 신입생들을 일정한 커리큘럼을 통해 의식화교육한 후 평범한 비운동권 서클에 침투시키곤 했었다. 특히 기독교나 전통문화, 불교 관련 서클이 이들의 주된 목표물이었다. 세월이 얼마간 흐른 후 이들이 목표물로 삼았던 서클들은 거의 대부분 운동권 학생들이 득실대는 이념서클로 전환되었다. 여시아문도 순식간이었다. 여몽은 이미 침투해 들어온 선배 몇 명과 함께 기존회원들을 끊임없이 회유했다. 도나 닦을 때가 아니라는 것이었다. 매판자본에 착취당해 신음하는 민중들의 해방과 분단모순의 극복을 위해, 미제의 억압에서 벗어나기 위해 싸워야 한다는 것이었다. 이미 세상을 다 알아버린 사람들처럼 말하고 행동했다. '역사적 소명'이나 '지성인의 사명'과 같은 사치스러운 말에 쉽게 현혹되기 마련이었던 청춘들이었기에 쉽게 휩쓸리고 빠르게 전염되어 갔다. 급기야 여시아문은 여름방학 중에 사찰탐방이나 경전강론 대신 '서양경제사'나 '사적유물론' 등을 집단학습하는 이념서클로 변모하기에 이르렀다. 여몽은 이미 익히고 배운 용어와 논리로 깨달음을 추구하고

자 했던 동료들을 사회변혁운동의 투사로 변모시키기 위해 몸부림을 쳤다. 몇 명은 반발하고 스스로 서클을 탈퇴했다. 굴러들어온 돌이 박힌 돌을 뽑아내는 꼴이었다. 갈수록 여몽의 영향력은 커져 갔다. 서클 분위기는 어느새 시국에 대해 심각하게 비판하지 않으면 문제의식이 없는 바보로 취급당하는 형국이 되었다. 모이면 술을 마시고 〈공장의 불빛〉이나 〈강변에서〉, 〈예성강〉, 〈농민가〉, 〈해방가〉 등을 부르며 우의를 다지고 막연한 투쟁의지를 고취시켰다. 그런 소용돌이 분위기에서 서로 죽이 맞아 급속도로 친하게 지내게 되었던 여몽, 나는 그를 만나러 가고 있었다. 무슨 일이 있었나? 지도를 도난당했나? 아니면 여몽자신의 소행인가?

전주에서 임실 방향의 도로를 거쳐 진안으로 가는 샛길로 들어섰다. 시간은 벌써 날짜가 바뀌어 새벽 1시에 다다르고 있었다. 태조 이성계가 왜구를 물리치고 개성으로 가던 도중 신하들에게 혁명에 관한 의견을 구했다는 구신리(求臣里), 여기가 바로 여몽이 또아리를 튼 토굴이 있는 곳이다. 말이 토굴이지 땅속에 판 굴이 아니라 사실은 여몽이 수행하는 작은 공간을 그렇게 불렀다. 마을에서 한참 떨어진 산비탈 중턱에 자리 잡은 6평 정도의 조립식 가건물로, 주변의 전봇대에서 몰래 전기도 끌어다 그럭저럭 사람이 사는 구색은 갖추어 놓은 곳이었다. 여몽은 위대한 스승이 열반한 이후 이곳에서 깨달음을 위해 두문불출 정진 수행을 하고 있었다.

한때는 사회혁명을 꿈꾸던 그였다. 이제 그는 정신혁명을 꿈꾸고 있는 것이다. 나는 여기 있는 그대로 깨달아 있다고 생각하는 쪽이었다. 더는 닦고 증득(證得)할 필요가 없이 이렇게 훤히 알고 비춰내는 것이 성품이기에 굳이 수행이 필요 없다고 생각하는 쪽이었다. 하지만 여몽은 분명한 체험을 원했다. 닦는 자가 분명하게 깨달음을 성취할 수 있다고 생각했다. 그래서 나는 일찍이 수행을 내려놨고 여몽은 여전히 아라한의 성취를 위하여 닦고 있었다. 나는 굳이 그의 이런 집착과 열정을 우습게 알거나 말리지 않았다. 사람은 누구나 제 몫이 있는 법이다. 위대한 스승도 이런 여몽의 수행관을 굳이 꾸짖지 않았고 그대로 지켜보는 쪽이었다. 여몽은 예상대로 결가부좌를 틀고 면벽을 하고 있었다. 내가 소리쳐 불러도 미동도 하지 않았다. 화두에 깊이 빠져 있거나 자고 있거나 둘 중 하나였다. 급한 마음에 등을 두드려 깨울 수도 있었으나 그렇게 하지 않았다. 어떻든 그에게 기척을 주었기 때문에 기다리는 것이 선객(禪客)에 대한 예의였다. 도로에 임시로 주차해 놓은 차를 언덕 위로 안전하게 옮겨 놓고 다시 올라와 보니 여몽은 깨어 있었다.

"밤늦게 웬일여?"

"어떻게 된 거야?"

"뭐가?"

전혀 모르는 눈치였다.

"혹시 지도 분실한 거야? 큰일 났어!"

내 말이 떨어지기 무섭게 여몽은 손전등을 찾아 들고 빠른 걸음으로 토굴 위쪽으로 기어올라갔다. 그 후 그가 표시해 놓은 지점 주변을 더듬거리더니 어느 한 곳을 두 손으로 파기 시작했다. 그러곤 순식간에 파헤쳐 놓은 흙무더기 사이로 바위 두 개를 들어올려 치우더니 바위 아래 곱게 안장했던 황토색 상자를 하나 끄집어 올렸다. 위대한 스승이 나에게도 주었던 상자와 같은 모양의 것이었다. 잊을 수 없는 그날, 위대한 스승은 열반 직전 우리 둘을 불러 각각 상자를 하나씩 줬다. 부리나케 상자의 뚜껑을 열어 본 여몽은 넋이 나간 표정으로 멍하니 한동안 꿈쩍없이 서 있었다. 상자는 비어 있었다. 지도를 누가 훔쳐간 것이었다. 상자를 숨겨 놓은 자리를 여몽 말고 또 누군가가 알고 있었던 것이다.

나는 여몽에게 어제 뉴스를 말해 주었다. 왕래하는 사람도 없고 토굴에는 외부 정보를 접할 수 있는 매체가 없었던 까닭에 여몽은 처음 듣는 소식이었을 것이다. 여몽은 핸드폰도 사용하지 않는 순수한 무결점 수행자였다. 깨달음의 소식을 위해 정진하는 선객에게 속진(俗塵)의 누추한 소식은 언제나 혼란스러운 법이지만 여몽으로선 받아들이기 어려운 최악의 소식이었을 것이다. 누구일까? 여몽이 구덩이를 깊이 파고 숨겨 놓은 지도를 훔

쳐 간 사람은? 경매가 개시되기 전에 당장 그를 만나 경매를 취
소시켜야 했다. 위대한 스승의 유언을 실천하고 1300년 동안 지
속되어 온 죄업을 속하려면 육조의 정상(頂相)이 누군가의 손에
팔려 가는 것을 우선 막아야 했다.

여몽은 적음을 의심했다. 자신의 토굴을 방문한 사람은 나와
적음이 유일한데 적음 이외에는 그런 일을 벌일 사람이 없다고
단정했다. 적음에게 육조정상에 관한 이야기를 얼핏 했던 것 같
기도 하다고 했다. 날이 밝아 오고 있었다. 적음에게 스마트폰
으로 전화를 걸었다. 신호가 오랫동안 지속되어도 반응이 없었
다. 끝내 적음과 통화는 이루어지지 않았다. 아직 자고 있거나
소리를 무음으로 해 놨을 가능성도 있었다. 날이 밝으면 아침
시간쯤에 다시 전화해 보기로 했다. 여몽은 충격에서 벗어나지
못한 상태였다. 우리는 여몽의 토굴로 다시 돌아왔다.

3   적음
    _____

적음(寂音)의 고향은 바로 이곳, 저기 보이는 아랫마을이다. 적
음은 이 지역의 수재였다. 그는 소작농들이 모여 사는 작은 마을
이었던 이곳에서 태어났고 지역의 최고 명문고를 나와 재수 끝에

K대학교에 들어갔다. 우리는 그곳에서 만났다. 그는 법대였고 나와 여몽은 인문대였다. 대학에 들어갔을 때 적음은 이미 기능주의적 교육에 한참 지쳐 있었다. 세상에 관한 폭넓은 관심을 바탕으로 삶의 궁극적인 의문들을 해결하고 싶은 욕망이 앞섰다. 그는 기숙사 배정을 받은 뒤 입학도 하기 전에 여시아문의 문을 두드렸다. 어릴 때부터 어렵게 자란 탓에 그는 사회 불평등 문제와 구조적 모순에도 관심이 많았다. 이러한 이유로 처음에는 순수한 불교 학습의 욕망으로 서클에 가입했지만 쉽게 이념에 경도되어 갈 수밖에 없었던 그는 여시아문이 순수 종교서클에서 이념서클로 전환되는 과정에 두드러진 역할을 하기도 하였다. 그는 누구보다 열심히 의식화교육을 위한 커리큘럼을 섭렵하며 변모해 갔다. 사회과학에 관한 분석과 통찰이 뛰어났으며 한번 다져진 신념체계는 쉽게 무너지지 않았다. 시골에서 자라나 감수성이 여렸던 그는 노래도 잘했다. 목소리에는 슬픈 단조의 색감이 짙었고 노래는 깊은 울림을 주어 여운이 오랫동안 지속되었다. 문득 그가 인상 깊게 불렀던 〈기러기〉가 떠올랐다.

대학에 입학한 그해 여름, 우리는 천안에서 두어 시간 거리에 있는 충청도 낯선 땅에서 집단학습을 했다. 동네에서 산 쪽으로 깊숙이 떨어져 있는 폐가를 하나 얻어 보름 남짓 학습을 하고 있었다. 방 한쪽에 선배와 후배들이 가져온 책들을 쌓아 놓고, 정해진 커리큘럼에 따라 오전에는 책을 읽고 오후에는 주로 토론을 하고 저녁에는 라이프 스토리를 이야기하며 우리는 시간이 갈수록 하나가 되어 갔다.

『전환시대의 논리』, 『우상과 이성』, 『8억인과의 대화』로 대표되는 리영희의 평론집으로 시작하여 박현채의 경제 평론집, 이우성의 한국경제에 관한 논문집, 『창작과비평』 그리고 『문학과지성』에서 발췌한 논문들, 서경식의 『서양 경제사론』, 김학준의 『러시아 혁명사』 등을 읽고 씹고 내뱉었다. 때때로 황석영의 『객지』와 남정현의 『분지』 같은 소설을 읽고 침을 튀겼으며, 양성우, 정희성, 이시영, 신동엽 등의 시를 읽고 우울해하고 감격해하기도 했다. 그렇게 산허리에서 불안한 사상에 경도되어 갈 즈음에 우리는 밤이 깊어지면 폐가 마당에 모닥불을 피웠다. 그리고 달빛과 반짝이는 별과 함께 모닥불 주위에 빙 둘러앉았다. 말없이, 그리고 담배를 피우고… 다리를 모으고 고개를 숙인 채 아무 생각 없이 그냥 앉아 있기도 하고 하늘을 보며 한숨을 쉬기도 하였다. 그 때, 내가 앉은 쪽 반대쪽에서 바람을 타고 작은 소리로 노래가 흘러나왔다.

"한 고개 너머 또 너머로 보인다 한 조각 구름 속에 잠긴 둥근 달—"

적음이었다. 가늘고 여린 슬픈 목소리였다. 골초였던 그는 담배 연기를 길게 내뿜으며 생각에 잠기더니 조용히 흥얼거리듯 노래를 불렀다. 서늘한 여름밤 바람을 타고 적음의 노래는 우리의 가슴으로 다가왔고 적음 옆에 있는 사람부터 시작하여 한 명 한 명씩 따라 부르기 시작했다.

"그 파리한 달빛에 어린 밤의 적막이 드높이 자란 갈대밭에 드리우는데-"

우리는 옆 사람의 달빛 그림자로 기운을 받아 다시 옆 사람에 그림자를 드리우며 조금씩 조금씩 크게 러시아 혁명가들이 불렀던 노래, 그 슬픈 음조의 〈기러기〉를 함께 불렀다. 노래는 시퍼렇게 멍이 들어 우리들의 목 언저리에서 쓰라리게 튀어나왔다.

기러기 한 떼 줄지어 난다
처량히 울며 줄지어 난다
그 슬픈 추억 지닌 채 저 산 너머로

우리는 적음의 노래를 시작으로 서로가 서로에게 그림자를 드리우며 그렇게 기러기 떼가 되어 함께 줄지어 날았다. 그때 한 떼의 기러기 되었던 우리들, 열심히 날개를 펄럭이던 누구는 날개에 상처를 입어 다시는 날지 못하는 기러기가 되었고, 누구누구는 팍팍한 세상 질퍽한 타협의 연못에 빠져, 발목이 수렁에 빠져 그렇게 세월을 마시고 있었다. 멈춰 선 세월은 제 힘에 겨워 낡아 갔고 뒤돌아보면 항상 뒤안에 웅크린 생채기를 뒤흔들어 놓았다.

토굴로 돌아온 여몽은 벽에 등을 기댄 채 말이 없었다. 혼란이 잠재워진 듯도 했다. 위대한 스승을 만난 지 벌써 10년이 되었다. 그동안 얼마나 많은 일을 겪었던가?

위대한 스승을 처음 만났을 때, 그는 큼지막한 키에 구부정한 모습으로 서른 명 정도의 대중을 향해 설법을 하고 있었다. 그는 본인을 모갑(某甲)이라 불렀으며 말미를 꼭 '이오'나 '하오'로 끝내고 있었다.

"아마 여러분들이 가장 많이 쓰는 말 가운데 하나가 성불이라는 말일 것이오. 근데 성불한다는 말은 흔히들 사용하는 것처럼 그렇게 상투적이고 막연한 의미가 아니오. 보다 구체적으로 말한다면 그것은 어떤 개인에게 있어서 아주 근본적인 변혁이 일어난다는 뜻이오. 알다시피 변혁이라는 것은 차츰차츰 변화한다는 뜻이 아니고, 한 순간에 모든 것을 완벽하게 끝낸다는 얘기요. 지금 앉은 그 자리에서 완벽하게 끝내야 하는 것이오. 장차 두고두고 서서히 끝내겠다는 사람은 끝내지 않겠다는 것과 다를 바 없소. 모든 걸 완벽하게 끝낸다는 것은 말처럼 그렇게 쉬운 얘기는 아니오. 그것은 그야말로 완벽한 깨달음에 의해서만 가능하오.

어머니 배 밖에 나온 이후, 보고 듣고 읽고 나름대로 연구해서 터득한 모든 이치와 이론, 상식들이 몽땅 다 전부 자의적이고 가공적인, 전혀 근거 없는 것이었다는 사실을 절절히 깨달을 때에만 가능하오. 그 사실을 밝히는 데에는 또 다른 상위의 이론이나 이치 따윈 필요 없소. 가장 완벽한 최고 최후의 이론은, 그 이론을 통해서 궁극적으로 그 이론 자체가 붕괴되는 것이라는 말도 있듯이, 어떤 이론이건 적당한 선에서 대충 얼버무려 넘기지 말고, 그 자체의 바닥을 철저하게 사무친다면 더 이상 밝힐 게 없고 더 이상 파헤칠 게 없다는 걸 알게 될 것이오. 모갑은 새삼 여기서 양자역학을 또 들먹이진 않겠소."

강렬한 흡인력이었다. 의심할 나위 없이 뭔가 분명하게 깨달은 사람으로 인정할 수밖에 없는 분위기였다. 동행한 여몽도 상기된 표정이었다. 여몽이 잠시 침묵의 틈을 타 질문했다.

"모든 걸 철저히 내려놔야 한다는 말씀이군요. 어떻게 하면 마음을 비울 수 있을까요?"

위대한 스승은 뜸을 들이다 질문자 여몽의 시선을 끌어당기더니 다시 특유의 단호한 음성으로 말하기 시작했다.

"바닥을 사무치기 위해 흔히 쓰이는 말 가운데 마음을 비운다는 말이 있소. 우리는 우리 마음속에 참으로 숱한 것들을 긁어모아 간직하고 있소. 이롭고 해로운 거, 옳고 그른 거, 참되고 허망한 거, 높고 낮은 거, 수많은 이런 의식의 파편들이 지금 우리 마음을 꽉 채우고 있소. 그 가짓수가 많아지면 많아질수록 그것들이 서로들 부딪히고 긁히고 깨지고, 지금은 그 소음이 더이상 견디기 어려운, 이른바 위험수위까지 도달한 것이오. 그래서 결국 생각해 낸 것이 '이래서가지곤 안 되겠다. 마음을 비워야 되겠다.'라는 그런 결론에 도달한 것이 아니오? 그런데 여기서 '마음을 비워야 되겠다.'고 작정하면 작정하는 그 순간, 비우기는커녕 이미 또 하나를 긁어모았다는 사실을 낌새도 못 채는 경우가 대부분이오. 이런 미세한 메커니즘을 잘 이해해야 하오.

여러분들이 마음을 비우기 위해서 우선 하는 일이 뭐요? 우선 마음이 복잡하고 심란해서 도저히 견딜 수 없다는 자각을 하고, 그 모든 잡념들을 싹 쓸어내 무념무상의 상태에 들면 편하겠다는 생각을 할 테고, 이어서 마음을 비우겠다는 작정을 하고, 그를 위해 가부좌를 틀거나 주리를 틀며 고요히 앉아서 아무 생각 없는 상태에 들기 위해 자신의 의식을 쉬려고 애쓸 거요. 대충 이런 과정을 거치지 않소? 눈치 챈 사람도 있겠지만, 그 전 과정을 통해 작동을 쉬지 않고 있는 것이 뭐요? 여러분들이 흔히 마음이라고 알고 있는 의식이 계속 그 모든 과정을 통제하고 감독하고 있는 것이오. 잡다하고 심란한 의식들을 제거하기 위해, 그럴싸한 명분까지 갖춘 보다 상위의 의식이 작동하고 있다는 소리요. 이는 마치 도둑을 잡기 위해 강도를 불러들이는 꼴과 다를 바 없는 것이오. 결국 산란한 마음을 비움으로써 마음의 평화와 안정을 도모하고자 한 건데, '비워야 되겠다.'는 새로운 과제를 받아들임으로 해서, 결과적으로 자기 마음에 또 하나의 부담을 가중시킨 꼴이 된다는 얘기요."

계속 몰입해서 듣고 있던 여몽이 마치 자신의 생각과 다르다는 듯 다시 질문을 던졌다.

"그럼 어떻게 해야 한다는 말인가요?"

위대한 스승은 탁자 위의 컵으로 물을 한 잔 따라 마시면서 지긋하게 침묵을 지키다가 굵고 짧게 대답했다.

"절대로 마음을 가지고 마음을 어찌할 수 없다는 사실을 잊어선 안 되오. 왜냐하면 마음 그 자체가 본래 실체가 없는 것이기 때문이요."

그리고 설법을 끝냈다. 여몽은 위대한 스승과 더 대화를 나누고 싶어 하며 나와 동행을 요청했다. 몇몇의 사람들이 스승님도 쉬어야 한다며 여몽을 제지하려 했지만 여몽의 강렬한 욕망을 꺾긴 힘들었다. 위대한 스승이 쉬고 있는 방은 좁고 텅 비어 있었다. 장식물 하나 없는 빈방에 위대한 스승 혼자 마치 장식물처럼 우두커니 앉아 있었다.

위대한 스승은 다짜고짜 물었다.

"가지고 온 한 물건은 무엇인가? 내놔 보시게."

여몽은 어물쩍 머뭇거렸고 나는 들은풍월이 있어 당돌하게 대답했다.

"아무것도 가져오지 않았습니다. 본래 가진 게 없습니다."

위대한 스승은 한참 동안 내 눈을 뚫어지게 쳐다보다가 굵고 짧게 말했다.

"그럼 뭐 하러 왔는가? 다시 가져가게."

나는 오랫동안 막혀 있던 그 무엇이 시원하게 뚫리는 기분을 느껴 침묵했다. 이때, 여몽이 거들면서 질문했다.

"아무것도 가져오지 않았는데 어떻게 다시 가져갈 수 있습니까?"

위대한 스승은 재빠르게 대답했다.

"그럼 놓고 가게."

그리곤 밖에 사람을 부르더니 커피 한 잔을 부탁했다. 여몽은 도발적으로 질문을 던졌다.

"스승님께서는 지금 어디 계십니까?"

순간 위대한 스승은 불같이 화를 내며 호통을 쳤다.

"뭐라고? 너 어디서 왔어?"

여몽은 분명한 대답을 못하고 잠시 더듬거렸다.

"너, 누가 보냈어?"

"네?"

이미 여몽은 기가 죽어 위대한 스승 질문의 의도를 간파할 수가 없었다.

"너는 네가 보이냐?"

나는 어렴풋이 위대한 스승이 연달아 질문하는 내용이 사실은 여몽의 질문에 대한 답이라는 것을 알 수 있었다. 한편으론 갑자기 반말로 바뀐 어투 때문에 불안하기도 했다.

"나라고 할 나가 눈을 씻고 봐도 어디 있는 곳이 없는데 지금 뭘 물어보는 것이오?"

'이오?'가 이렇게 어색하게 들릴 줄이야.

"몇 글자 익힌 문자를 더듬어 경거망동하지 말고 항상 삼가고 사무칠 때까지 조심스럽게 공부해야 하오."

위대한 스승과의 첫 대면은 이렇게 이루어졌다. 여몽은 오랫동안 위대한 스승의 지도를 받았지만 마음을 완전히 비우는 해탈의 경험을 통해 대자유인이 되겠다는 욕망을 내려놓지 못했다.

5

자백

날이 밝아왔다. 나는 적음에게 다시 통신을 시도했다. 신호가 몇 번 가자 그는 바로 받았다.

"적음! 어제 뉴스 봤지, 육조 정상… 나 지금 여몽이랑 함께 있어… 혹시…"

"알아, 전화 기다리고 있었어…"

적음의 목소리는 건조하게 말라 있었다. 그리고 내가 물어보기도 전에 해골을 의뢰한 사람이 자신이라고 말했다. 그는 여몽이 숨겨 놓은 땅속을 파서 보물지도를 훔쳐 갔던 것이다. 자신은 이미 오래전부터 지도의 존재를 알고 있었다고도 했다. 사실 그는 위대한 스승을 우리보다 훨씬 먼저 알았으니 그럴 만도 했다.

"아무 조건 없이 10억을 받았어, 뼈 조각 하나에. 대단한 거 아니야?"

"지금 가격이 문제야, 빨리 취소해! 스승님의 간곡한 유언이야."

"그럴 순 없어. 이미 돈을 받았고 계약서에 도장을 찍었어. 취소할 수도 없지만 그러고 싶지도 않아."

"적음, 아무리 네가 처한 상황이 다급하다고 해도 이건 엄연히 도둑질이야, 경찰에 신고하고 모든 걸 원점으로 돌려놓을 수도 있어."

"미안하지만 그건 의미 없는 짓이야."

"뭐라고? 남의 물건을 훔쳐 간 건데 벌을 받아야지."

"나는 남의 물건을 훔친 적이 없어, 주인 없는 물건을 찾아내긴 했어도."

"무슨 뜻이야, 주인이 없다니, 스승님이 우리에게 물려주신 건데."

"그 쪽은 내가 전문가 아닌가, 소유권등기가 되어 있지 않은 물건에 무슨 주인 행세를 하려고. 내가 너무 냉혈한 같겠지만 법은 법이다. 난 법적으로는 아무 하자 없는 행위를 한 거야. 문화재가 아닌 이상 최초 발견자가 주인이거든."

한 때 몇십 억 거부였던 적음이 이렇게까지 추락했다. 돈이 얼마나 급하게 필요했을까? 그는 사면초가였다. 애초 캐나다로 그의 두 딸과 부인을 보낸 것이 잘못이었다. 그는 말 그대로 기러기아빠였다. 딸 두 명을 모두 조기 유학 보냈고 부인마저 두 딸의 보호자로 보낸 뒤 혼자 살고 있었다. 어릴 때부터 첨예한 입시경쟁에서 성장해 온 그는 자신의 2세에게는 그런 교육은 죽어도 시키지 않겠다며 어릴 때부터 손을 써서 딸들을 해외로 내밀었다.

비극은 가족 3명이 캐나다 생활에 적응해서 자리를 잡을 때쯤 일어났다. 그의 부인이 몰고 가던 차가 트럭에 받힌 것이다. 대형 교통사고였다. 3명이 타고 있던 승용차는 5m 아래의 낭떠러지로 떨어졌고 그의 부인은 현장에서 사망, 두 딸은 중상을 입고 거의 주검 가까운 상태로 귀국했다. 적음은 두 딸을 정상인으로 회복시키기 위해 물심의 정성을 다 쏟았다. 그러나 장녀는 끝내 사망하고 차녀만 중증장애인 상태로 살아남았다. 돈도 많이 들고 정신도 황폐해졌다.

이때 그는 위대한 스승을 만났다. 법 거량(擧揚)을 하며 탁마하는 인터넷카페를 통해서 그를 알게 되었다. 주로 공안을 올려놓고 위대한 스승이 어떤 질문을 던지면 회원들이 대답하면서 공부하는 탁마 방이었다. 카페 회원들은 위대한 스승이 주석하는 사찰에서 한 달에 한 번씩 모여 오프라인 법 거량을 하며 도반의 정을 쌓기도 하였다. 위대한 스승은 이 모임을 무차선법회라 불렀다. 깨달은 사람은 어떤 질문에도 막힘없이 대답해야 한다는 것이었다.

6   유언

   위대한 스승은 원래 성공한 의사였다. 정형외과 전문의로 명성을 떨치며 병원 사업에도 손을 뻗어 규모가 꽤 큰 병원을 경영하기도 하였다. 만주 신경에서 태어나 어렵게 자란 탓으로 소외계층에 관심이 많았던 그는 의료사각지대 봉사활동 등을 하면서 불교 후원단체와 관계를 맺어 갔다. 그는 단체에 재정적인 지원을 아끼지 않았고 승려들의 의료복지를 위해 헌신적인 노력도 기울였다. 그러던 차에 당대의 대선지식으로 알려진 승려를 자기 병원에 모셔야 하는 일이 생겼다. 숭덕총림의 핵심 인사로 승암이라 불렸다. 그는 연명치료를 위해 병원에 장기 투숙하고 있던 승암에게 불법의 정수를 배웠다. 그리고 나와 여몽에게 넘겨준 상자 두 개를 받았다. 비밀스러운 유언을 이어받은 셈이었다. 그 즈음에 불행하게도 병원 업무를 총괄하던 사무장이 돈을 빼돌려 외국으로 도망가 버리는 일이 생겼다. 배신감과 막대한 경제적 손실로 공황상태에 빠져 있던 그는 아예 이 판에 의사 생활을 그만두고 도를 닦겠다며 머리를 깎고 출가를 해 버렸다.

모든 것은 그에게 운명적으로 주어진 피할 수 없는 꿈이었는지도 모른다. 출가 이후 그는 승적도 없이 이곳저곳 사찰을 떠돌며 정처 없이 방황하였다. 어떤 곳에서는 눈치를 보지 않고 편안하게 며칠을 숙식할 수 있었지만 곳에 따라서 문전박대를 당하기도 하였다. 한편으론 불가도 또 다른 속세의 사회적 구조 물임을 확인할 수 있었다. 다행스럽게도 우연찮은 기회에 그가 병원을 운영할 때 은혜를 베풀었던 몇몇 승려들의 도움으로 승적을 얻을 수 있었고 자그마한 암자사찰에 소속되어 기거도 할 수 있게 되었다. 또한 용맹정진 수행으로 원융무애의 경지를 체험하기도 하였다. 이를 바탕으로 그는 법을 펼치기 위해 인터넷 카페를 개설하였다. 인적자원과 물적 기반이 취약했던 그가 선택할 수 있었던 가장 소박한 가능성이었다.

적음이 나와 여몽에게 이 카페를 소개하면서 위대한 스승과 우리들의 만남은 온, 오프를 망라하며 본격적으로 이루어졌다. 적음은 때때로 위대한 스승이 공안을 통해 던지는 질문이 막연하게 느껴지고 의정이 솟아나지도 않는다고 투덜거리며 선문답이 소모적인 지적유희에 지나지 않는 것 같다고 폄훼하기도 하였다. 시간이 지남에 따라 점차 탁마에 응할 때 흥미를 잃고 빈정대거나 냉소적으로 대하기도 하였다. 급기야 그는 자그마한 사건을 겪으며 카페를 탈퇴하게 되었고 위대한 스승과의 절연을 선언하며 떠났다. 반면 나와 여몽은 이미 화두 수행을 하면서 의심이 솟아 있었던 까닭에 탁마를 통해 위대한 스승과 더욱 가까워지게 되었다.

그런데 인터넷카페를 활용한 탁마뿐 아니라 자그마한 절에 조실로 주석하면서 건강하게 생활하고 있던 위대한 스승이 예기치 않게 심각한 암에 걸리게 되었다. 어느 날 치료를 거부하고 산중에 은거하던 그가 여몽과 나를 불렀다. 그리고 무거운 분위기에서 두 개의 상자를 내놓았다. 상자의 모양과 색깔은 비슷했고 한 상자에는 〈頂相 불기1258〉이, 다른 하나에는 〈六祖頂相脫取秘史 불기1384〉라 적혀 있었다. 불기1258은 여몽에게 주어졌고 불기1384는 나에게 주어졌다. 자못 심각한 분위기였다. 위대한 스승은 힘겹게 손짓으로 열어 보라는 신호를 줬다. 지도였다. 한지에 먹물로 세밀하게 위치가 그려져 있는 지도는 누렇게 변형된 것으로 오랜 세월 은밀하게 전해 온 엄숙함이 묻어 있었다. 등고선을 그리고 주변의 지형과 축척 거리를 표시하는 기법이 현대의 독도법과 큰 차이가 없었다.

"여몽, 무진, 부탁하네. 이 산승이 몇 년만 더 건강하게 이 몸을 굴릴 수 있어도 대업을 해결하고 갈 수 있을 텐데."

위대한 스승은 자갈 굴리는 소리를 내며 간신히 말을 이어 당부했다. 힘들게 부연설명도 덧붙였다.

"나에게 불법의 정수를 가르쳐 주신 승암 스님의 스승이 청월 스님이었다네. 그 분은 원래 머슴 중에도 상머슴이었지. 글도 모르던 이 분을 불법의 길로 안내한 분이 계셨는데 그분이 바로 우리들의 종조이신 만허 스님이라네. 만허 스님은 비밀스러운 서책과 옻칠로 박제된 신령스러운 해골을 하나 가지고 있었다네. 그 해골이 바로 육조 혜능 스님의 정상이었고 서책은『六祖頂相脫取秘史』였지. 만허 스님이 초견성한 이후 보임하던 시절 몰래 수확한 물건들이었네. 애초 전국 곳곳의 사찰을 뒤져 불상과 탑전을 뜯어다 팔아먹던 청계산 백계사 소속 당취승들이 우연히 지리산 쌍계사 근처의 자그마한 암자를 털다가 발견한 것이었지. 그런데 글이 짧았던 당취승들은 서책의 내용은 잘 알 수 없었고 해골은 흉측하여 팔아먹지도 못한 채 골방에 처박아 두었다네.

어느 날 백계사에서 어린 시절을 보낸 적이 있던 만허 스님께서 부근을 만행하다가 옛 고향을 찾는 마음으로 이곳을 우연찮게 들르게 되었네. 만허 스님은 아무렇게나 방치되어 있던 서책과 정상을 발견하고 일말의 호기심이 생겨 서책을 조심스럽게 펼쳐 자세하게 읽어보다가 책에 적힌 놀라운 내용에 순간 정신이 번쩍 들어 신속하게 정상과 서책을 자신의 거처로 옮긴 거지. 그리고 소문이 나면 누군가 탈취해 갈 것이 빤한 이치라 백두대간에 안심입명처 두 곳을 정하여 서책과 정상을 각각 숨겨 놓고 보물지도를 만들어 보관했네. 이후에 만허 스님은 극심한 심경의 변화를 일으켜 승복을 벗어던지고 삼수갑산으로 가서 은 둔생활을 했지. 결국엔 급기야 머리를 기르고 환속까지 하게 되었다네.

어느 날 오랜 세월 스님의 행적을 쫓던 청월 스님이 물어물어 삼수갑산으로 찾아 들어가자 마침 병색이 깊어 시름시름 앓고 있던 만허 스님께서는 지도가 든 상자를 청월 스님에게 전해주면서 유언을 남기고 열반하셨다네. 꼭 두상이 절취된 후 1300년이 되는 해에 육조의 등신불에 머리를 돌려줘 불완전한 등신불을 완성해 달라는 부탁이었지."

유언은 청월에게서 승암에게로 전해졌고 승암에게서 위대한 스승에게 전해졌으며 이제 다시 위대한 스승에게서 나와 여몽에게 전해지는 순간이었다. 위대한 스승은 힘겹게 말을 마치고 바짝 마른 입술을 다물었다. 여몽과 나는 너무도 당혹스러워 왜 이러한 엄청난 일을 하필이면 우리에게 부탁하는지 질문했다. 그러나 위대한 스승의 입은 다시 열리지 않았다. 그의 숨은 더욱 거칠어졌고 눈동자의 총기도 말을 마치자 뚝 사라졌다.

그 뒤 일주일 정도 수명을 연장하다가 위대한 스승은 힘겹게 입을 열어 끊어질 듯 이어지는 호흡으로 알 수 없는 말을 반복하여 내뱉으며 열반했다.

7 <u>   </u> 청욕

"꿈을 꾸었어, 기억이 선명해."

집에 되돌아왔을 때 아내는 숙면을 취하고 난 후의 편안한 모습으로 일과를 시작하고 있었다. 관심을 나타내며 적극적으로 물어보지도 않았는데 아내는 계속해서 꿈 이야기를 꺼내 놓았다.

"당신이 잠시 말없이 어디론가 떠났었나 봐. 나는 당신을 찾기 위해 이리 저리 떠돌아다니다가 문득 막다른 골목에 사람들이 많이 모여 웅성대는 곳이 있어 가까이 가 봤어. 팽팽한 긴장이 흐르는 현장이었어. 해괴망측한 장면이 펼쳐진 거야. 모자를 푹 눌러쓴 중년의 인질범이 휘발유통과 성냥을 들고 거액의 돈을 요구하면서 인질극을 벌이고 있었어. 그런데 사람을 인질로 삼고 있는 게 아니야. 명백히 말하면 인질범이라기보다는 사체질범이었지. 아니 유골질범이라고 해야 하나? 하여튼, 범인은 대기업 회장 아버지의 무덤을 파서 인골을 볼모로 참극을 벌이고 있는 거야. 약간 거무튀튀한 인골이 신문지에 싸여 있었어. 범인은 신문지에 약간의 휘발유를 뿌려 놓은 것 같기도 했어.

맞은편엔 대기업 관계자인 듯한 사람이 범인이 행여 불을 당길까 봐 발을 동동 구르고 있었어. 범인은 촉박하게 빠른 시간 안에 거액을 가져오지 않으면 인골에 불을 질러 버리겠다고 협박하고 있었지. 산 자가 아닌 이미 죽은 자를 인질로 삼다니 장난 같기도 했어. 그러나 인골의 장손인 대기업 기업주는 자신의 아들이 인질로 잡혀 있는 것보다 더 다급해했어. 말 그대로 뼈대 있는 집안의 뼈대를 지켜야 하기 때문이었겠지. 만일 협상이 이루어지지 않아서 범인이 휘발유를 한 번 더 붓고 성냥불을 그어 버리면 곧바로 그는 뼈대 없는 집안의 장손으로 추락할 위험한 순간이었던 거야. 기업주는 뼈가 불에 타서 소멸됨과 동시에 그동안 번성하던 기업이 한순간에 기울어져 버릴까 봐 안달이었지. 잠시 헷갈렸어. 혹시 여기는 뼈 공화국이었던가?"

뉴스를 보다가 자초지종의 설명도 없이 급하게 떠나버린 나에 대한 서운함을 토로하는 듯한 아내의 꿈 이야기에 특별히 할 이야기가 없었던 나는 침묵을 지켰다.

"급하게 갔다 온 일은 잘됐어?"

서둘러 출발한 길에 성과가 없었던 것은 아니었다. 적음의 소행임을 알았고 그를 설득하여 경매를 취소하기가 어려워졌음을 알았다. 그러나 최초 만허로부터 이어져 내려오는 유언에 대한 막중한 책임을 쉽게 포기해 버릴 수는 없는 일이었다. 여몽과 상의해 결정한 내용은 우선 내가 가지고 있는 『육조정상탈취비사』를 번역 완료하여 세상에 공개하자는 것이었다. 번역은 거의 완성이 되어 있는 상태였다.

정상의 경매는 일단 우리가 막거나 관여해서 해결할 수 있는 일이 아니었다. 내년이 1300년이 되는 해이니 경매 최종 낙찰자를 설득하고 『육조정상탈취비사』의 공개를 통해 조성된 여론을 이용하면 해결할 수 있는 방법이 나올 것도 같았다. 애초 위대한 스승으로부터 지도가 든 상자를 받았을 때, 여몽과 내가 함께 진행하려던 방향이 『비사』를 먼저 공개하여 여론을 조성한 후 조계종이나 문화부의 힘을 빌려 외교적 절차에 의해 유언을 완성하는 것이었다. 하지만 적음의 불순한 개입으로 순서가 뒤틀린 것이다. 위대한 스승이 종단의 사문을 선택하지 않고 유발 상좌인 여몽과 나를 선택한 이유도 대략 알 수 있었다. 만약 종단의 사문을 선택하여 유언을 남겼다면 종단 조직의 특성상 유언을 지켜 줄 가능성이 낮았기 때문일 것이다. 해골이 육조의 정상이 확실하다면 종단에서 그냥 순순히 남화선사의 육조 등신불 완성을 위해 내놓지는 않을 것이다. 어쨌든 여몽과 나도 유언을 지켜 줄 수 있는 입장에서 조금 멀어졌다.

사실 『비사』를 세상에 공개하기 전에 아내에게 먼저 이야기해 주려고 작정하고 있었다. 당분간 아내를 위해 양식을 따로 준비하지 않아도 될 정도로 아내가 듣기를 원하는 색감의 재료였다. 아내는 끊임없이 새로운 이야기를 원했다. 시력이 있을 때는 독서를 통해 스스로 그 욕망을 충족할 수 있었다. 하루내 잠자는 시간이 아니면 책을 읽었다. 밥을 먹을 때도 책에서 눈을 떼지 못하고 책을 보면서 먹었다. 어쩌면 음식에 대한 욕망보다 이야기에 대한 욕망이 더 강했는지도 모른다. 아내의 독서는 독서가 아니라 마치 폭식을 거듭하는 초고도비만 환자처럼 끊임없이 이야기를 흡입하는 것이었다. 먹어도 먹어도 이야기에 굶주린 상태였다. 한번 흡입한 이야기는 소화과정을 거쳐 신속하게 배설되었고 재빠르게 다른 이야기를 흡입해야만 했다.

아내가 급격하게 약화된 시력 탓으로 더는 눈을 통해 이야기를 먹을 수 없게 되자 내가 아내를 위한 책이 되어야 했다. 아내가 원하는 이야기는 늘 신선하고 금방 나온 음식처럼 따끈따끈해야 했다. 옛날에 한번 해준 이야기를 다시 반복하면 금방 알아차려 버렸다. 아내는 망막색소변성증 환자이면서 동시에 이야기폭식증 환자인 셈이었다. 이야기는 아내의 음식이었고 생존 조건이었던 것이다. 나는 끊임없이 듣고 들어야 하는 아내의 욕망을 충족시켜주기 위해 매일 새로운 이야깃거리를 준비해야 했다. 한때는 주변을 이야기 관점에서 관찰하는 것이 습관이 되기도 하였다. 주변에서 흔하게 일어나는 사소한 사건이나 시빗거리도 아내의 음식이 되어 줄 수 있었던 까닭이다. 모든 사람들은 제 스스로의 이야기를 품고 있었다. 아내는 때때로 독특하고 자극적인 내용을 원하기도 하였다. 나는 아내가 기분에 따라

보다 자극적인 것을 원할 때에 즉시 해 줄 수 있는 음식을 항상 준비해야 했다. 주로 고정관념의 틀을 깨는 독특한 내용이 담긴 것들이었다.

때때로 아내는 동물을 잡아먹는 식물 이야기와 같은 기괴한 이야기를 들으면서 상식으로는 도저히 이해할 수 없는 자신의 처지를 받아들이는 연습을 하는 것처럼 보이기도 하였다. 한곳에 정주해 있는 가녀린 풀이 달리는 쥐를 잡아먹을 수도 있다는 생각을 어찌 평소에 해 봤을 수 있으랴? 하지만 아내는 희소한 현상을 받아들이는 데 익숙해져야만 했다. 어떤 때는 아내와 같이 불운한 경우에 처해 있는 사람들에 관한 이야기를 듣고 나서 평화를 얻은 표정을 짓기조차 하였다. 불행도 나눠 가지면 가벼워지는 법인가?

아내에게 찾아온 첫 번째 불운은 확률 0.1%의 발생이었다. 아내는 나와 동거를 시작한 뒤 곧바로 임신했다. 동시에 세 명이 들어선 다태임신이었다. 다태임신이라는 용어 자체가 얼마나 희소하게 쓰이는가? 쌍태임신의 경우는 수태확률이 꽤 되지만 다태임신은 천 명 중에 한 명의 확률로 발생할 수 있다는 산부인과 의사의 설명이 뒤따랐다. 인공수정이 아니라 자연임신의 경우 거의 발생하지 않는다고 했다. 한 번에 세 아이라니 처음에는 엄청난 행운인 줄 알았다. 그러나 5개월 후, 아내가 심한 임신중독증에 걸려 더 이상 임신을 지속할 수 없을 정도로 어려운 상황에 직면하자 나는 어떤 어려움이라도 참고 견뎌 보겠다는 아내의 고집을 꺾고 끝내 아이를 지우는 쪽의 결정을 하고 말았다. 임신 지속과 아내의 생명 중 하나를 선택하라는 의사의 마지막 경고는 준엄했다. 나는 잠시 갈등의 경계선에서 머뭇거렸으나 OX 문제를 풀듯 새 생명이 아니라 당연하게 아내 쪽을 선택하였다. 아내는 몸을 추스르고 난 후 이야기 중독증이라는 독특한 증상을 앓게 되었다.

청욕(聽慾)이라고밖에 설명할 수 없는, 이야기를 듣고자 하는 욕망의 징후는 아내가 강제 낙태를 한 후 심한 우울증을 앓으면서 나타나기 시작했다. 아내는 매일 궁극적인 의문에 사로잡혀 평범치 않은 일상을 보냈다. 산다는 것은 무엇일까? 만약, 지금 뱃속의 아이들이 살아남아 있다면 그 아이들은 무엇을 하고 싶어 하고 또 무엇을 할 수 있을까? 하고 끊임없이 궁금해했다. 결국 아내는 사람이 산다는 것은 이야기를 듣는 것이라는 결론을 내렸다. 그리고 세 명이나 되는 아이들이 못다 들은 이야기를 평생 듣다가 죽는 것이 자신의 의무라고 생각하게 되었다.

두 번째 불운으로 겪고 있는 망막색소변성증의 경우도 전국을 통틀어 환자가 만 명 정도에 불과하였다. 얼마나 낮은 확률인가? 좁은 문을 한번 거쳐 온 사람은 또 다른 좁은 문에 들어서기가 쉬워지기라도 하는 것인가?

아내는 가끔씩 이야기를 듣고 나서 앞을 거의 볼 수 없는 사람이라는 것이 믿겨지지 않을 정도로 정밀한 그림을 그려 내곤 하였다. 한번은 아내에게 대학로 마로니에 나무 아래에 마치 동상처럼 서 있는 사내에 관한 이야기를 한 적이 있었다. 어떤 날은 그곳에 거의 움직임 없이 하루내 서 있던 사내는 떠나지도 못하고 그렇다고 돌아서지도 못하는, 떠남과 되돌아감의 경계에 서서 갈등하는 사람처럼 보였다. 나는 오랫동안 사내를 관찰하고 나서 이런저런 이야기로 꾸민 뒤 마치 중국요리처럼 몇 번에 걸쳐 아내에게 음식으로 내어 놓을 수 있었다. 사내가 매일같이 같은 장소에서 변함없이 퍼포먼스를 하고 있는 것이었다. 그러나 사내는 퍼포먼스를 하는 전위예술가가 아니라 분명 갈등하는 사실인물이었다.

사내가 서 있는 모습은 언제나 동일했다. 오른쪽에 여행 가방을 내려놓고 왼손엔 항상 커피가 든 종이컵을 들고 있었고 시선은 상방 10도쯤에 고정시킨 정지동작이었다. 커피를 마시는 법도 없었고 단지 들고 있기 위해서 왼손으로 잡고 있는 듯했다. 팔이 아프면 가끔 내려놓았다가 다시 들곤 했다. 특별한 변화가 없어 지루해할 만한 이야기임에도 아내는 유달리 깊은 관심을 보였다. 그리고 어느 날 내가 귀가를 했을 때 아내가 스케치북을 보여 주었다. 아내는 그 사내 이야기를 들으면서 스케치북에 그림을 그리고 있었다. 그런데 사내의 얼굴이 나의 얼굴이었다. 아내는 이야기의 주인공이 나라고 생각하고 듣고 있었던 것이다. 나는 아내에게 『육조정상탈취비사』에 관한 이야기를 시작했다.

8 　　　　　　　　　　　육조정상탈취비사

『육조정상탈취비사』는 오대산 상원사 적멸보궁에서 멀지 않은 곳에 묻혀 있었다. 적멸보궁을 거쳐 비로봉으로 올라가는 길 중턱이었다. 보물지도에는 상원사에서 적멸보궁까지 오르는 길이 등고선을 이용해 표시되어 있고 적멸보궁 진신사리탑을 기준으로 목표지까지의 거리가 척(尺) 단위로 표기되어 있었다. 적멸보궁까지는 등산로로 오를 수 있었고 나침판을 이용해 진신사리탑 위치에서 목표지의 방향을 잡을 수 있었다. 나는 한 차례 매서운 추위가 물러간 후 매화꽃이 필 때를 기다렸다가 혼자서 심마니로 위장하고 꼼꼼하게 지도를 분석해 가며 서책을 찾아 나섰던 길을 다시 한번 회상해 보았다. 만허 스님은 방습을 위해 주변의 땅 중에서 가장 건조한 지역을 고른 듯했다.

　책은 진신사리탑에서 북쪽 방향으로 50m 정도 떨어진 8척 정도 깊이의 땅속에 두껍게 옻칠한 함에 넣어 보관되어 있었다. 지도에 표시된 것처럼 매화나무 세 그루가 삼각형 구도로 표지석을 둘렀고 한 척의 크기로 튼튼하게 박힌 표지석에는 '乙巳'라고 씌어 있었다. 삼각형을 이루고 꽃을 피운 매화나무 세 그루가 위치를 정확하고 빠르게 찾을 수 있도록 큰 도움을 주었다. 만허는 훗날 누가 이곳을 찾더라도 쉽고 정확하게 찾도록 매화나무를 심어 놓은 듯했다. 보물지도의 뒷면에는 두 가지의 경고가 적혀 있었다. 첫째, 반드시 내가 죽은 뒤 100년이 넘은 해에 찾을 것. 둘째, 매화꽃이 피는 때에 찾을 것.

함 속에는 서책이 3권 있었다. 한지에 목판으로 찍은 판본이 2권, 붓으로 촘촘하게 쓴 서책이 1권이었다. 판본은 '六祖頂相脫取秘史 卷上'과 '卷下'라고 인쇄되었고 상권은 가로 15.5cm × 세로 21.3cm 크기로 82장 164쪽 분량, 하권은 같은 크기의 21장 41쪽 분량이었다. 붓글씨본에는 '小考'라고 적혀 있었으며 가로 18.6cm × 세로 24.2cm 크기의 10장 20쪽 분량으로 놀랍게도 앞의 8장은 추사 김정희가 친필로 쓴 것이 분명해 보였으며 나머지 2장은 만허가 휘갈겨 쓴 것이었다. 판본의 마지막 장에는 간기(刊記)가 찍혀 있었는데 '宣光七年 丁巳 十月 淸州牧 外正覺寺 活字印刷'라고 상하권에 동일하게 인쇄되어 있었다. 연도를 추정해 보니 1377년, 고려 우왕 3년쯤 되는 해로 640년이나 된 것이었다. 붓글씨본 앞 8장은 철종 원년(1850년)에 김정희가 시암(詩庵)이라는 필명으로 쓴 것으로 167년이 되었으며 뒤 2장은 만허가 1905년에 쓴 것으로 112년이 되었다. 표지석의 '을

사'는 서책을 묻은 해로 만허가 삼수갑산으로 떠나기 직전 1905
년에 이곳에 서책을 묻고 금강산을 거쳐 함경도를 향한 기나긴
여정을 떠났음을 표시하는 듯했다. 보물지도함에 씌어진 '불기
1384'는 대략 서기 840년쯤 되는 해로 진감선사가 쌍계사를 크
게 중창할 시에 혜소(慧昭)라는 또 다른 법명으로 육조정상이 탈
취되어 온 역사를 처음으로 기록한 해였다. 발굴 후 3개월 동안
번역을 지속했다. 전문가에게 의뢰하면 금방이었겠지만 그럴
수는 없었다. 이제 곧 완성이다. 이제까지는 보안이 중요하였지
만 곧 세상에 공개해야 할 것이다.

『육조정상탈취비사』 상권은 경전이 아니었지만 저자 혜소가
자신이 들은 이야기를 채록한 형태의 글로 이루어졌음을 암시하
기 위해 마치 경전처럼 '如是我聞'으로 시작되었다. 객관적인 신
뢰를 얻으려는 저자의 의도 같았다. 첫 장은 성덕왕 9년 왕의 호
법승이었던 삼법이 왕명을 받고 육조의 가사를 탈취하러 출발하
는 장면을 묘사하면서 당시의 역사적 배경을 자세하게 설명하고
있었다. 대략 서기 711년쯤이었다. 보고서 양식에 가까웠지만
때때로 소설 구성처럼 치밀하고 구체적이었다. 나는 역사학자
가 아니었기 때문에 비사에 기록된 내용의 역사적 사실 여부는
알 수 없었고 내용을 첨삭 없이 원본 그대로 번역하여 우리글로
옮기는 작업에 전념하였다. 정리해 보면 이렇다.

성덕왕은 삼국을 통일한 문무왕의 손자이며 신문왕의 아들이었지만 정실의 아들이 아니었다. 그의 어머니는 신문왕의 후처로 가락국의 피가 흐르고 있었다. 정실의 자식이었던 효소왕이 신문왕에 이어 왕위에 등극했을 때 그는 서자의 신분으로 신변의 위협을 느껴 오대산에 입산하여 암자에서 수행에 열중하였다. 이 때 그는 자신의 몸을 보호해 주는 호신불교에 관심을 많이 갖게 되고 나당 전쟁 당시에 당나라 군사들을 통해 들었던 달마의 가사에 관심을 갖게 된다. 서기 702년에 건강이 부실했던 효소왕이 죽자 비록 서자의 신분이었지만 선왕의 혈통이었던 성덕왕은 김유신을 따르던 가락국 후손들의 지지에 힘입어 왕위에 오르게 된다. 왕위에 올라서도 성골 세력들의 견제와 위협으로 국정 장악에 심각한 장애를 겪던 그는 결국 위기를 벗어나기 위해 달마의 가사를 탐하게 된다. 성덕왕의 가사에 대한 집착을 알게 된 가락국 후손들은 그의 왕권 유지를 위해 적극적인 지원에 나섰다. 특히 가락국 세력의 아지트였던 영묘사에서 큰돈을 내었다. 영묘사는 김유신의 부인 영묘의 극락왕생을 기리며 세운 사찰이었다.

삼법은 지금의 평택항 부근에서 배를 타고 서해를 건너 산둥 지역으로 갔다. 황매산 오조 홍인의 정법을 이어받아 법을 펼치던 육조 혜능이 주석한 단하산 근처의 조계까지는 대략 보름 정도 걸리는 지점이었다. 달마가 평생 입었던 가사는 그곳 조계산

보림사에 주석한 육조 혜능이 홍인에게 전수받아 보관하는 것으로 알려져 있었다. 삼법은 조계가 있는 광동성 소주로 이동하던 중 신라에서 온 고승 대비를 만나게 된다. 대비는 토속어인 광동어에 능하고 무예를 겸비한 승려로 가락국 왕실의 후손이었다. 중국 영남지역과 광동지역의 지리에 능통하고 그 지역 무사들과 인맥이 있던 그는 삼법이 가져온 금으로 무사 한 명을 샀다. 소주 보림사에 도착한 그들은 주변의 지형을 정밀하게 탐색하여 도주로를 파악한 뒤 혜능이 주석한 조실에 침입할 생각이었다. 그러나 혜능은 그곳에 없었다. 이미 소문을 듣고 그의 고향 신흥주 국은사로 피신한 상황이었다. 신라국에서 그를 해치고 가사를 빼앗기 위해 온다는 소문이 아니라 바로 그의 제자 하택신회의 배반에 관한 소문이었다. 하택신회가 가사를 전수하지 않겠다는 그의 뜻을 거스르고 그를 해치고 가사를 침탈하여 스스로 7조에 오를 거라는 불길한 소문이었다.

혜능은 가사를 5조로부터 인수받은 순간부터 오랜 세월 동안 거듭하여 숱한 고통을 당해 왔다. 이 사람 저 사람에게 무려 일곱 번이나 가사를 빼앗기고 되돌려 받는 수모를 당하기도 하였다. 달마가 전한 법의 상징이었던 가사가 영험한 힘을 가진 신비의 물건으로 잘못 알려진 탓이었다. 황매산 홍인 문중에 있던 3000명의 학인들에 의해, 가사에 관한 부풀린 소문이 사방으로 퍼졌다. 신라국의 성덕왕도 그 소문의 끄트머리를 잡은 것이었다.

가사를 가장 많이 탐한 자는 측천무후였다. 무후가 태종 서거 이후 감업사에서 승려의 신분으로 탈속을 강요받고 있을 때에 소문으로만 듣던 황매산의 홍인을 본 적이 있었다. 그때 홍인의 기품과 선기에 감동받은 무후는 자신이 왕실로 복귀되어 힘을 쓰게 되자 궁중에 특별 강의실을 만들어 놓고 홍인을 초청하여 강론 듣기를 좋아하였다. 이러한 연유로 홍인이 열반한 후에도 그의 제자였던 신수, 지선, 현약, 혜안 등을 황궁으로 자주 불러 교류하였다. 그러나 혜능은 무후의 부름을 거절하고 입궁하지 않았다. 이에 분노한 무후가 혜능을 포박해 오도록 무사를 보냈다. 혜능은 무사의 위협에도 굴하지 않고 입궁을 거부하고 대신 가사를 보냈다. 무후는 가사를 갖게 된 것을 매우 기뻐하며 혜능을 용서하고 옥염주와 옥쇄와 비슷한 크기의 도장을 선물해 주었다. 신수와 지선이 무후의 지근에서 가사를 염탐했지만 무후의 집착을 이기지 못했다. 무후는 자신이 죽으면 가사를 같이 묻어 주기를 원했다. 가사는 결국 무후의 무덤 건릉에 가장 소중한 소장품으로 묻혔다. 그것이 서기 705년이었다.

이미 오래전에 가사를 무후에게 보내 버린 뒤에도 혜능은 가사로 인해 많은 고초를 당하여야 했다. 가사를 노리는 자들은 그가 가사를 가지고 있지 않다는 사실을 믿지 않으려 했다. 혜능 자신의 문중에서 수행에 열중하고 있는 하택신회와 같은 학인들도 마찬가지였다. 사실 그는 북쪽의 신수가 첩자로 보낸 영리한 동승이었다. 신수는 신회 외에도 얼마나 많은 첩자들을 보냈던가? 신수는 황매산에서 자신이 가사를 받을 것이라고 굳게 확신했으나 가사가 혜능에게 전해진 연유를 알 수가 없었다. 그리고 인정할 수 없었다. 신수는 가사를 직접 탐했다기보다 가사가 혜능에게 전해진 까닭을 알고 싶어 했다. 해서 그는 혜능이 산속에 은거한 이후부터 소주에 정착하여 법을 펼치고 있을 때까지 꾸준하게 첩자를 보내 혜능의 설법과 생활현장을 염탐케 했었다. 돌아온 자도 있었고 돌아오지 않은 자도 있었다. 어릴 때 파견된 하택신회는 돌아오지 않은 자였으나 크게 돌아오는 자가 되기 위해 모사(謀事)를 꿈꾸고 있었던 것이다.

한편, 혜능이 소주 보림사에서 흥주 국은사로 피신했음을 안 삼법과 대비 일행은 무사를 대동하고 흥주로 간다. 국은사에 칩거하던 혜능은 이들의 침입을 맞이하여 가사는 이미 오래전에 자신의 수중에서 떠났음을 설명하고 돌아가도록 부탁했다. 하지만 삼법은 빈손으로 그냥 돌아갈 수는 없었다. 이 때 혜능이 작은 체구로 커다란 울림을 내며 소리쳤다.

"오직 자신의 본심을 알고 자신의 본성을 잘 보면 움직임도 고요함도 없으며, 생도 사도 없고, 가고 오는 일도 없으며, 옳고 그름도 없는 것을, 가사는 가져 무엇을 하려 하오? 그대들이 정녕 무엇을 원한다면 내 목을 가져가시오! 그리고 불법의 진실을 그곳에 남게 하시오. 의지함이 없고 머무름이 없고 형상이 없소."

삼법과 대비는 큰 울림에 당황하였으나 대동한 무사가 생각할 틈도 없이 날카로운 칼로 한 번에 혜능의 목을 베어 버렸다. 일행은 신속하게 머리를 자루에 넣고 자리를 피했다.

여기까지가 상권 중반부까지의 대략적인 내용이었다.

상권 82장 164쪽을 다 번역해 보니 A4용지 8장 분량이었으며 하권 21장 41쪽은 2장 반 정도 되었다. 한자를 타고 1300년 전의 세월로 거슬러 올라가 당시의 목소리를 생생하게 듣는 것은 놀라운 경험이었다. 기복신앙의 비극이었다. 성덕왕은 자신의 왕권 유지를 위해 가사를 탐했고 가사를 강탈하지 못한 삼법 일행은 자기 변명을 위해 혜능의 목을 쳤다. 나는 잠시 당시의 상황을 상상하며 조여 오는 가슴을 짓눌러야 했다. 용서해 줄 사람도 용서받을 사람도 없는 지금, 역사의 그늘에서 신음하고 있는 욕망의 뿌리를 뽑아내고 싶었다.

상권 후반부의 내용은 더욱 처참했다. 혜능의 참변 소식을 들은 하택신회는 신속하게 국은사로 가서 현장을 확보하였다. 목격자들의 입을 막아 모든 사실을 비밀에 부치고 절두(切頭)의 참극을 병사로 위장하였다. 그리고 머리 없는 혜능의 주검을 수습하여 등신불을 만들었다. 자신의 종교권력을 위한 상징물로 사용하려는 의도였다. 잘려 나간 머리는 혜능의 얼굴을 잘 아는 뛰어난 도예공을 불러 만들어 붙였다.

한편, 절두하여 가져온 혜능의 머리를 영묘사 근처의 땅에 묻어 놓은 삼법은 신라에 귀국한 지 한 달도 못 되어 산 채로 온몸이 부패되어 죽었다. 그리고 신라 땅 여기저기에 흉사가 끊이지 않았다. 유명한 사찰 곳곳에 있는 불상들의 머리가 갑자기 사라졌고 겁이 난 사람들이 머리 잘린 불상을 분황사 우물 안에 버리자 이튿날 머리 없는 송장이 되어 우물에 둥둥 떠오르기도 하였다. 뿐만 아니라 선왕의 무덤 둘레에 세워 놓은 문인석들의 머리가 이유 없이 사라져 갔고 산 채로 온몸이 썩는 전염병이 곳곳에 돌았다. 하지만 여전히 가사에 대한 집착을 버리지 못한 성덕왕은 가사의 분명한 행방을 알기 위해 자신의 아들을 밀사로 중국에 보냈다. 승려의 몸이 되어 중국 땅에 들어간 그의 아들 정중무상은 가사의 행방을 추적하다 마조를 만나 그에게 혜능의 법을 배웠다. 혜능 법의 요점은 무념(無念), 무주(無住), 무상(無相)이었다. 마조는 하택신회의 권력의지를 혐오하여 보림사가 있던 소주 땅을 떠나 남방 곳곳을 방황하던 남악회양의 제자였다.

신라 땅에서는 성덕왕이 죽은 뒤에도 흉한 사건이 계속 일어났다. 어느 날 성덕왕의 무덤에 세웠던 12지신상의 머리들이 없어졌다. 다른 부분은 손상이 없고 머리만 깨끗하게 잘려 나간 것이었다. 깜짝 놀라 머리 없는 상을 없애고 다시 세워 놓아도 며칠 안 가 쥐도 새도 모르게 머리만 사라지는 일이 반복되었다. 결국 머리를 포기하고 몸뿐인 12지신상을 세워 놓을 수밖에 없었다. 당시 왕이었던 혜공왕은 계속 이어지는 흉한 참사들이 잦아들기를 기원하며 속죄의 마음으로 거대한 종을 만들었다. 완성된 종을 하루에 세 번씩, 건강한 사내가 십 리를 걷는 시간을 한 해 동안 끊임없이 울려 대자 비로소 온 국토에 안녕이 깃들었다. 이 종이 에밀레종이라 일컫는 성덕대왕 신종이 아닌가 싶어 관련된 내용을 조금 더 조사해 보기로 했다.

하권은 저자 혜소의 신변에 관한 내용부터 서술을 시작하여 상권에 빠진 내용들을 첨가한 형태의 구성물이었다. 몇 가지 내용은 상권과 중복되기도 했다. 혜소는 중국 유학을 다녀온 학승이었다. 그는 유식(唯識)학과 능가경에 능통하였다. 주로 양자강 북쪽에 있는 낙양과 장안에서 배운 것이었다. 5조 홍인의 제자 신수의 선풍을 이어받아 선을 닦기도 하였다. 지금의 여몽처럼 닦아 증득하는 것을 추구하는 선이었다. 오염된 마음을 깨끗이 하는 수행이었다.

그는 신라에 귀국한 후 자신이 존경하는 신수가 주석하던 사찰의 이름을 따 옥천사라는 절을 짓고 낙양에서 가져온 차나무를 길러 차를 끓이고 범패를 부르며 지냈다. 어느 날 그는 혜능의 절두에 관한 이야기를 듣게 된다. 그리고 그는 그 이야기의 사실 여부를 확인하기 위하여 영묘사 터에 있는 작은 무덤을 파헤쳤다. 육조 두골이 묻힌 무덤이었다. 육조의 것으로 추정되는 해골을 발견한 그는 이 놀라운 사실을 접하고 절두 사건에 관한 내용을 탐문하여 『비사』를 완성하고 영묘사에서 육조의 정상을 옥천사로 옮겨 땅속 깊숙이 모시고 그 위에 당(堂)을 지어 은폐시켰다. 비사의 정확한 기록을 위하여 그는 광동의 소주와 홍주, 신흥주를 방문하여 육조의 죽음에 관해 떠도는 이야기들을 채록했고 낙양과 장안에서 관련된 내용들을 수집했음을 하권에서 밝히고 있었다.

하권에는 측천무후에 관한 내용이 상당한 비중으로 실려 있었다. 무후가 가사에 유달리 집착한 이유는 권력을 유지하기 위해 늘 불안한 생활을 해야 했던 그녀를 보호해 줄 장치가 필요했기 때문이었다. 그녀는 가사를 단지 달마가 입었던 옷일 뿐만 아니라 실지로 부처가 열반할 때까지 입었던 옷으로 여겼다. 무후는 말년에 신수를 궁궐로 불러 그에게 능가경과 염불을 배우기도 했으나 신수가 간절하게 가사를 원하고 있음을 알고 가짜 가사를 만들어 그에게 주기도 했다. 또한 지선에 관한 기록도 있었다. 신수와 지선은 황매산 홍인 문하의 제자 중 가장 뛰어난 제자였다. 대부분의 문하승들은 둘 중에 한 명이 홍인에게 가사를 전수받고 6조가 되리라 생각하고 있었다. 그러나 홍인은 문자도 모르는 혜능을 선택하였다. 신수과 지선은 스승의 선택을 부정하며 가사에 대한 집착과 조사 계승에 대한 욕망을 떨치지 못했다. 신수는 가사를 탈취하기 위해 끊임없이 첩자를 보내는 집요함을 보였고 지선은 혜능이 펼치는 법의 진실을 알기 위해 제자를 보냈다. 측천무후는 이들에게 가짜 가사를 만들어 주며 기만하였고 진품은 자신의 무덤 속으로 가지고 갔다.

특이한 대화의 내용도 기록되어 있었다. 기록에 의하면 측천무후가 신수, 지선, 현약, 노안, 가은 선사들과 함께 황궁에서 좌담했다. 승려들은 정좌하고 무후는 자유롭게 이동하면서 말했다. 무후가 물었다. "그대들은 욕망이 없는가?" 대부분의 선사들은 없다고 대답했다. 하지만 지선은 있다고 대답했다. 무후가 물었다. "어쩐 일인가?" 지선은 답했다. "일으키면 욕망이 있고 일으키지 않으면 없습니다." 무후는 한참 생각에 잠기다 다시 물었다. "일으킴과 일으키지 않음, 둘 다 머물러 있는 곳이 어디인가?" 지선은 답을 하지 않고 침묵을 지켰다. 침묵으로 답하는 것에 감동한 척 무후는 지선에게 답했다. "그대의 답이 곧 세존의 가르침과 같다." 그리고 무후는 지선에게 가사를 주었다. 물론 가짜였다. 지선은 그때 받은 가사를 진품으로 알고 마치 자신이 6조가 된 것으로 착각하며 지내다가 처적과 정중무상에게 법을 전하는 어리석음을 범하기도 하였다.

별책 『소고(小考)』에서 필명 시암, 추사 김정희는 『정상탈취비사』를 읽은 소회를 비교적 격한 감정으로 적었다. 글씨는 상당히 컸다. 한 쪽당 문장이 두 개 정도에 불과했다. 비사를 기록하여 후세에 전한 혜소선사에 대한 존경을 표하기도 하고, 비극적인 일이었지만 남종선의 돈오돈수법이 그나마 해동에서 맥이 끊어지지 않고 살아남은 것이 얼마나 다행스러운 일인가 하고 스스로 위안하는 형식의 글이었다. 특징적인 것은 마지막 장 한 면에 가득 큰 글씨로 쓴 '重重無盡'이었다. 왼쪽 重重은 중간 정도의 크기로, 無는 약간 윗부분으로 치우쳐 작게 그리고 盡은 크게 썼다. 한 면에 배치된 네 글자는 살아 움직이는 것처럼 꿈틀거렸다. 骨氣가 느껴졌다. 굵은 뼈를 잘게 나눠 만든 글씨처럼 보였다. 당당하고 흔들리지 않는 경구 같은 느낌이 들기도 했다.

나는 옷 냄새와 종이 썩는 퀴퀴한 냄새가 뒤섞인 채 묘한 긴장과 자극을 주는 서책의 원본을 보면서 깊은 감회에 젖어 들었다.

9   쿠시나가르광장 1

아내가 잠에서 깨어 거실에서 왔다 갔다 배회하는 소리가 들렸다. 또 무슨 꿈을 꾼 걸까? 아니면 이야기가 고파 청욕을 참고 있는 건가? 트레져옥션에 들어가 보려던 나는 아내의 상태를 확인하기 위해 서재에서 거실로 나갔다.

"일어났어,"

"모나리자를 생각하고 있었어."

"모나리자? 당신이 미대에 다닐 때 많이 그렸다고 했지?"

"응, 그릴 때마다 〈모나리자〉를 똑같이 그려 보려고 많이 노력했었어. 그런데 다 그리고 나면 항상 내 그림의 모나리자는 값어치 없는 웃음을 웃고 있는 거야. 모나리자가 내 마음속에 있지 않고 마음 바깥 저쪽에 있었기 때문이었지. 뭐든 내 마음속에 있는 것을 끄집어내야 진짜 그림이 되는데 이미 저쪽에 있는 모나리자를 다시 끄집어내 놓아 죽은 그림이 되었던 거야."

"모나리자는 갑자기 왜?"

"문득, 당신이 얼마 전 해 줬던 이야기가 생각나서… 당신이 그랬지, 어떤 고고학자가 모나리자 미소의 비밀을 고고학적으로 풀어 보겠다고 난리라고. 두개골을 가지고 생전에 그려진 미소의 비밀을 풀어 보겠다는 생각이 얼마나 황당한 일이야. 해골은 관념이 아닐까? 육조혜능의 해골도."

"그럼 미소는 살아 있는 현실일까?"

"적어도 고고학자의 상상력하고는 상관없는 진실이잖아."

아내의 짧은 대답은 육조정상의 문제에 골몰하고 있는 나의 불안한 행동과 허둥거림에 대한 불만을 에둘러 표현하고 있는 듯한 느낌을 주었다.

"모나리자는 모델이 다빈치 자신이라는 의견도 있어, 나는 그쪽을 믿는 편인데."

"아 참, 나 또 꿈을 꾸었어. 기이한 꿈."

"그래?"

"근데 신기한 게, 내가 무슨 뼈 공화국 같은 꿈을 꾼 적이 있었잖아. 이번 꿈도 그 공간과 같은 곳이었어, 한번 꿈속에서 갔던 곳을 다음 꿈에 다시 갈 수 있나? 언덕 너머에 있는 무슨 광장 같기도 한데, 꿈속에서는 혹시 여기가 쿠시나가르광장이 아닌가 하는 생각을 많이 한 것 같아."

"쿠시나가르? 석가가 열반한 곳인데 행여 그곳을 말하는 것은 아니겠지? 꿈은 스스로 짓는 거라서 그 지명이 당신에게 익숙하게 떠오르는 어떤 원인이 있을 텐데,"

"꿈만 그럴까? 현실은 스스로 짓는 것이 아니야?"

"하여튼 당신 꿈 이야기나 들어 보자."

"내가 그 광장에서 이리저리 방황하고 있는데 갑자기 친근감 있는 어떤 아주머니가 바짝 다가와서 팔짱을 끼더니 밝고 유쾌한 목소리로 옛날처럼 쿠시나가르광장 뒤에 있는 상가들을 둘러보자고 했어."

"옛날처럼? 그럼 그 분과 익히 알고 있었던 사이였겠네."

"응, 나도 다소 당황하며 그분의 얼굴을 자세히 보았지. 그런데 이름은 생각나지 않았지만 오랫동안 친하게 지낸 어떤 친구 같았어. 고등학교나 대학 친구쯤… 곰곰 생각해 보니 우리는 쿠시나가르광장에서 자주 만났고 벤치에 앉아서 장난을 치다가 심심해지면 광장 뒷골목에 좌우로 펼쳐진 상가들을 둘러봤던 것 같기도 했어. 친구의 팔은 따뜻했고 머리칼은 라일락 향기가 났지."

"그래, 광장의 분위기는 어땠어?"

"골목은 사람들로 붐벼서 빼곡했지만 상점 안은 한적했어. 대부분의 사람들이 상점 밖에서 구경만 하고 들어갈 생각을 하지 않았어. '비싸서 그런가? 요즘 불경기라더니' 하고 뜬금없는 생각을 하다가 하마터면 발을 헛디뎌 넘어질 뻔도 했어. 만약 넘어졌다면 그 충격으로 꿈에서 깨어났을지도 몰라. 어떤 상점은 점원이 가게 앞으로 나와서 호객행위를 하고 있었어. 몇몇 무리들은 끈질긴 호객행위에 지쳐 못 이기는 척 가게 안으로 들어가기도 했어. 그때, 어? 저건 뭐지, 상점 한 곳이 확 눈길을 끌었어. '당신의 기억을 삽니다. 불행한 기억에서 빨리 벗어나 자유인이 되세요. 그리고 돈을 버세요.'라고 상점 앞에 광고문이 쓰여 있는 거야. '기억을 팔라고… 뭐 이런 곳이 다 있나?' 의아하게 생각하며 나는 친구를 쳐다봤어. 그런데 친구는 빙그레 웃으며 자기는 벌써 저 상점을 다녀왔다고 하더라고. 그리고 많은 양의 기억을 팔아 돈을 많이 벌었다고 했어. 갑자기 호주머니에서 돈을 꺼내 들더니 확인까지 시켜 주면서 오늘은 무엇을 하든 자기가 돈이 많으니 걱정하지 말라고 했어."

나는 아내의 꿈 이야기를 들으면서 꿈 덕분에 이제는 내가 아내에게 해 주어야 하는 이야기보다 아내에게 듣는 이야기가 많아질 수도 있겠다는 생각을 해 보았다. 혹시 아내가 듣고 싶어 하는 이야기를 꿈속에서 스스로 지어내 듣는 것이 아닐까? 하는 생각도 잠깐 하였다.

"그 상점은 기억을 사들여서 무엇을 하는 거지? 그리고 보관은 어떻게 하고."

"급속냉동으로 보관하고 있다가 필요한 사람에게 파는 영리사업을 하는 업체야."

아내는 마치 현실에서 경험한 가게인 양 친절하게 가르쳐 주었다.

"기억을 어떻게 끄집어내지?"

"주술사가 특별한 수면마취법으로 고객의 의식을 멈추게 한 뒤 고객이 지우고 싶어 하는 기억만을 끄집어내는 비법이 있다고 했는데… 그리곤 잘 기억이 나지 않아."

"남들의 불행한 기억을 필요로 하는 사람들은 누구일까?"

"나도 그게 궁금해서 몇 번을 잘 모르겠다는 시늉을 하자 가까이서 우리를 지켜보던 점원이 신속하게 달려와서 설명을 해 줬어. 기억 소비자는 의외로 많다고. 광고업자, 상품 개발 기획업자, 영화기획사, 스토리텔링 작가, 상담 전문가, 정신의학자나 심리학자, 논문을 준비하는 사람들 등등 수없이 많은 부류의 사람들이 기억을 사 간다고 허겁지겁 말했어. 그런데 기억을 사가는 고객 중 때때로 어떤 사람은 기억을 판 당사자이거나 그 가족들이기도 하다고 말 빠르게 설명해 주더라고. 그런 경우 사들인 가격보다 훨씬 비싸게 되판다고 친절하게 설명해 주었어."

"왜 그럴까?"

"대부분의 사람들이 팔 때는 절실하게 지우고 싶어서 기억을 팔았지만 시간이 지나면 다시 그 지운 기억이 더욱 절실하게 필요한 시점이 온다는 거야."

"그래, 그것 참 그럴 듯하게 꾸몄네?"

"기억을 얼마나 싱싱하게 채취하는지, 변형되거나 왜곡되지 않게 원형을 얼마큼 완전하게 보존하는지, 나중에 열람할 때 얼마나 편안하게 열람할 수 있는지 등에 관한 설명도 자세하게 곁들여 주었어."

"어떤 기술들이 필요한 사업이래?"

"나도 궁금해서 물어봤지. 기억을 채취할 때 다른 기억을 침범하지 않고 정확하게 필요한 기억의 영역만 캐내는 기술이 가장 중요한 노하우이고, 기억을 빼내고 나서 나머지 기억들을 자연스럽게 이어 줘서 자아정체성을 잃지 않게 해 주는 기술 또한 중요하다고 장황하게 설명을 이어 가더라고. 멘탈 나노기술의 영역으로 차세대 성장산업의 일종이라며 자부심을 드러내 보이기도 했어."

아내의 꿈 이야기는 괴기스러웠지만 매우 구체적이고 논리적

이어서 호기심이 당겨지는 내용이기도 했다. 꿈을 더듬어 급하게 이야기한 끝에 한숨을 돌린 아내는 빙긋이 웃으며 물었다.

"만약 이게 현실에서 가능하다면 당신은 팔아버리고 싶은 기억이 뭐야?"

"……."

차마 아내에게는 이런저런 것들이라고 말할 수 있는 내용들이 아니라서 나는 오랫동안 침묵을 지켰다.

"당신은? 꿈속에서 어떤 기억을 팔아먹었어?"

"이미 팔아버린 기억이라서 기억할 수 없는데…"

"하하, 그게 그렇네."

"사실 나도 꿈속에서 어떤 기억인가를 팔긴 팔았는데 그게 뭔지 무척 궁금했었거든, 그런데 커다란 유리관에 일련번호를 붙여서 냉동보관하고 있는 투명한 기억창고를 보고 무서운 생각이 들어서 친구를 데리고 그냥 나와 버렸어."

"그러고 깬 거야?"

"응 하여튼, 그 골목, 그 거리, 그 사람들이 생생해. 마치 엊그제 실제로 가 봤던 곳처럼… 쿠시나가르광장, 그 사람들을 그림으로 그려 볼까…"

아내는 화구들을 놓아둔 거실 구석으로 가더니 주섬주섬 스케치북과 연필을 챙겨 그림 그릴 준비를 했다. 요즘 아내는 가끔씩 꿈속에서 본 인상적인 장면을 화폭에 담곤 하였다. 아내는 얼마 전부터 사람들의 말소리만 듣고도 얼굴을 그려 내는 독특한 재주가 생겼다. 모든 사람의 얼굴이 다르고 지문이 다르듯이 말소리가 다르다고 했다. 말소리를 듣고 있으면 그 사람의 얼굴이 자신의 내면에 쑥 올라온다고 했다. 그리고 그것을 있는 그대로 드러내 놓으면 그 사람의 얼굴이 되었다. 시력을 점점 잃어가면서 아내는 틈만 나면 인물화를 집중적으로 그렸다. 모든 사람의 얼굴을 어둠의 저쪽으로 가져가야 하는 사명을 가진 사람처럼 혼신을 다해 그렸다. 한 사람의 얼굴을 완성하는 속도도 무척 빨라졌다. 얼굴의 윤곽과 특징을 잡아 쑥 그려 내는 속도가 꼭 흑백복사기 같았다. 소리로 그려 낸 얼굴은 실물과 크게 차이가 나지 않았다. 이것이 관음(觀音)인가? 아내는 사물을 보는 능력을 잃는 대신 소리를 보는 능력이 생기는 걸까?

아내는 박수근의 그림을 좋아했다. 마치 현실과 꿈의 중간지대에 있는 장면을 보여주는 것 같아 좋다고 했다. 그리고 본다는 것이 단지 기억을 재생하는 것에 불과한 것인지도 모른다고 했다. 지금 이렇게 봄이 전혀 새로운 시각의 경험이 아니라 언젠가 본 광경과 동일시하는 낡은 현장이라고 다짐하듯이 말하곤 했다. 아내의 결연한 의지가 엿보이는 당돌한 모습은 그녀의 언니 영숙을 닮아 있었다.

영숙은 여성문제연구소라는 서클 소속의 여학생이었다. 말이
여성문제연구소였지 사실은 여기도 사회과학서적 탐닉을 통한
의식화교육이 목적인 이념서클이었다. '여연'이라 줄여 부른 이
곳은 가입 조건이 '여학생일 것'이었다. 여시아문과 여연은 한
공간에 칸막이를 쳐서 둘로 나눠 각각의 서클실로 사용하고 있
었다. 여시아문의 남학생들은 여연의 여학생들과 가까이 지낼
수밖에 없는 운명이었다. 영숙은 부안 바닷가 출신으로 적음과
는 동향이었다. 그녀의 아버지는 고깃배 몇 척을 가진 선주로
서 서울로 유학 간 자식들을 위해 강남에 막 지어진 아파트를
한 채 사 줄 정도로 부자였다. 그녀는 신도시 강남의 깨끗한 아
파트에서 오빠와 함께 자취를 하고 있었다. 상계동 언덕, 쓰러
져 가는 민가에 세 들어 살던 적음과는 너무 비교되는 윤택함이
었다. 여몽도 적음과 크게 다르지 않았다. 그는 비록 서울에서
나고 자랐지만 시골 농어촌지역과 별반 다르지 않은 곳들에서
성장했다. 여기저기 변두리 샛강 주변에서 살았던 여몽은 '청량
리 588'이라 불리는 집창촌을 거쳐야만 도달할 수 있는 집에 살
고 있었다.

같은 도시에서 고등학교를 다닌 적음과 영숙은 급속도로 가까
워졌다. 영숙은 오빠의 영향으로 학생운동에 관한 막연한 생각

을 가지고 여연에 회원으로 가입했을 뿐 그녀의 정서는 문학소녀에 가까웠다. 가끔씩 한 잔의 술을 마시고 박인환의 시를 읊조렸고 김승옥이나 최인호의 소설을 읽고 깊이 사색하거나 감상에 젖기도 하였다. 누구보다 치열한 계급의식을 가지고 있었던 여몽은 그녀를 부르조아의 종자라고 놀리면서도 은근히 흠모하고 있었다. 나를 포함해서 넷은 자주 함께 어울렸다. 우리는 종종 학교 앞에 늘어선 마마집, 고모집, 일미집 등과 같은 술집을 순례하면서 술을 마셨고 젓가락으로 탁자를 두드리며 노래를 부르기도 하였다. 여몽은 주로 운동권 노래를 불렀고 적음은 서정적인 노래를, 영숙은 김추자의 노래를 즐겨 불렀다. 영숙이 폭삭 익은 목소리로 〈님은 먼 곳에〉를 부를라치면 젓가락을 두드리며 사이사이 간주를 넣던 사내들이 흥분에 들떠 발광하기도 하였다. 영숙이 '마음 주고 눈물 주고 꿈도 주고 멀어져 갔네~'를 되부를 때 '꿈'을 '몸'으로 바꿔 부르며 이상야릇한 몸짓으로 묘한 분위기를 자아냈다. 사회와 역사에 대해 마치 다 알아버렸다는 듯이 떠들던 젊은 청춘들이 영숙 앞에 서면 조세희의 『난쏘공』이 아니라 그야말로 조선작의 『영자의 전성시대』가 되고 말았던 것이다.

넷은 영화관에 몰려다니기도 했다. 한번은 여시아문 서클의 이름을 걸고 김성동의 소설을 영화화한 〈만다라〉를 보러 몰려갔다. 여시아문이 비록 이념서클화되긴 했지만 아직도 불성과 깨달음에 관한 관심들이 남아 있는 터였다. 영화는 호리병 속에 있는 작은 새가 세월이 흘러 커졌을 때, 병을 깨트리지 않고 새를 병에서 꺼내는 공안에 관한 이야기였다. 영화를 보고 나서 우리는 세상에 갇혀 있는 나를 어떻게 꺼낼 것인가에 관해서 토론했다. 여몽은 무조건 세상을 깨뜨리고 튀어나와야 한다고 했고 적음은 세상과 하나가 되면 곧 세상에서 나온 거나 진배없지 않겠느냐고 했으며 영숙은 너무 어려워서 그냥 병 속에 편안하게 머물러 있고 싶다고 했다. 그리고 우리는 복잡해져 버린 삶의 실타래를 풀답시고 춘천으로 몰려갔다. 춘천은 낭만과 방황의 메카였다. 하지만 어디를 가나 결국은 병 속이었다. 통통배를 타고 소양강을 건너 오봉산에 가도 역시 병 속이었다. 그렇게 병 속에 갇힌 채 들뜬 청춘의 세월을 마시고 있던 우리들에게 어두운 구름처럼 음울한 기운이 서서히 몰려왔다. 여몽과 적음에게 강제징집의 명령이 떨어진 것이다.

보안 당국은 의식화 정도가 심하다고 판단한 학생들을 소위 녹화사업의 대상자로 분류하여 강제로 군대에 보냈다. 붉게 물든 정신을 푸르게 바꾸겠다는 것이었다. 당국은 이념서클의 주요인물을 샅샅이 파악하고 있던 관할서의 협조를 받아 몇몇을 신체검사 없이 순식간에 영장을 발부하고 징집해 갔다. 대상자가 거부하면 체포하여 훈련소에 강제입소시켰다. 여몽과 적음은 입대를 거부하고 곧바로 자취를 감춰 버렸다. 국가명령불복

종의 현행범으로 수배령이 떨어졌다. 청량리 588 너머 여몽의 집에 경찰이 상주하고 적음의 시골집에도 보안대 요원이 수시로 순찰을 다녔다. 집에 연락을 하거나 지인과 접촉하면 곧바로 체포되는 아슬아슬한 상황이었다. 둘은 집과 지인을 피해 용케도 잡히지 않고 기나긴 세월을 보내고 있었다. 나에게도 둘과의 연락 여부를 관할서 담당 형사가 자주 문의하였다. 보안당국과 경찰 그리고 학교당국이 협력하는 전방위 압박의 움직임을 감지할 수 있었다.

여몽과 적음이 다시 나타난 곳은 학교였다. 반 년 만이었다. 영숙과 함께였다. 셋은 횃불을 들고 문과대 건물에서 도서관을 향하여 전진하고 있었다. 이미 강제징집을 반대하는 유인물을 문과대 옥상에서 뿌리고 난 뒤였다. 유인물을 급하게 읽은 몇 명의 학생들이 합류하여 순식간에 스크럼을 짜고 데모 대열을 형성하였다. 그러나 주변을 서성대던 수많은 사복경찰의 재빠른 제압에 대열은 흩어지고 여몽과 적음, 영숙은 현장에서 체포되었다. 나는 겁에 질려 도서관 건물 모퉁이에서 이러한 광경을 지켜만 보고 있었다. 아주 짧은 시간에 이루어진 일이었다. 여몽은 끝내 병을 깨뜨리고 병 속을 뛰쳐나오고 말았고 여몽과 함께 여몽의 병 속에 웅크리고 있던 영숙과 적음도 얼떨결에 튀어나오고 말았던 것이다. 그러나 그들은 병을 깨뜨린 까닭에 더 튼튼하고 강한 또 다른 병 속에 갇힐 수밖에 없었다.

여몽과 적음은 영숙의 아파트에서 6개월 동안 함께 숨어 지낸 것으로 밝혀졌다. 영숙은 여몽과 적음의 만류에도 불구하고 학내 시위 주동까지 동참하였다. 그리고 셋은 학교로부터 제적을 당하였고 집회 및 시위에 관한 법률 위반으로 재판을 받아야 했다. 무명 수의를 입고 오랏줄에 묶인 채 재판을 받는 셋의 모습을 나는 법정 방청석 뒤에서 지켜봐야 했다.

그 후, 나는 육군에 자진 입대하였다. 일단 학교를 떠나고 싶었던 것이다. 문제는 영숙의 오빠였다. A대학 지하 이념서클의 핵심 멤버였던 그는 여몽과 적음을 은닉해 준 죄목으로 조사를 받던 중 그가 속해 있던 지하 서클활동이 노출되어 심한 고문을 받아야 했다. 양성화된 서클은 이미 관할서에서 인맥과 아지트를 대부분 파악하고 있어 관리와 사찰이 용이했으나 지하서클의 경우는 인맥과 주요 인물을 파악할 길이 없어 어려움을 겪던 보안당국이 한 명의 단서를 잡으면 모질게 고문해 온갖 것을 밝혀내던 시절이었다. 영숙의 오빠는 동료들의 신분을 보호하기 위하여 모진 고문을 견뎌야 했다. 그러나 결국 갈수록 강도가 더해지는 고문을 이기지 못하고 동료들의 이름을 불었고, 그의 지하 서클은 풍비박산이 나고 말았다. 그리고 첩자로 몰려 동료들에게 의심을 받는 상태에서 그는 군대에 강제징집당하였다.

여몽과 적음의 징역살이는 나의 병역살이보다 짧게 끝났고 영숙의 것은 더욱 짧게 끝났다. 나의 역살이보다 그들의 역살이가 더욱 가혹하고 힘들었을 텐데 그들은 석방 뒤 징역살이에 대한 이야기는 절대 꺼내지 않았다. 영숙의 오빠는 입대하자마자 정신분열증으로 고통을 받아야 했다. 고문 후유증으로 몸 여기저기가 부실하기 짝이 없었던 그는 결국 의병제대를 하고 강남의 그 아파트에 갇히게 되었다. 말 그대로 갇혀 버렸다. 그는 그의 방으로 들어간 뒤에 절대 나오지 않았다. 그리고 끊임없이 방 안에서 헛소리를 하며 하루를 보냈다. 영숙은 모든 것이 자신의 잘못된 선택으로부터 발생했다고 생각하며 괴로워했다. 그렇지만 영숙이 어찌 여몽과 적음을 그냥 보고만 있을 수 있었으랴?

내가 군에서 제대를 하고 다시 복학을 했을 때 여몽, 적음, 영숙도 학교에 다시 복귀할 수 있는 길이 열렸다. 학원자율화법의 시행으로 학생운동과 관련되어 제적된 학생들의 학적이 되살아난 것이었다. 우리는 다시 교정에서 만났지만 약속이나 한 것처럼 모두 서로 밋밋하게 대했다. 뭔가 숨겨야 할 흉터가 있는 것처럼 마음 한 쪽을 감추고 그저 건조하게 만나고 부딪쳤다. 하지만 영숙에 대한 여몽과 적음의 색다른 감정은 감춰지지 않았다. 그들 둘은 영숙을 여자로 느끼고 몰래 집착을 키워가고 있었던 것이다. 어쩌다 남자 셋이서 김빠진 술자리를 가질 때, 여몽과 적음은 그 집착을 강하게 표현하기도 했다. 멀찍이서 혹은 가끔은 가까이서 그 집착을 표현하고 거절당했다가 다시 부딪치는 광경이 포착되기도 하였다. 영숙의 표정은 날로 좋아 보이지 않았다. 그녀 오빠의 상태가 갈수록 악화되는 듯했다. 부안에 있는 그녀의 아버지가 상경하여 오빠를 병원에 입원시켜 보기도 하는 것 같았다.

영숙은 소설을 썼다. 오빠를 소재로 한 내용이었다. 그리고 그 소설이 B신문 신춘문예에 당선되었다. 구성이 조금 서툴고 결말에 이르는 호흡이 갑자기 빨라져 논리적 타당성과 설득력이 결여되어 있긴 했지만 면밀한 주인공 심리 묘사와 다양한 인물의 등장을 통한 세태 풍자가 상당히 탁월한 작품이었다. 작품을 쓰기 위해 상당히 꼼꼼하게 준비한 듯하고 정밀한 묘사에 무척 공들인 작품이었다. 정작 여자이면서 남자 주인공을 내세워 이야기를 꾸며 나가는 재주가 출중했다. 그런데 영숙은 신춘문예에 당선된 그해 가을, 삶을 놓고 홀연히 죽음으로 떠나가 버렸다. 강남 그녀의 아파트 12층에서 뛰어내린 것이다. 병 속에 든 새를 꺼내지 못하고 끝내 병 속에 웅크린 채 스스로 질식해 죽어버린 것이다. 왜 그랬을까? 원인이 될 만한 어떤 응어리가 영숙의 마음속에 쌓여 있었는지를 알아보기 위해 그녀의 소설을 다시 한번 훑어보았다. 나는 작품을 통독하던 중 죽음을 향해 한 걸음씩 나아가고 있는 영숙의 심경을 소설 속 주인공의 독백을 통해 발견하고 섬뜩함을 느꼈다.

'나는 투신자살한 사람의 시체를 본 일이 있다. 형편없이 뒤틀리고 으깨어진 시체를 보고 사람들은 끔찍하다고 모두 외면을 했다. 그래도 나는 피투성이의 시체를 유심히 들여다보았다. 어떤 아름다움 같은 것이 시체에서 눈을 떼지 못하게 했기 때문이었다. 그것은 생명이 자기의 마지막 비밀을 폭로해 버린 주검의 아름다움이었다. 그리고 그 주검은, 우리의 삶에는 마침내 아무런 비밀이 있을 수 없다는 것을 스스로 명백하게 보여 주고 있었다. 내가 주검에서 본 것은 그러니까 허무가 아니고 은밀한 안도감이었다. 영생하지 않고 부활하지 않아도 된다는 것은 얼마나 다행한 일인가. 죽음은 생명 있는 어떤 것도 배반하지 않고 공평하고 참을성 있게 우리 모두를 기다려 준다.'

나는 주인공의 독백 속에 나타난 주검에 대한 찬미가 결국 영숙의 미래를 암시하는 것이 아니었을까 하는 생각을 해 보기도 하였다.

영숙은 문장 하나를 타이핑해 놓고 뛰어내렸다. 영숙이 떨어질 때 열렸던 창문을 통해 들어온 바람으로 그 문장은 영숙이 떨어진 순간부터 흰 종이 위에 위태하게 흔들리고 있었다. '나는 절망에 목 졸려 죽지만 너는 희망을 곱씹으며 살아남아야 해!' 누구를 위한 마지막 갈망이었을까? 영숙을 알고 있었던 우리 모두를 향한 사치스러운 소망이었을까? 여몽과 적음, 그리고 그녀의 오빠, 특히 지금은 나의 아내가 된 그녀의 여동생 혜숙에게 주는 호소였을까?

영숙의 아버지는 어선을 몇 척 소유한 지역 유지의 지위를 여전히 유지하고 있었다. 그는 딸의 시신을 부안으로 운구하여 자신의 집 앞에서 노제를 지내고 선산 앞 벌판에서 장례식을 치렀다. 여동생 혜숙은 죽은 언니의 안식을 위해 검은 상복을 입고 씻김굿을 펼쳤다. 미술대학을 다니는 학생으로 행위예술을 배우기도 한다고 했다. 여몽과 적음 그리고 나는 단풍이 우거진 산 중턱에 마련된 영숙의 음택에 일꾼들과 함께 봉분을 만들고 재배 분향했다. 영숙의 아버지는 내내 우리에게 싸늘한 시선을 보내며 달가워하지 않았다. 하루가 삶과 죽음의 미묘한 경계선에서 동트고 저물고 있었다.

11   트레져옥션 1

아침 일찍부터 아내는 손가락으로 이젤을 짚고 거리와 깊이를 가늠하며 연필로 무엇인가 정밀한 스케치를 하고 있었다. 쿠시나가르광장쯤 되는 것 같았다. 마치 금방 잡혀 뭍에 올라온 물고기가 퍼덕이듯 깜빡거리고 있는 아내의 두 눈은 붉게 충혈되어 있었다. 어제 밤늦게까지 몰입해서 『육조정상탈취비사』 번역본을 읽어 내려간 탓인 듯했다. 글씨 크기를 15포인트로 키워 복사해 주었는데도 역부족이었다. 마치 문자를 더듬듯이 읽어

가는 모습을 나는 옆에서 지켜보아야 했다.

영숙의 장례식 이후 아내를 다시 만난 곳은 학교였다. 대학을 무사히 졸업한 나는 기독교 계통의 사립학교인 고등학교에 국어교사로 취직했다. 같은 말을 몇 번씩 반복하다 보면 하루가 지나곤 했다. 몸에 묵은 때가 끼듯 하루하루 허영과 가식으로 일상이 뒤덮여 갔고 때때로 인생을 낭비하고 있다는 생각으로 괴로워했다. 통제와 간섭의 전문가가 되어야 하는 것이 가장 숨막히는 일이었다. 특별한 대안이 없어 숨죽이며 견디고 있을 때 아내가 나타났다. 기간제 미술교사로 온 아내는 먼저 나를 알아보았고 때늦게 장례식 참석에 대한 고마움을 표시했다. 우리는 장례식 때 아내가 추었던 씻김굿에 관한 이야기를 나누다 서로 공유된 기억으로 초면의 어색함을 풀 수 있었다.

아내는 굿과 공연을 좋아했으며 줄곧 인물화를 그렸다. 나의 얼굴이 크고 인상이 강해서 그림 연습하기에 좋다며 자주 모델이 되어 주기를 원했다. 그림을 그리고 난 후 아내는 사례로 밥을 샀고 연극을 같이 봤다. 점차 영숙을 매개로 하지 않은 전혀 새로운 만남이 이루어졌다. 오빠는 부안으로 귀향해서 아버지 사업을 돕고 있으며 병은 많이 호전되어 정상적인 생활이 가능하다고 했다. 아마 좋아진 약 덕분일 거라고도 했다. 아내와 함께 영숙의 무덤에 가기도 했다. 무덤은 어느새 산 중턱의 일부가 되어 있었다.

아내는 교직에 염증을 느끼고 지쳐있던 나를 연극 연출가의 길로 이끌어 주었다. 그녀가 한때 소속되었던 극단을 통해서였다. 신촌역 주변에 사무실을 둔 극단은 공공기관과 후원단체의 지원을 받아 일 년에 3편 정도의 공연을 매년 근근이 올리고 있었다. 나는 교직생활을 병행하며 공연 때마다 조연출이나 조명, 음향 등의 역할로 참여했고 다양한 표현기법을 배웠다. 나는 본격적인 연극 작업을 위해 학교를 그만두었다. 10년만이었다. 그리고 10년 동안 모은 돈으로 자그마한 아파트를 얻어 아내와 동거를 시작했다. 아내는 비밀스러운 동거를 원했고 우리는 결혼이나 혼인신고를 하지 않고 살을 섞고 음식을 나눠 먹었다. 아내의 아버지 때문이었다. 그는 아직도 언니 영숙과 관계되었던 인물들을 용서하지 못하고 있는 듯했다. 나는 '선(禪)'이란 이름의 공연 전문 극단을 만들고 대학로에 있는 소극장을 장기 임차하여 새로운 형식의 공연을 제작했다. 황벽의 전심법요와 같이 문답식으로 이루어진 조사들의 선어록이나 벽암록에 열거되어 있는 짤막한 비유 등을 옴니버스 형태의 극으로 꾸며서 올리는 것이었다. 불교와 선(禪)에 관심이 있는 관객들이 꾸준하게 극장을 찾아왔다. 부족한 비용은 가끔씩 불교문화단체의 후원을 받기도 하였다.

한참을 아내가 그리는 그림을 지켜보다가 서재에 들어가 인터넷 경매 사이트 트레져옥션에 접속하였다. 접속하자마자 창사 기념 특별 온라인 경매 행사라는 팝업창이 떴다. 단독 상품으로 육조 정상의 사진이 올려져 있었다. 정상(頂相)이라는 용어의 설명도 덧붙였다. 사람의 머리뼈를 보통 인골이나 두개골, 두골, 해골 등으로 부르나 높은 도를 성취한 고승이나 존엄한 인물의 머리뼈는 정상이라 부른다는 설명이었다. 회사에서 치밀하게 기획하여 올린 단독 상품이었다. 보통 특별 기획 경매 행사는 다양한 품목의 상품을 올려서 관심 있는 여러 사람들의 접속을 유도하는 것이 상식이었다. 그러나 회사는 이번 기획 경매에서 파격적인 단독 상품을 통한 뉴스 효과를 노리고 있는 것 같았다.

조명 때문인지 사진 속 정상의 큼지막한 두 눈두덩이 구멍에 정면을 응시하는 기운이 아직도 살아 남아있는 듯했다. 머리 부분이 인상 깊게 컸고 다물고 있는 입 아래의 턱까지 보관상태가 굉장히 양호한 물건이었다. 그러나 물건에 대한 자세한 설명은 내가 번역한 내용과 완전히 달랐다. 하동 쌍계사 금당에 있는 설명문을 토대로 추정한 글이었다.

통일신라 때 승려 삼법(三法)은 당시 당나라에서 크게 선풍(禪風)을 일으키고 있던 달마 선종 6대(六代) 조사(祖師)인 혜능선사의 소문을 듣고 그를 찾아가 선법을 묻고자 했다. 그러나 사정이 여의치 않아 뜻을 이루지 못하다가 혜능이 713년 입적했다는 소식을 듣고는 진불(眞佛)을 참배하지 못하고 말았음을 애통해했다. 그 후 그는 당에 유학을 다녀온 한 승려로부터 혜능의 설법 내용을 담은 『육조대사법보단경(六祖大師法寶壇經)』을 구하여 심독한 후 큰 감동과 가르침을 받는다. 그리고 『법보단경』의 내용 중 "내가 죽은 뒤 몇 년 후 나의 머리를 취하려 하는 사람이 있을 것이다."라는 예언을 읽고는 '다른 사람이 가져가기 전에 신라국의 안녕과 번영을 위해 먼저 가져오리라'고 마음먹는다. 그는 김유신의 부인이었던 영묘사(靈妙寺)의 법정(法淨) 비구니에게 뜻을 밝히고 금 만 냥을 희사받은 뒤, 722년 상선을 타고 당나라에 들어갔다. 그러나 혜능의 머리를 취하는 것은 쉬운 일이 아니었다. 고민하며 시간을 보내다 유학승으로 와 있던 신라의 대비(大悲) 스님을 만나 서로 뜻을 합하게 된다. 대비 스님과는 전부터 알고 지내는 사이였다. 두 스님은 당나라 무사 장정만(張淨滿)의 도움을 받아 소주(紹州) 보림사(寶林寺)의 육조탑에 있는 혜능의 정상을 가져올 수 있었다. 항주에서 배를 타고 귀국한 후 영묘사에 정상을 모시고 예배를 올리는데, 삼법 스님의 꿈에 한 노사(老師)가 나타나 육조의 정상을 지리산 아래 '눈 속에 칡꽃이 핀 곳(雪裏葛花處)'에 봉안하라는 계시를 주었다. 이에 삼법은 대비 스님과 함께 눈 덮인 지리산 중 칡꽃이 피어난 자리를 찾아 정상을 석함에 넣어 땅 속에 안치한 뒤, 그 아래에 암자를 지어 날마다 선정을 닦다 입적했다. 그 후 암자는 화재로 소실되고, 봉안

된 육조의 두골은 유실되어 행방을 알 수 없었다. 그 육조의 두 골이 손상되지 않은 채 발견된 것이다.

글을 읽은 뒤 한동안 혼란을 수습해야 했다. 내가 번역한『육 조정상탈취비사』에 비추어 볼 때 게시된 내용은 모든 게 오류투 성이었다. 비사에는 혜능이 살아 있을 때 목을 베어 온 것으로 정확하게 묘사되어 있었으나 설명문은 이미 죽은 뒤 사체에서 절두하여 보관하던 정상을 훔쳐 온 것으로 말하고 있었다. 또한 정상 탈취의 중요한 모티브인 달마로부터 전수되어 내려온 가사 와 관련된 설명은 전혀 없었다. 물론 육조 혜능의 타살에 관한 내용도 없었고 시간도 10년을 늦추어 육조 열반 후 정상 탈취로 뒤바뀌어 있었다. 다만 삼법, 대비라는 승려의 역할과 명칭이 동일했고 영묘사라는 절에서 도움을 줬다는 사실은 비사의 기록 과 같았다. 설명문에는 정상이 최근에 어떻게 해서 발견되었고 진품 여부를 어떻게 확인했는지 그 과정은 나와 있지 않았다. 소유자는 불교문화재탐사재단㈜이었고 소재지는 시중은행 귀 중품보관소로 되어 있었다. 의뢰받은 재단에서 보안을 위해 은 행을 선택한 것 같았다.

나는『육조정상탈취비사』의 내용을 신뢰할 수밖에 없었다. 서 책을 발견한 후 번역하는 과정에서 한 번도 왜곡된 내용이라 고 의심해 본 적이 없었다. 감정해 봐야 알겠지만 서책은 분명

1377년 제작된 것이 분명한 것으로 믿었다. 그리고 추사가 쓴 『소고』에도 탈취비사의 내용에 대한 의문은 제시되지 않았다. 소고는 대부분 비사의 내용을 읽고 김정희가 토로한 탄식이었다. 또한 육조 정상 탈취의 중간 과정이야 어찌 되었든 다행스럽게도 육조의 정상이 반도의 땅에 있었기에 남선종의 정수를 이어받아 계승하고 있는지도 모른다는 내용도 있었다. 육조 정상에 관한 인터넷 기사를 모두 검색해 보았다. 이미 팝업창에 뜬 설명문과 같은 내용이 오래전부터 전해 오는 통설임을 확인할 수 있었다. 여몽도 이렇게 알고 있을 것 같았다. 비사를 번역하는 동안 여몽에게 비사에 수록된 내용에 관해서 말해 본 적이 없었다.

그러고 보니 일이 오히려 쉽게 풀려갈 수도 있을 것 같았다. 육조의 정상이 트레져옥션에 올린 설명문의 내용보다 더한 죄업의 산물임을 알린다면 쉽게 여론의 관심을 얻을 수도 있을 듯했다. 일단 여몽을 다시 찾아가 트레져옥션 팝업창에 띄워진 육조 정상에 관한 잘못 알려진 내용을 설명하고 둘이서 진실을 알리기 위해 공식적으로 기자회견을 하는 것이 어떻겠느냐고 제안해 보기로 했다. 비사의 내용은 어디서부터 공개하여야 할지 결정하기가 쉽지 않았다. 번역본을 그대로 모두 공개하고 기자 배포용으로 요약문을 한 장 만들어 공개하는 것이 좋을 것 같았다. 화면 여기저기 산만하게 떠 있는 경매 관련 팝업창을 닫고 창사 기념 경매 메인 메뉴를 클릭해서 필요한 사항을 검색해 보았다. 안내 창은 눈에 띄도록 HOT 아이콘을 달고 정상의 내정가격이 30억이고 호가는 15억부터 이루어짐을 강조하고 있었다. 경매 일시까지 남은 기간은 고작 5일이었다. 그만 빠져나올까 하다가 고객게시판 메뉴를 클릭해 보았다. 경매 담당자가 올린 정상 관련 뉴스 기사 말고는 게시물이 없었다. 그런데 기사의 조회 수가 무려 만 명이나 되었다. 그렇게까지 관심을 가진 사람들이 많다니 깜짝 놀라지 않을 수 없었다. 공중파 정규방송의 메인뉴스 시간에 짧게나마 보도된 영향이었을 것이다. 나는 고객게시판에 글을 올렸다.

놀라운 사실을 하나 알려드리겠습니다. 경매품으로 나온 육조의 두골은 경매로 거래되어서는 안 되는 물건입니다. 왜냐하면 지금으로부터 1300여 년 전에 행해진 죄업의 산물이기 때문입니다. 통일신라인 삼법은 이미 죽은 혜능의 머리를 훔친 것이 아니라 살아 있는 혜능을 죽이고 머리를 잘라 오는 악행을 저질렀습니다. 저는 이러한 사실을 증명할 수 있는 문헌을 확보하고 있습니다. 저는 또한 육조의 정상에 관해 많은 것을 알고 있는 사람입니다. 지금 중국 광동성 소관에 소재한 남화선사에는 육조의 생신불이 있습니다. 그 생신불의 두상은 가짜인 셈이죠. 우리는 죄업에 대한 속죄를 해야 합니다. 비록 시간이 많이 지났다 할지라도 육조의 두상이 확실하다면 남화선사에 되돌려 줘 생신불이 육조의 실제 두상을 가질 수 있도록 해야 합니다. 혹시 신문사나 방송국의 기자 분들 중에 이러한 사실에 관해서 더 알고 싶은 분이 있으면 저는 언제든 만나서 대화를 나눌 용의가 있습니다. 연락 주시기 바랍니다.

글 말미에 내 전화번호를 명기하고 글을 올리자마자 조회 수가 꽤 나오는 것으로 보아 상당히 많은 사람들이 관심을 갖고 있음을 알 수 있었다. 컴퓨터를 끄고 잠시 마음을 가지런히 한 후 아내가 그리고 있는 쿠시나가르광장에 관한 상상을 하다가 그림이 궁금해져 거실로 나가 보았다. 아내는 눈을 정신없이 깜빡이면서 빠른 손놀림으로 이젤에 올린 100호짜리 도화지에 그림을 완성해 가고 있었다.

12   쿠시나가르광장 2

"언제 이렇게 그렸어, 여기가 쿠시나가르광장인가?"

아내가 그린 쿠시나가르광장엔 곳곳에 마로니에와 은행나무들이 큼직하게 서 있었다. 마치 대학로 광장을 세밀하고 촘촘하게 옮겨놓은 듯한 풍경이었다. 언덕 너머에 강이 있었고 강 우측으로 커다랗게 부채꼴 모양의 광장이 펼쳐져 있었다. 광장 여기저기는 수없이 많은 사람들로 시끌벅적 붐볐다. 길거리엔 좌판을 깔아 놓고 물건을 파는 사람들과 물건을 사는 사람들이 흥정하고 있고, 젊은 남녀들은 나무 밑 벤치에 앉아 책을 보거나 이야기를 나누거나 술을 마시고 있었으며 곳곳의 상가에선 노랫소리와 소음이 흘러나오는 듯했다. 저쪽 골목 어귀는 사람들이 빽빽이 모여 발 디딜 틈이 없을 정도로 붐비고 있었다.

"꿈속에서 봤던 장면을 잊어버릴까 봐 재빠르게 그렸지."

"이건 뭐야? 강이 있네, 언덕도 있고."

"아노미강이야. 꿈과 현실의 경계인 하이브리드 지역이지."

"그럼 이 강은 꿈도 되었다 현실도 되었다 하는 지역인가? 그래서 하이브리드인가?"

"꿈과 현실이 뒤섞인 갈등과 번민의 지역이기도 하지. 이러지도 못하고 저러지도 못하는. 그래서 아노미강이라고 해 봤어."

"어떻게 꿈속에서 본 공간을 이렇게 구체적으로 그린 거야?"

"광장에 나간 꿈을 몇 번째 반복해서 꾸고 있어."

"그래? 갈 때마다 동일한 공간이야?"

"처음엔 꿈속에서 한번 갔던 공간을 다음 꿈속에서 또 갈 수 있다는 사실에 많이 놀랐지. 근데 만나는 사람들은 항상 달라… 일관성도 없고… 흐름이 들쭉날쭉이지."

"꿈속에서 꿈이라는 게 의식이 돼?"

"아니. 깨고 나서 되짚어 보면 그렇다는 거야."

"그 쿠시나가르광장에 나도 한번 가고 싶다. 그리고 그곳에서 당신을 한번 만나 보고 싶어. 거기서 당신을 만나면 어떤 기분일까?"

"때때로 이런 기분도 들어. 지금 여기도 내가 반복해서 들어오는 꿈속이 아닌가? 하는…"

"지금 우리가 꿈속에서 이야기하고 있다고?"

"꿈을 깨고 나면 아무런 일이 없었던 것처럼 깨끗하잖아… 혹 지금 우리가 사는 일도 그럴 수 있는 것이 아닐까?"

아내는 마치 몽중삼매의 경지에 올라 모든 걸 초월한 선객처럼 가볍게 툭 던졌다. 특별히 아내에게 해 줄 말이 없었던 나는 꿈틀거리는 쿠시나가르광장을 더욱 자세하게 훑어보았다. 아내의 설명은 조금 더 이어졌다.

"운 좋게 아노미강을 만나면 해체된 의식을 강물에 띄워 버리고 신속하게 강을 건너 꿈속으로 진입하는 거야. 이 언덕 너머에 도시국가가 있어. 바로 쿠시나가르야."

"이 언덕을 넘어서야 도시로 진입할 수 있겠네. 매번 같은 방식이야?"

"비슷하긴 한데 때때로 조금씩 다르기도 해, 그런데 통과의례는 같아."

"그게 뭔데?"

"입국심사관의 질문에 답변을 하는 거야. 그 질문의 내용이 때에 따라 다르긴 한데."

"질문이 어떤 것들이었어?"

"기억이 잘 나지 않는데 처음 광장에 들어갈 때 던졌던 질문은 아직도 생생해. 그 입국심사관의 표정도. 딱딱하게 굳은 표정으로 물었었지. '석가가 죽은 곳이 어디냐?' 나는 주저 없이 대답했어. '쿠시나가르입니다.' 그런데 입국심사관이 한참 뚫어지게 나를 바라보더니 오른쪽 입꼬리를 위로 치켜 올리며 속삭이듯 말했어. '틀렸다.' 순간 관문을 통과하지 못하고 다시 돌아와야 할 일이 걱정되었지, 그래서 신속하게 다시 대답을 해 본 거야. '보리수나무 아래입니다.' 그 때 심사관의 반응이 재미있었어. '어떻게 알았지?' 하며 가볍게 퉁 치는 거야. 그리고는 '합격', 그러는 거야. 휴~ 한숨을 내쉬며 재빠르게 광장에 진입하려는데 심사관이 '잠깐!' 하며 제지하더니 마치 고승처럼 주장자를 높이 들어 올리면서 두터운 목소리로 말했어. '석가는 깨달음을 얻은 그 순간 보리수나무 아래에서 곧바로 죽었느니라.'"

"무슨 선문답 같고 화두 같네."

"앞으로 또 광장에 나가는 꿈을 꾸면 이야기해 줄게, 아 참, 생각났다. 기억거래소 꿈을 하나 더 꾼 적이 있어."

아내는 잠깐 생각을 더듬다가 자신이 그려 놓은 그림을 짚어

가며 차분하게 이야기를 이끌어 나갔다.

"그날도 여기 광장에 들어와 보니 다양한 사람들이 다양한 방식으로 저들의 소음을 내면서 살아가고 있었지. 갑자기 또 웬 낯선 여자가 싱그러운 웃음을 흘리며 다가오더니 같이 커피를 한 잔 할 수 있느냐는 거야. 그리곤 대답도 듣지 않고 카페 안으로 날 데려갔어. 카페 안은 인테리어가 고급스러웠고 유명한 그리스 여가수 해리스 알렉시유의 노래 〈파토마〉가 잔잔하게 흐르고 있었어."

"분위기가 전반적으로 무거웠겠는데."

"그런데 사람들은 비탄에 젖은 음악을 들으면서 무표정하게 저마다 커피를 마시고 있었어. 빈자리가 드물 정도로 사람들이 가득했지만 소음은 크게 들리지 않았지. 조심스럽게 구석에 있는 빈자리를 찾아 앉았어. 순간 독특한 커피향이 진하게 몰려와 기분이 몽롱해지는 거야. 낯선 여자는 마치 자주 와 본 집인 듯이 집은 에스프레소니 카푸치노니 그런 것들은 취급하지 않고 오직 한 가지만 판다고 했어. 커피의 이름은 우왁커피."

"우왁커피? 오바이트할 때 토사물이 생각나서 좀 그러네, 루왁커피하고 발음이 비슷하기 한데."

"하여튼, 낯선 여자는 한번 마시면 그 맛을 잊어버릴 수 없는 그윽하고 신비한 맛을 지닌 커피라고 힘주어 말하면서 두 잔을 주문하더라고. 그리고 물어보지도 않았는데 우왁커피에 관해 알고 있는 정보를 알려 주었지. 캠퍼스커플이었던 남녀가 대학을 졸업하고 아무것도 없이 그냥 사랑만 믿고 바로 결혼을 했대. 취업도 안 되고 둘의 생활은 빈곤하기 이를 데 없는 절망적인 상황이었지. 이때, 여자가 우연하게 남자의 특이체질을 발견했대. 자신의 남자가 늘상 겨드랑이나 발가락 같이 접힌 신체 부위에서 이상한 향을 풍기는 걸 알게 된 거야. 그는 사향고양이처럼 독특한 효소가 몸속에서 분비되는 특이체질이었던 거지. 한번은 장난삼아 커피콩을 씹지 않고 통째로 먹어 보았대. 그런데 이게 무슨 조화인지, 원두가 발효되어 나온 거야. 배설된 원두를 조제하여 마셔 본 결과 이루 말할 수 없는 깊은 맛을 지닌 커피가 되는 것을 알아내고, 부부는 본격적으로 커피콩 장사에 나섰대. 남편은 커피콩을 열심히 먹고 배설물을 쏟아냈고. 돈이 쏟아져 나오는 것 같았다지.”

“비극적이네.”

“거친 호흡으로 숨 가쁘게 설명하던 낯선 여자는 깊은 숨을 내쉬더니 설명을 이어 갔어. 부부가 이 집에만 발효된 커피콩을 독점적으로 공급하고 있는데 주인은 우왁커피라 이름 짓고 하루에 몇백 잔만 한정 판매하고 있다고… 믿기 어려운 내용이라서 낯선 여자에게 어떻게 알았느냐고 물었지. 그런데 글쎄, 자기가 기억거래소 단골손님인데 기억거래소에서 고객으로 온 커피콩 부인을 만나 알게 되었다는 거야. 빨리 벌어서 집도 사고 미래에 먹고살 만한 돈을 저축해야 한다는 생각에 다른 음식은 절식하고 커피콩만 먹는 남편에 대한 죄책감으로 괴로워하던 부인이 거의 매주 한 번씩 거래소를 찾아 기억을 팔고 있었다는 얘기였어."

"당신도 마셔 봤겠지? 맛은 어땠어?"

"과연 우왁커피의 맛은 절세절미였어. 지금까지 경험해 보지 못한 신비한 맛을 담고 있었어. 어떻게 설명해야 할지, 적당한 단어를 찾지 못할 정도야. 마치 이 세계에는 없는 맛이라고나 할까?"

"나도 한 번 마셔 보고 싶어지는데, 값은 얼마나 나갈까."

"낯선 여자가 보통 커피의 10배에 달하는 값이라고 말하면서 기억거래소에서 기억을 팔고 받은 돈이라며 카운터에서 계산하더라고."

"대략 한 잔에 5만 원 정도겠네."

"그러고, 카페를 나가려고 일어서는데 순간, 웬 삐쩍 마르고 날카롭게 생긴 중년 사내가 내가 잡고 있던 낯선 여자의 손을 휙 낚아채는 거야. 깜짝 놀란 내가 낯선 여자 손을 다시 잡으려고 하니까 사내는 낯선 여자에게 여기서 뭐하고 있느냐고 고함을 지르더니 일방적으로 끌고 데려가려고 했어. 나는 깜짝 놀라 선량한 사람한테 이 무슨 결례냐며 호통을 쳤지. 사내는 냉담하게 내 얼굴을 한번 쳐다보더니 '저번 년하고는 다른 년이군,' 하고는 침을 탁 뱉는 거야. 나는 너무 당혹스러워 사내의 눈을 쏘아

보며 당신 누구냐고 물었지. 사내는 낯선 여자를 가리키면서 이 여자 남편이라고 했어. 이때, 출입구 쪽에서 일어난 소란에 카페 주인이 나타나서 쭉 지켜보더니 삐쩍 마른 사내에게 다가가 정중하게 두툼한 봉투를 주는 거야. 나는 궁금해서 카페 주인에게 금방 준 것이 무엇이냐고 물어보았지. 주인은 돈을 줬다고 했어. 알고 보니 그 사내가 우왁커피콩 생산자였던 거야. 커피콩만 먹어서 그런지 피부가 연한 녹색을 띠었고, 사내는 돈 봉투를 호주머니에 깊숙이 넣더니 낯선 여자를 끌고 언덕 쪽으로 사라져 가더라고."

"그럼 얘기해 주던 낯선 여자가 바로 커피콩 부인이었던 거야? 참 기이하기도 하지."

"당신 전화 울리잖아?"

핸드폰 수신 신호음이 계속 울리고 있었는데 아내의 이야기에 집중하느라 의식하지 못한 것 같았다.

"여보세요."

"안녕하세요, C일보 문화부 기잔데요, 트레져옥션 게시판에 올리신 전화번호를 보고 연락드렸습니다."

"아, 네. 전화 주셔서 감사합니다. 말씀하시죠."

"예, 게시판 글을 보면 뭔가 획기적인 내용을 알고 계신 것 같은데요. 시간을 내 주실 수 있을까요?"

"예, 제가 전화번호 알았으니까요. 다른 신문사나 방송사들도 접촉 의뢰가 오면 함께 만날 수 있는 시간을 마련하겠습니다.
준비도 좀 해야 하고요."

"아, 예, 그럼 후에 연락 부탁합니다."

13   트레져옥션 2

아내의 연이은 꿈 이야기 덕분에 나도 이제는 듣기만 하는 호
사를 누릴 수 있는 것에 감사했다. 피곤해 보이는 아내를 쉬게
하려고 아내 곁을 떠나 서재로 향했다. 컴퓨터를 켜고 트레져옥
션 사이트를 열어 먼저 고객게시판을 검색했다. 아내와 이야기
를 나누는 그 짧은 사이에 상당히 많은 글들이 올라와 있었다.
대부분 내가 짧게 올린 글에 대한 의견들이었다. 육조 정상을
돌려줘야 한다고 주장하는 사람들과 돌려줄 필요가 없다는 사람
들의 글의 비율이 비등했다. 삼법이 왜 육조를 죽였는지, 그리
고 그렇게 알고 있는 근거는 무엇인지를 물어보는 의견들도 많
았다. 일단 관심과 호기심을 유도하는 데 성공한 셈이었다. 게
시판을 검색하는 사람들 대부분이 불교 유물에 관심이 많은 불
교신자들로 추정되었다. 어떤 사람은 자신이 광동성 남화선사
에 들러 육조의 등신불을 봤었는데 가짜라는 게 믿겨지지 않는

다고 썼다. 분명히 진짜 얼굴처럼 표정이 뚜렷하게 살아 있는 인상이었다고 했다.

나는 궁금해하는 부분을 조금씩 해소시켜 주면서 관심을 폭발시켜야 한다는 생각으로 『육조정상탈취비사』의 존재를 밝히고 그 내용을 최대한 요약하여 글을 작성하였다.

사실은 육조의 정상을 탈취하는 과정을 기록한 비사를 제가 가지고 있습니다. 그리고 그 비사를 번역 완료하여 이제 곧 세상에 공개하려고 합니다. 그 내용을 보고 탈취 과정의 진상을 알면 여러분들도 아픔을 느끼며 육조 정상 반환 운동에 기꺼이 참여하게 될 것입니다. 『육조정상탈취비사』는 아주 짧게 요약하자면 이렇습니다. 효소왕에 이어 왕위에 오른 성덕왕은 자신의 왕권을 강화하고 첩의 아들이라는 자기 신분의 한계를 극복하기 위해 도움을 받을 수 있는 것이 뭐 없을까 하고 고민하다가 당나라 군사들을 통해 전해 들은 육조 혜능의 가사에 관심을 갖게 됩니다. 육조의 가사가 석가의 황금가사로서 그 값어치가 무궁무진하여 하늘에 이르고 불조 28대와 달마 이하 5대에 이르는 동안 그 영험함이 한 번도 쇠락한 적이 없는 신의라고요. 이런 사실을 알게 된 성덕왕은 사람들을 수소문하여 중국 광동성 지방에서 수행한 적이 있는 삼법이라는 승려와 평민으로 위장한 무사에게 돈과 금을 주어 가사를 육조의 가사를 빼앗아 오도록 합니다.

삼법과 무사는 광동성 소주에 도착하여 육조가 국은사에 대피해 있음을 알고 승려 대비의 힘을 빌어 국은사를 침범합니다. 그러나 혜능을 포박하고 위협하여 가사를 강탈하려 했을 때 가사는 이미 무측천, 측천무후에게 빼앗겼고 무후가 건릉에 묻힐 때 가지고 들어가 버린 사실을 알게 되죠. 혜능은 이미 가사 때문에 수없이 많은 사람들로부터 고초를 겪은 적이 있습니다. 특히 북쪽의 신수는 끊임없이 염탐꾼을 보내 호시탐탐 가사를 노렸고 또한 지선은 무측천의 권력을 이용해서 압박을 가했습니다. 결국 가사의 신비함을 알게 된 무측천에게 가사를 빼앗기고 홀가분해하고 있었으나 사람들은 믿지 않았습니다. 성덕왕의 명으로 가사를 빼앗기 위해 중국에 간 삼법 일행은 가사를 가져오지 못하면 그의 목이라도 가져오라는 성덕왕의 명령대로 육조의 머리를 내리쳐 죽이고 머리를 탈취하게 됩니다.

글 작성을 완료하고 게시판에 글 올리기 버튼을 누르려 할 때였다. 아내가 뭔가 하고 싶은 말이 있는 표정으로 서재 안에 들어와 서 있었다.

"당신, 언제 들어왔어?"

"잘 되어 가?"

"응, 내일 다시 구신리로 여몽에게 가 봐야겠어, 함께 기자회견을 해서 반환운동에 대한 관심을 이끌어 보려고."

"당신 혹시 기억나? 언젠가 나에게 해 주었던 이야기, 미국이었던가? 앞을 전혀 못 보는 맹인 부부가 아이를 무려 4명씩이나 입양해서 훌륭하게 키워 낸 이야기, 모두 갓 태어난 갓난아기 때 데려와서 키웠다고 했지? 발에 종을 매달고 키웠다며, 버둥대는 발짓으로 오줌 싼 걸 알아내려고… 배고픔도 우는 목소리를 듣고 알아냈고, 조금 커서는 밥을 챙겨 주고 그 옆에 서서 아이의 밥 먹는 소리를 들어서 얼마나 먹었는지 알아냈다며? 아이가 투정을 부리며 밥그릇을 내던지면 음식을 다시 주워 담으려고 바닥에 엎드려 한참을 더듬었던 일도 수없이 많았고, 학교 다닐 때는 아이가 선생님의 강의를 녹음해 오면 점자로 일일이 타이핑해서 노트를 만들어 주면서 키웠고, 그렇게 해서 4명을 모두 대학까지 졸업시켰다는 이야기."

평소답지 않게 높은 음성으로 숨 가쁘게 말을 잇던 아내는 잠시 말없이 눈물을 글썽이다가 차분하게 중얼거렸다.

"때때로 사람들이 꼭 악기 같아. 그들의 짧은 삶을 연주하다 가는 악기. 지구라는 이 무대에서 그 맹인 부부, 얼마나 아름다워, 그 악기의 연주가."

나는 아내의 등을 쓰다듬어 주면서 오랫동안 해 오던 생각을 조심스럽게 꺼냈다.

"우리도 애를 한 명 입양하면 어떨까?"

아내는 초점 없는 시선을 아래로 떨어뜨리며 침묵했다.

면담을 요청하는 기자들의 전화를 네 통이나 받았다. 트레져 옥션 게시판에 두 번째 올린 글을 보고 연락한 것이었다. 신문사 두 곳과 방송국 두 곳이었다. 유력한 일간지 D일보는 사회부 기자라 했고 A일보는 문화부 기자라 했다. 방송국 한 곳은 불교 관련 방송국이었으며 나머지 한 곳은 종합편성채널 중 하나였다. 나는 개별적인 만남보다 한 번에 다 모아 하는 기자회견 형식이 좋을 것 같다고 앞서 C일보 문화부기자에게 답했던 대로 똑같이 응답했다. 여몽의 도움이 필요했다. 여몽에게 공동기자회견 참석을 부탁하기 위해 다시 구신리를 향해 차를 몰았다. 자동차 속도만큼이나 빠르게 여시아문 시절의 기억이 떠올랐고 편집된 파노라마 영상처럼 잠깐 잠깐씩 머무르다 사라졌다.

여몽은 20개월의 형기를 마치고 출옥하였다. 감옥에서 그는 더욱 투쟁의지가 고취된 운동가로 변모하였다. 운동의 방향도 정치 민주화운동에서 노동해방운동으로 선회하였다. 그는 학원 자율화법 시행의 혜택을 받아 교적을 회복하고 복학한 뒤 여시아문을 떠나 그의 원적 서클인 사회과학연구회로 되돌아갔다. 여몽이 떠난 뒤 여시아문은 본래 불교서클의 색깔을 조금씩 되찾았다. 회원들은 서양경제사론 대신 보조 지눌의 『수심결』과 『정혜결사문』을 다시 읽기 시작했고 강연에 능한 학승을 초청해

『금강경』강론을 들었다.

여몽의 나머지 대학생활은 사회과학연구회 서클 생활이 전부였다. 그는 그곳에서 첨예한 사회변혁운동의 일꾼으로 굳어져 갔다. 여몽과 학교 안팎에서 함께 어울리던 급진적인 세력 일부는 주체사상에 경도되는 아슬아슬한 사상적 편력을 보이기도 했다. 여몽은 대학을 졸업하지 않고 취업했다. 대학 졸업이라는 기득권을 포기한 위장 취업이었다. 이념서클의 핵심 멤버들이 4학년이 되었을 때 당연하게 받아들이던 도식화된 길이었다. 여몽은 공작기계를 만드는 부천의 한 공장에 프레스공으로 취업했다. 변두리 시장에서 행상으로 연명하던 사촌동생의 주민등록증을 위조하여 신분을 위장한 상태였다. 이미 요주의 인물로 낙인이 찍혀 공안기관의 사찰을 받고 있었던 여몽으로선 자신의 신분을 사용할 수는 없었다. 노조가 없는 생산 공장에 위장 취업한 후 노조를 만드는 형식의 현장 활동을 추구했지만 여몽의 추진은 오래가지 못하고 깨지고 말았다. 공장 내부의 문제가 아니었다. 그가 그의 운동조직원들로부터 공안기관의 프락치라고 오해를 받는 충격적인 일이 발생한 것이었다. 프레스에 오른손이 찍히는 돌발적인 사고로 손가락 하나를 잃는 고통을 겪는 상황에서 생긴 일이었다.

생산라인의 가장 위험한 공정을 담당하고 있었던 여몽은 한순간의 실수로 치명상을 입었다. 여몽은 프레스에 찍혀 떨어져 나간 검지손가락을 들고 근처 병원으로 뛰었다. 신속하게 봉합 수술을 했으나 한번 떨어져 나간 손가락은 쉽게 다시 붙지 않았다. 이때 누군가 그에게 접근해 큰 병원에 가면 붙일 수도 있지 않겠냐고 조언했다. 여몽은 그의 도움으로 큰 병원으로 이동했으나 불행하게도 접합은 끝내 이루어지지 않았다. 비록 접합에 실패했지만 여몽에게 도움을 준 그 사람이 공안기관의 정보원이라는 소문이 조직원들 내부에 돌았다. 그때 마침 그 정보원의 활동과 수색으로 근처 공장에 위장 취업한 운동조직원 중 한 명이 체포되었다. 여몽은 밀고자로 의심받았다. 조직원들은 여몽에게 프락치 활동을 인정하도록 압력을 가했으며 자아비판을 통해 조직원들의 신뢰를 다시 얻을 수 있도록 주문하였다.

여몽은 회복하기 힘든 물리적, 정신적 손상을 입었다. 그 상태로 집으로 돌아갈 수 없었던 여몽은 내가 잠시 독립해 생활하던 자취방으로 들어왔다. 부천에 있을 때 사용했다던 이불과 살림 도구 몇 가지를 가지고 온 날 밤 여몽은 굵은 눈물을 흘리며 소리 없이 통곡했다. 지난 일들을 회상하면서 맺힌 가슴을 쓸어내리는 것 같았다. 여몽은 나와 함께 지내며 투사의 첨예한 정서에서 평범한 소시민의 정서로 서서히 변해 갔다. 항상 뭔가에 쫓기는 듯하던 불안한 표정이 많이 줄어들었고 공격성과 자기비하를 일삼던 말투도 많이 달라졌다. 방안 여기저기에 흩어져 있는 불교 서적에 관심을 보이기도 했다. 또한 대학졸업장이 필요 없는 공기업에 정규직으로 취직하기 위한 공부도 시작했다. 무엇이든 한번 몰입하면 놀라운 집중력으로 끝장을 보고 마는 성격이었던 여몽은 이듬해 공기업 입사시험에 합격하여 안정적인 직장을 얻었다. 그리고 청량리 588 너머 그의 집으로 귀가하였다.

평범한 소시민의 삶으로 일상의 안락을 추구하던 그에게 감당하기 힘든 커다란 사건이 발생했다. 아버지의 가출이었다. 가족의 생계를 위해 청량리역 주변에서 짐꾼으로 노후를 보내던 그의 아버지가 심각한 암에 걸리자 가족들에게 부담 주는 게 싫다며 '찾지 마라'는 짤막한 말을 남기고 어디론지 사라져 버린 것이다. 여몽은 아버지를 찾기 위해 직장에 장기결근을 하면서 전국 곳곳을 다녔다. 아버지의 고향인 충남 홍성 주변과 상당히 오랜 기간 동안 근무했던 사북탄광촌 주변, 날품을 팔며 한동안 살았던 인천 남동구 주변 등 아버지 삶의 역정을 추적하며 혹 은거해 있을 만한 곳을 찾아 쏘다녔지만 찾을 길이 없었다. 아버지의 소식을 듣게 된 것은 가출 뒤 무려 일 년이 지난 후였다.

아버지는 덕숭산 주변의 야트막한 산언저리 초막에서 육탈이 상당히 진행된 상태로 지나가던 등산객에 의해서 발견되었다. 숨진 지 한 달이 넘게 흐른 시간이었다. 다행스럽게 그의 윗옷 호주머니에 든 주민증으로 신원을 알아낼 수 있었다. 유서는 없었다. 살았을 때 가족들과 소원한 관계로 지내지도 않았는데 왜 그런 식의 죽음을 맞이하였는지 여몽은 그 까닭을 알 수가 없었다. 그의 아버지는 가족들에게 경제적 부담을 주지 않겠다며 떠 났다고는 하지만 마지막 죽음에 이르기까지 연락을 한 번도 시 도하지 않았고 죽은 후 자신의 시신 처리에 대한 말 한마디 없이 마치 속세의 인연이란 아무도 없는 것처럼 자발적으로 극단적인 쓸쓸함 속에서 세상을 떠났다. 여몽은 평소 세상살이에 크게 미 련을 두지 않고 소박하게 살아가던 부친의 성품을 미루어 담담 하게 홀로 죽음을 맞이하였을 것이라고 애써 위안했지만 충격을 소화하는 데 상당한 시간이 필요하였다. 때늦은 아버지 장례를 치르고 나서 여몽은 삶과 죽음에 관한 깊은 회의에 빠지게 되었 다. 그는 가끔 내 자취방에 와서 오랫동안 멍한 모습으로 앉아 있다 가곤 했다.

사람이 죽으면 어떻게 될까? 죽음은 말 그대로 소멸인가? 아 니면 육신만 소멸되고 영혼은 소멸되지 않고 다른 어떤 형태로 존재하는 것일까? 육체와 영혼은 결합되어 있는 것인가? 분리 되어 있는 것인가? 영혼이란 구체적으로 존재하는 것일까? 여 몽은 본격적으로 질문을 던지기 시작했다. 그는 성리학을 공부 하기도 하고 천부경을 세밀하게 공부하기도 했으며 노자와 장자 를 독파하기도 하였다. 하지만 구체적인 이미지를 잡아 가는 것 이 무척 힘들어보였다. 한번은 그가 문득 호주의 어떤 여류시인 이 쓴 책을 읽고는 기가 막힌 내용이라며 나에게 읽기를 권유하 기도 하였다. 사고의 폭을 넓힐 수 있는 깊은 철학적 사유의 단초를 얻었다고 흥분하여 말하였다. 작가는 서두에 책에 서술한 모든 내용이 초월적 존재의 말을 받아쓴 이야기라는 것을 강조하고 있었다. 자신은 단지 초월적존재의 도구였을 뿐이고 거부할 수 없는 에너지에 의해 기록을 강요받았다고 주장하였다. 여몽은 인간의 인식 공간이 단순하게 보이고 들리는 영역에만 있는 것이 아니라는 확신을 갖게 되었다. 그리고 영적 공간에 소통이 가능한 어떤 특별한 존재가 있을 수도 있을 것이라고 생각했다. 예수가 그 가능성을 보여준 증거라고 생각했다. 그는 상당한 시간 동안 성경을 밀도 있게 읽었고 예수에 관한 다양한 서적을 구하여 읽었다. 그러나 그는 점차 신비주의적 관점에 회의를 갖기 시작하고 이런저런 책들을 읽고 오랫동안 번민하더니 급기야 예수를 한 인간으로서만 인정하게 되었다.

여몽은 기댈 구석을 잃어버린 채 진리에 대한 갈증으로 매일매일 자신을 학대하고 비쩍비쩍 말라갔다. 옆에서 지켜보기에 안타까웠던 나는 여몽의 심리적 안정을 위해 달마가 쓴 『혈맥론』과 『관심법』을 하루에 한 장씩 읽고 함께 스터디해 보는 게 어떻겠느냐고 청했다. 한동안 뜸하긴 했지만 몇 권의 불교 서적을 접해 보고 본격적인 학습 욕망을 갖고 있던 그는 쾌히 수용했고 가까이에 살고 있었던 적음도 동참하여 셋이 다시 뭉치게 되었다. 우리는 마치 한을 풀듯 여시아문 시절에 못 했던 공부를 했다. 『혈맥론』과 『관심법』 완독 이후 지눌의 『수심결』과 『정혜결사

문」, 대혜종고의 『서장』, 『돈오입도요문』, 황벽의 『완릉록』과 『전심법요』, 『임제록』 등을 한글 번역본과 때로는 일본어 번역본으로 읽으며 면벽좌선을 해보기도 했고 『금강경』과 『능엄경』을 필사하며 합심 공부에 전념하였다. 『육조단경』을 함께 읽고 혜능이 말하고자 하는 중도와 성품론에 관해서 토론을 할 때 여몽은 모택동이 혜능을 무척 좋아해 『육조단경』을 항상 옆에 두고 읽었다고 말하기도 하였다. 조금씩 학습이 무르익어 석가가 전해 주려던 이것의 기척을 얼핏 알아차리려는 기미가 보이기 시작하자 여몽은 퇴직을 결정하고 본격적인 선객의 길로 들어섰다.

여몽의 토굴이 있는 구신리에 도착했을 때 여몽은 선정을 풀고 가볍게 산책을 하고 있었다. 나는 저간의 사정을 설명하면서 기자회견에 동참해 달라고 요청하였다. 그리고 앞으로 자주 긴밀하게 연락할 일이 생길 수도 있으니 핸드폰을 구입해 사용할 것을 제안하였다. 여몽은 핸드폰을 가지고 있었다. 때때로 가끔씩 그의 아내와 통화도 하고 있다고 했다. 하지만 수행을 위해 다른 용도로는 사용하지 않는다고 했다. 핸드폰을 매개로 속세의 인연을 유지하거나 확장하고 싶어 하지 않는 눈치였다. 여몽의 아내는 자그마한 약국을 경영하며 여몽의 깨달음을 위해 뒷바라지하고 있었다. 슬하에 자식은 없었다.

위대한 스승은 항상 사실을 조작하지 말고 있는 그대로 보라고 경책하였다. 있는 그대로 보면 빠르지만 조작하면 당나귀해가 된다고 해도 깨닫지 못할 것이라고 강조하였다. 한번은 여몽이 물었다.

"어떻게 보는 것이 있는 그대로 보는 것입니까?"

위대한 스승의 답은 곧장 나왔다.

"우선 그 질문 자체에 모순이 있다고 생각하지 않소? 설사 내가 어찌어찌 보는 게 있는 그대로 보는 거라고 말해 줬다 한들, 그 말을 듣고 내가 말한 대로 보려 한다면 그건 이미 있는 그대로 보는 게 아니질 않소? 모든 걸 있는 그대로 보는 데에는 잘되니, 안 되니, 어렵니, 쉽니, '나'가 없이 보아야 한다느니 하는 따위의 그 어떤 말도 전혀 붙을 여지가 없는 것이오. 우선 상식적으로 생각해도 있는 그대로 본다는 건 그 무엇도 취하고 버리고 하는 일 없이 본다는 뜻 아니겠소? 그런데도 '어떻게'를 물으며 계속 방법을 찾는다는 것은, 그른 것은 버리고 바른 것을 하겠다는 소리니, 애당초 있는 그대로 보라는 그 말뜻조차 모르고 있는 것이오. 우선 사고하는 사람이 있다는 생각에서 벗어나야 하오. 주재자가 없다는 소리오. 모든 건 인연으로 말미암을 뿐 사고의 주체가 있는 게 아니오. 생각하는 사람이 생각을 하고, 보는 사람이 본다는 그런 모든 이원적인 생각이 전부 환상이오. 본래 참된 하나뿐이오. 그 온통 하나뿐인 데서 보고 듣고 하는 족족 이것과 저것으로 나누고 갈래지어 분별을 일삼는 것이 바로 우리의 의식이오. 우리의 인식작용 자체가 그렇게 구조적으로 참된 하나를 둘로 나누어 놓고 보게 되어 있는 것이오. 그 허구성을 간파하는 것이 이 길에 들어선 수행자가 반드시 넘어야 할 고개란 말이오."

여몽은 들을수록 어려워했고 분명한 깨달음을 성취해야 위대한 스승의 말을 다 이해할 수 있을 것이라며 수행에 정진하였다. 하늘은 맑고 푸르렀다. 맑음을 맑다고 알고 푸르름을 푸르다고 아는 이것은 무엇일까? 경험을 통해 앎에 도달할 수는 없는 일이었다. 아니까 경험하고 있는 것이 아닐까?

15   쿠시나가르광장 3
        _____

여몽의 토굴에서 해질 무렵에 출발했는데도 자동차 속도만큼 빠르게 어둠이 밀려와 사위를 캄캄하게 뒤덮었고 집에 도착했을 때 집안은 적막이 감돌았다. 아내는 〈쿠시나가르광장〉을 이젤에 올려놓고 그 앞에서 스케치용 연필을 손에 쥔 채 엎드려 자고 있었다. 나는 아내를 침대로 옮겨 잠자리를 봐 주고 다시 〈쿠시나가르광장〉 앞으로 왔다. 그림의 내용이 더욱 풍성해지고 사람들의 표정과 동작이 정밀해져 있었다. 광장에 좌판을 벌이고 장

사하는 사람들, 버스를 기다리는 사람들, 벤치에 앉아 책을 보
거나 뭔가를 먹는 사람들, 바삐 뛰어가는 사람들, 비탄에 빠져
멍하니 선 사람들… 그러한 인간 군상들이 뒤섞여 활발하게 숨
쉬는 광장의 모퉁이에 한 사내가 서 있었다. 마로니에 나무 그
늘 아래에 선 그는 오른쪽에 여행가방을 내려놓고 왼손엔 커피
가 든 종이컵을 들고 있었고 시선은 상방 10도쯤으로 고정시킨
채 움직이지 않는 동상 같은 모습이었다. 머무름과 떠남의 경
계에서 아직 어느 쪽을 선택해야 하는지 결정하지 못한 모습이
기도 하였다. 아내는 마치 숨은 그림처럼 광장에 자신이 잘 아
는 어떤 사람을 숨겨 놓은 것일까? 나는 도화지 속 인물 하나하
나를 꼼꼼하게 살펴보면서 이런저런 상상을 하다가 아내가 졸고
있었던 것처럼 깜빡 잠이 들었다.

여기는 언덕 너머의 도시 쿠시나가르, 내가 쓰는 말과 똑같은
말을 쓰는 나라였다. 옆에 있는 도시 쓰리나가르는 예수가 팔레
스타인에서 이곳으로 피신하여 80까지 살다가 천수를 다 누리고
죽은 곳이었다. 니고데모와 아리마대 요셉은 엣세네인들의 도
움을 받아 십자가형을 받던 예수를 십자가에서 끌어내려 쓰리나
가르로 피신시켰다. 장장 한 달 넘게 걸린 잠행이었다. 예루살
렘 대성전 산헤드린 위원들의 자존심 때문에 죽임을 당하는 청
년을 불쌍하게 여겼기 때문이었다. 그의 구멍 뚫린 발이 찍혀
있다는 라우의 발 비석이 보고 싶어졌다. 하지만 여기는 쿠시나

가르, 여기를 떠나 쓰리나가르로 갈 수는 없었다.

나는 아내를 찾기 위해 이리 저리 떠돌다가 사람들이 많이 모여 웅성대고 있는 곳이 있으면 궁금하여 다가가 보기도 하였다. 내가 살고 있는 국가인 듯도 하고 잠시 구경 나온 국가인 듯도 하여 혼란스러웠다. 의식은 이어지지 않고 때때로 단절되어 이리저리 생각한 대로 시간과 공간을 만들며 유영하고 있었다. 이것저것 불쑥 나타났다 사라지기도 하고 경험의 흐름이 비약과 생략을 일삼고 있었다. 생각은 파도처럼 저절로 일어났고 뒷생각이 일어나면 앞생각은 저절로 사라져 갔다.

저기 은행나무 아래에 사람들이 한 줄로 쭉 서서 뭔가를 기다리고 있었다. 어떤 여인이 초상화를 그려 주고 있었다. 혹시 아내가 아닐까? 아내가 화가였다는 생각이 문득 들어 가까이 가 보았다. 화장을 짙게 해서 20대 젊은 미모의 여성인 줄 알았는데 자세히 보니 맹인 여성은 아내였다. 선글라스도 끼지 않고 초점 없는 눈을 희뿌옇게 뜬 채 고객에게 이것저것 말을 시켜 놓고 열심히 듣고 있었다. 목소리만 듣고 초상화를 그려 주는 아내의 그림 솜씨는 신기에 가까웠다. 모든 고객의 초상을 몇 마디의 목소리만 듣고 거의 실물과 똑같은 얼굴로 그려 냈다. 얼굴을 만져 보거나 얼굴의 특징을 물어보지도 않았다. 오로지 목소리로만 사람의 얼굴을 분명하고 뚜렷하게 알아보고 그려 내는 것이었다. 그런데 아내가 한 사람을 전혀 딴판으로 그린 것 같왔다. 성형수술을 한 젊은 여자의 얼굴을 수술하기 이전의 원판으로 그려놓은 것이었다. 절망한 여자는 아내를 때렸고 구경하던 한 시민의 신고로 출동한 경찰이 사태를 수습하고 있는 상황이었다.

나는 초상화를 그리기 위해 기다리는 손님들을 제치고 아내에게 달려가 반가운 소리로 아내를 불렀다. "여보!" 아내는 내 목소리를 듣고 무척 반가워하며 왜 이렇게 늦었냐고 가벼운 핀잔을 주었다. 나는 오늘은 그만 하자며 기다리는 분들에게 양해를 구하고 화구를 정리하며 아내에게 집에 가자고 권유했다. 느낌에 아내의 집이 언덕 중턱에 있는 것 같았다. 아내는 나에게 바짝 다가와 팔짱을 끼더니 밝고 유쾌한 목소리로 쿠시나가르광장 뒤에 있는 상가들을 둘러보고 가자고 했다. 그리고 보니 그동안 우리는 쿠시나가르광장에서 자주 만났고 벤치에 앉아서 장난을 치다가 심심해지면 광장 뒷골목에 좌우로 늘어선 상가들을 둘러봤던 것 같기도 했다. 아내의 팔은 따뜻했고 머리칼은 라일락 향기가 났다. 아내는 발랄한 기운으로 발을 동동 구르기도 하면서 이곳저곳 상점들을 기웃거렸다. 잠깐 생각 하나를 놓친 순간, 아내의 집 거실에 앉아 있었다.

여기는 언덕 너머의 도시 쿠시나가르, 아내가 머무르고 있는 집이었다. 아내는 쿠시나가르광장에서 너무나 많은 초상화를 그렸다며 피곤해했지만 끊임없이 섭취해야 하는 그녀의 양식을 포기하지 않았다. 내가 이야기를 고르느라 잠시 머뭇거리는 사이 아내는 이야기를 종용하다가 지쳤는지 어떤 여행을 계획하며 색다른 궁리에 빠졌다. 여기는 언덕 너머의 도시 쿠시나가르, 의식의 흐름은 거의 빛의 속도였다. 문득 생각의 속도와 빛의 속도는 동일하다는 등가성의 원리를 되새기기도 했다. 나는 무심코 TV를 켰다. 뉴스를 하고 있었다. 아나운서는 강직하게 보이는 인상의 남자와 빨간 안경을 쓴 젊은 여자였다. 남자가 뉴스를 전했다.

"오늘 낮 언덕 너머 광장에서 발생했던 인질범 사건의 범인이 현장에서 붙잡혔습니다. 범인은 은하그룹 회장 부친의 묘를 불법적으로 발굴하여 고인의 유골을 인출한 뒤 광장 한복판에서 돈을 요구하며 인질극을 벌였습니다. 경찰에 따르면 범인은 현장에서 돈을 받고 유골을 후손에게 넘겼으나 도주로를 확보하지 못하고 머뭇거리다가 곧바로 현장에서 붙잡힌 것으로 밝혀졌습니다. 경찰은 범인을 대상으로 범행 경위와 공범 유무를 조사하고 있다고 발표했습니다."

언젠가 아내에게 들은 적이 있는 사건에 대한 보도였다. 휘발유통과 성냥을 들고 빈틈없이 사주경계를 하는 범인의 위태로운 모습을 상상했던 기억이 떠올랐다. 이때, 갑자기 휴대폰 수신음이 강하게 울렸다. 나는 퍼뜩 잠에서 깼다. 그리고 주섬주섬 휴대폰을 들어 전화를 받았다. "여… 여보세요?" 내일 기자회견의 장소를 묻는 방송국 기자의 전화였다.

16 기자회견

극단 선(禪)에서 장기임대한 대학로 소극장 '뜨락'에 생각보다 많은 사람들이 모여 있었다. 초대받은 신문사와 방송사 기자뿐 아니라 불교 유물에 관심이 있는 수집가, 『육조정상탈취비사』에 관심 있는 일반 시민 등이 모여 호기심 어린 눈빛으로 여몽과 나의 말을 기다리고 있었다. 얼추 오륙십 명은 되어 보였다. 나와 여몽이 무대 중앙에 앉아서 기자들의 질문에 답변하는 형식으로 회견이 진행되었다. 회견이 시작되기 전 미리 소책자로 제작한 『육조정상탈취비사』 번역본을 나눠 주었고 또한 작성된 요약문을 인쇄하여 배포했던 터라 참석자들은 여몽과 내가 무대 위에 오르기 전 『탈취비사』에 관한 사전지식을 대략 갖고 있는 상태였다.

나는 모두발언을 통해 육조 해골의 탈취 과정이 정법을 향한 순수한 종교적 의지가 아니라 가사를 갖기 위한 욕망에서 비롯된 처참한 살육의 범죄행위였다고 강조했다. 그리고 속죄를 위해 보림사의 역사를 계승한 남화선사에 육조의 해골을 되돌려

주어야 한다고 주장했다. 여몽은 나의 발언을 거들며 위대한 스승으로부터 비밀지도를 전해 받은 과정을 세밀하게 설명하고 분실에 관한 내용도 밝혔으나 적음은 입에 올리지 않았다. 다만 아는 지인이 훔쳐 갔다고만 표현했다. 나는 요약문을 중심으로 『탈취비사』의 내용을 비교적 구체적으로 설명하며 원본을 공개했다. 촬영도 허락했다.

"D일보 문화부 기잡니다. 질문 드립니다. 혹시 전문적으로 한문학을 공부한 적이 있는지요? 탈취비사 번역의 정확성과 검증 여부에 관해서 알고 싶습니다."

"예, 저는 비사에 써진 글 정도는 해석할 수 있는 한문 해독 능력이 있습니다. 가끔 어려운 한자는 옥편을 찾아 뜻풀이의 정확성을 기했습니다. 제가 번역을 완료한 뒤 외부 공개가 오늘이 처음이고 정상이 노출되기 전까지는 비사를 누구에게도 노출시키고 싶지 않아 전문가의 검증은 거치지 않았습니다."

"P신문 사회부 기잡니다. 탈취비사 간기에 관해서 물어보겠습니다. 말씀하신 대로 탈취비사가 선광 7년, 즉 고려 우왕 3년에 제작되었다면 서기 1377년으로 청주 흥덕사에서 금속활자본으로 제작된 직지심경과 같은 해인데 혹시 활자본은 어떤 것으로 추정하고 계시는지요?"

"예? 저는 단지 정상 반환을 위해 부수적인 작업을 한 것이고 심각하게 생각해 보지 않은 것이라서 잘 모르겠습니다."

"빠른 시간 내에 정상탈취비사 문서를 신뢰할 수 있는지 전문가에게 의뢰해 감정해 봐야 되지 않을까요? 그리고 간기 마지막에 활자인쇄라고 되어 있다는데, 제 생각에는 만약에 이것이 나무로 만든 활자였다면 목자인쇄라고 되어 있어야 하는데 활자인쇄라고 되어 있는 것이 혹시 금속활자본일 수도 있다는 생각이 들어 여쭤 봤습니다."

"아, 생각해 보지 못했습니다만…"

기자들은 의외로 육조정상에 대한 관심과 질문보다 『탈취비사』에 큰 관심을 보였다. 그리고 금속활자 이야기가 나오자 갑자기 여기저기서 소란한 목소리들이 나왔다.

"무슨 소리야, 금속활자면 국보급이라는 거 아녀. 아니, 유네스코 문화유산급이지."

"기자님이 뭘 잘 모르고 하는 말 같은데 금속활자본이면 간기 말미에 주자인시라고 분명하게 표기되어 있어야 되요. 활자인쇄라고 되어 있다면 나무활자가 맞을 거예요. 가치가 그렇게 크지 않아요." 다리를 꼬고 앉아서 마치 남의 일 보듯 넌지시 관찰만 하고 있던 불교 유물 수집가가 한마디 거들었다.

"그리고 흥덕사 금속활자본이 직지심경이라고들 하는데 정확하게 말하면 심경이 아니라 직지심체요절이예요. 경전이 아니라 마음을 깨닫는 요령이라는 뜻이죠. 바둑으로 치면 묘수풀이 정도 되는 거지요."

"혹시 이 탈취비사를 더 가까이에서 좀 촬영할 수 있을까요?"

기자와 동행한 D일보 기자는 질문과 동시에 대답도 듣지 않고 카메라를 문서에 바짝 들이대며 연속해서 사진을 찍었다. 성급하게 몇 장을 넘기면서 찍기도 하였다.

"어? 이 육조정상탈취비사 소고는 추사 김정희가 썼다고 했죠? 와, 이건 정말 완전한 추사체네." 이런 외침이 나오자 다른 신문사와 방송사 기자들도 카메라를 경쟁적으로 밀쳐 내며 사진을 찍기 시작했다.

"잠깐만요. 너무 이러면 원본에 훼손이 있을 수도 있고 하니… 조금만 자중해 주시죠." 옆에서 지긋하게 침묵을 지키며 상황을 보고 있던 여몽이 끼어들었다.

"잠깐만요, 이게 중중무진이죠, 한 장 전체에 쓰여져 있는… 이거 한 장만 더 찍겠습니다. 글씨가 꼭 살아 움직이는 산맥 같습니다."

"화엄경에 있는 사자성어 아닌가요?"

기자들은 특히 추사가 소고에 쓴 '중중무진'을 발견하고는 흥분한 표정을 감추지 못하고 셔터를 눌러댔다.

"A일보 문화부 기잡니다. 위대한 스승에 관해 묻겠습니다. 제가 위대한 스승에 관해 알아본 바로는 의사로 일하던 당시에 봉사활동도 열심히 하고 남몰래 불교재단에 거액을 기부하기도 하였지만 한때는 국회의원에 출마해 낙방한 적도 있고 젊은 여자와 불륜으로 소란도 피우고 했던데 종교지도자로서의 품성은 어떠했는지요?"

"예, 속세에 있을 때야 어떻게 사셨는지 모르겠지만 저희가 스승으로 모시고 살 때는 무일푼으로 모든 것을 내려놓고 사셨습니다. 욕망도 이미 꺼진 상태였습니다."

여몽이 위대한 스승을 폄하하고자 하는 질문의 의도를 간파했는지 날카로운 목소리로 대답했다.

"조계종의 정통 승려도 아닌 몸으로 이런 귀중한 유품이 숨겨진 보물지도를 가지고 있었다는 것에 관해 이상하게 생각하신 적은 없나요?"

"저희는 위대한 스승을 믿고 따랐기 때문에 사사로운 의심의 정을 갖지 않았습니다. 다만 오직 위대한 스승의 유언대로 육조 정상을 반환하는 것만이 소중한 과업이라고 생각했습니다."

A일보는 위대한 스승을 집중 보도하려는 의도가 있지 않나 싶었다.

"위대한 스승의 가르침에 관해 특별히 기억에 남는 것이 있다면 소개해 주실 수 있을까요?"

"위대한 스승의 가르침은 단순하고 명료하였습니다. 하지만 이것이다 하고 말하고 나면 어려워져 스스로 깨닫지 않는 한 듣지 않는 게 좋습니다."

여몽이 조금 큰 목소리로 대답했다.

"단순 명료하다면서… 말하고 나면 어려워진다니 더욱 궁금해지는군요."

"인연에 의해 생겨난 것은 본래 그것이 존재하지 않는다는 것입니다."

"예? 그렇다면 인연이 아닌 것에 의해서 생겨난 것은 존재하는 무엇이 될 수 있겠군요."

여몽이 잠시 침묵을 지키자 내가 거들어 답변했다.

"인연에 의해 나지 않는 것이 세상에 있는지요? 무엇에 의존하지 않고 그 스스로 일어설 수 있는 것은 아무것도 없습니다."

"그렇다면 이 세상에 존재하는 것은 아무것도 없다는 것입니까? 듣고 보니 정말 어려워지는군요. 그래서 어쩌라는 거지요?"

기자는 갑자기 짜증 섞인 말투로 빈정대듯이 말하고 있었다.

"모든 게 헛것이니 집착하지 말라는 겁니다."

"아, 이런 거 말고요. 위대한 스승의 개성이 특별히 드러날 수 있는 인상적인 말이나 가르침 같은 것은 없습니까?" P일보 기자가 무겁게 흐르는 분위기를 바꿔 보려는 듯 가벼운 색깔로 약간 미소를 지으며 질문했다.

여몽은 위대한 스승이 "태양을 마주 보고 걷는 자는 자신의 그림자를 보지 않는다. 태양을 등지고 걷지 마라."라고 가르쳐 주었다고 했으며 나는 "항상 곧은 낚시를 쓰도록 하라. 굽은 낚시는 생명을 죽이지만 곧은 낚시는 생명을 살린다."는 가르침이 특별히 기억에 남는다고 말했다.

불교 방송국 기자는 의미심장한 질문을 던졌다.

"해골의 소유자인 불교문화재탐사재단에서 올린 사진을 보면 해골 뒷부분에 흰색 송진으로 '삼성반월(三星半月)'이라고 아주 작게 쓰여 있는데, 혹시 삼성반월에 관해서 아시는 바가 있습니까?"

나는 깜짝 놀랐다. 삼성반월은 위대한 스승이 열반 시에 힘겹게 내뱉은 말이었다. 운명 직전에 스스로에게 다짐하듯이 중얼거린 말이기도 했지만 임종을 지켜보는 제자들에게 마지막으로 해 주고 싶은 말 같기도 하였다. 하지만 문자가 담고 있는 뜻은 알 수 없었다. 육조 정상에 삼성반월이 쓰여 있다는 말도 처음 듣는 것이었다. 별 셋 그리고 반달, 누가 육조 정상에 써 놓았을까? 궁금한 질문이었다. 만허가 백두대간에 숨겨놓기 전, 잠깐 소지하고 있을 때 쓰지 않았을까 추측해 봤다. 혹시 삼성반월은 오랫동안 고인들의 입에 회자되었던 사자성어가 아니었을까?

종합편성방송국 기자는 『육조정상탈취비사』 서책을 발굴한 장소와 발굴 당시 정황에 관해서 자세히 묻고 혹 해골이 발굴된 장소도 알고 있느냐고 물었다. 나는 탈취비사 발굴 장소와 발굴 당시 주변 환경에 관해서 자세히 설명해 주고 해골이 발굴된 장소는 모른다고 답했다. 기자회견장의 전반적인 분위기는 육조 정상의 반환을 주장하는 나의 의견보다 호기심을 자극하는 내용의 취재에 열을 올리고 있었다.

나는 힘주어 말했다. "저는 육조 정상이 경매가 얼마에 낙찰되든 꼭 다시 구입하여 정상을 남화선사에 반환하기 위하여 노력할 것입니다. 사실을 널리 알려서, 필요한 돈은 모금을 통해 마련할까 합니다. 많이 도와주십시오." 이때, 기자회견을 구경하던 시민 중에 한 명이 손을 들고 발언권을 요구했다. "예, 저는 트레져옥션 직원으로 해골 경매 관련잡니다. 한마디 해도 괜찮겠습니까?"

"예, 말씀하시죠."

"저는 기자회견의 내용도 궁금했지만 혹시 경매 진행에 잡음이 생길까 봐 정보를 얻기 위해 왔습니다. 여러 경로를 통해 알아본 결과 지금 경매에 참여하고자 하는 사람들이 굉장히 많은 것으로 알고 있습니다. 나눠 주신 요약문은 잘 읽었습니다만 탈취비사의 내용과 관계없이, 해골과 관계된 과거 역정이야 어떻든 경매는 진행될 겁니다."

"예, 그럴 거라는 것을 잘 알고 있습니다."

"경매는 입찰가가 올라가는 영국식 경매방법으로 진행될 겁니다. 그리고 현재 경매장 입장을 위한 입찰자 등록을 받고 있는데 상당한 수가 등록을 마쳤습니다."

"혹시 입찰자 등록을 위한 구비서류는 무엇이죠?"

"아, 예. 간단합니다. 참여의향서에 주소와 이름을 쓰고 신용

조회서만 제출하면 그 즉시 숫자가 적힌 경매 번호판을 받을 수 있습니다."

"그렇군요. 지금까지 신청자가 몇 명인지 알 수 있을까요?"

"아직 집계를 다 하지 못해서 정확하게는 모르겠습니다만 굳이 경매참여자가 아니라도 상황만을 알고 싶다면 구경꾼으로 와도 괜찮습니다."

"트레져옥션 사이트에 영상으로 중계되나요?"

"참여자들의 신원을 보호해야 하기 때문에 영상 중계는 아마 어려울 겁니다. 하여튼 계속 관심 가져 주시고요. 노이즈 마케팅이 된 것 같아 감사하게 생각합니다."

"대략 얼마 정도의 낙찰가를 예상하시나요?" D일보 기자가 물었다.

"음… 낙찰가액이 얼마가 될지 모르지만 낙찰자가 되팔기를 원하지 않으면 아무리 많은 액수를 모금한다 할지라도 반환하기는 어렵지 않을까요? 특히나 낙찰자가 수집 애호가이거나 불심이 강하여 육조 정상에 특별한 경배심이 있는 분이라면 돈에 관계없이 소장하려고 할 수도 있을 텐데요. 아 참, 조계종 총무원 쪽에서 경매 물건이 확실하게 육조의 정상이 맞는지 여부를 몇 번에 걸쳐 물어왔습니다."

"아, 그래요. 근데 진품 여부는 어떻게 밝혀냈다고 했지요?"

"남화선사에 있는 혜능의 등신불에서 DNA를 추출해서 경매

물의 DNA와 비교해 본 결과 일치하는 것으로 확인했습니다. 방송에 보도된 내용으로 알고 있습니다만.”

“혜능의 등신불에서 DNA 추출은 어떻게 했나요? 중국 당국자의 도움을 받았나요? 아니면 회사 차원에서 비밀스러운 방법으로?”

“그것까지는 밝힐 수 없고요. DNA 검사는 우리나라에서 가장 공신력 있는 유전자 검사 기관에 의뢰를 했고요. 검사 결과는 물건과 함께 낙찰자에게 인도할 겁니다.”

“조계종에서도 참여할까요? 조계라는 말조차도 혜능이 주석해 있었던 곳에서 따올 정도로 혜능은 조계종의 뿌리라고 할 수 있을 텐데…”

“정확하게는 모르겠습니다. 제 생각에는 조계종도 종단 차원에서 경매에 참여할 수도 있고 만약에 참여한다면 낙찰가는 예상보다 훨씬 높아질 겁니다.”

“조계종단이 낙찰받는다면 중국에 반환하는 것보다 국내에 보관하려고 하지 않겠어요?”A일보 기자가 말했다. 한편, 여기저기서 소란스럽게 중구난방 의견들이 쏟아져 나와 객석이 상당히 소란스러워졌다. 나는 『탈취비사』의 보안이 염려되어 먼저 서책을 안전하게 수습하고 여몽에게 회견 종료 의견을 물었다.

특별히 사회자가 없이 진행된 회견이라서 회견 요청 당사자인 내가 종료를 선언해야 했다. 문득 위대한 스승의 마지막 모습이 떠올랐다. 삼성반월을 힘겹게 토해내며 숨을 거뒀던 위대한 스승, 그는 정말 육조 정상의 반환을 원했을까? 막연하게 자신이 전수받은 책임을 전가시키고 떠난 건 아닐까? 평소 그의 가르침대로 보자면 전혀 의미 없는 행동이기 때문이기도 했다. 가끔 나는 위대한 스승에게 물었다.

"무엇을 추구해야 하는지요?"

"지금 이렇게 묻고, 이렇게 애타게 갈구하는 이 마음이 본래 일어나는 일도 없고, 따라서 없어지는 일도 없다는 사실을 깨달아야 하오. 이 마음이 바로 본래 신령한 앎이어서, 몸도 입도 뜻도 빌리지 않고 스스로 환히 아는 성품인 것이오. 마치 거울이 사물을 비추는 데 그 무엇의 도움에도 의지하지 않고 스스로 환히 비추듯이 말이오. 그런데 사람들이 마음의 성품을 깨치지 못했기 때문에, 본래 스스로 청정한 이 신령한 깨달음의 성품 위에 나타난 허망한 업의 그림자를 실다운 존재인 줄로 오인해서 집착을 일으키는 바람에 이 세간상이 있게 된 것이오.

다만 사람들이 그림자에만 집착하고, 거울의 비추는 성품을 망각하기 때문에 그 치우친 집착을 떼어주기 위해서 모든 모양이 모양이 아니라고 했던 것뿐인데 이것이 전혀 방편의 말씀인 줄 알지 못하고, 지금 대개의 공부하는 사람들은 그저 텅빈 이치에만 매달리면서 지금 있는 이대로의 자기 성품을 곧바로 밝힐 줄 모르니 참 딱한 일이오(?). 거울의 비추는 성품과 거울에 비친 그림자를 합해서 거울이라고 하는 게 아니겠소? 따라서 그 림자를 여의고 성품을 찾는다면 있을 수 없는 일이오. 따라서 인연을 따르면서 생성과 소멸을 반복하는 이 세상의 모양이 그 대로 참된 하나를 벗어나는 게 아니며, 따라서 모든 법은 지금 있는 이대로 평등한 겁니다. 이 도리만 깨치면, 이 세상엔 알아 야 할 만한 법도 없고 추구해야 할 만한 법도 없다오."

때때로 위대한 스승은 이렇듯 두리뭉실하게 답하면서 스스로 해답을 찾아가길 바랐다. 추구해도 틀리고 추구하지 않아도 틀 리다, 그 묘한 틈새에 헤어날 방법이 있는지 궁구해 보라는 경 책도 자주 하곤 했었다.

사람들이 다 나간 뒤 객석은 마치 연극이 끝나고 난 뒤처럼 쓸쓸하고 허전하였다. 나는 소극장 사무실의 데스크탑 컴퓨터 로 트레져옥션 사이트에 접속하여 카탈로그를 전반적으로 다시 한번 훑어보았다. 정상 후면에서 찍은 사진을 자세히 보니 비 록 작은 글씨였지만 '三星半月'이 선명하게 보였다. 고객게시판 은 열기가 후끈했다. 『육조정상탈취비사』 요약본에 많은 댓글이 달렸고 몇몇은 자신의 의견을 써 올리기도 했다. 성덕왕릉 주 변 12지신상에 머리가 없는 것을 정말 본 적이 있는데 이런 연유 가 있었는지 몰랐다며 놀라움을 표현하는 누리꾼도 있었다. 아 마도 경매 참여자라기보다는 대부분 호기심과 관심이 있는 누리 꾼들일 것이다. 하지만 이들의 입이 나중에 힘이 되어줄 수 있

다는 생각에 본격적으로 반환을 위한 모금운동을 하겠다는 글을
게시판에 써 올렸다.

17   없 다
                                    ──────

　아침 일찍부터 인터넷 포털사이트 메인 화면에 배열된 조간신
문들의 섬네일을 클릭해서 기자회견에 관한 보도 내용을 빠짐없
이 전부 검색해 보았다. 기사에 달린 댓글을 꼼꼼하게 읽으면서
대중의 관심을 분석해 보고 꼬리를 물고 따라 올라온 사족 기사
들을 통해 뉴스의 향방을 예측하다 보니 작업은 늦은 시간까지
계속되었다.
　D일보는 문화면 전면에 걸쳐 『육조정상탈취비사』에 관한 내용
을 보도했다. 배포한 요약문을 거의 그대로 게재했으며 원본 본
문 일부와 김정희가 쓴 ‘重重無盡’을 사진으로 실었다. 또 『탈취
비사』 마지막 장에 있는 “宣光七年 丁巳 十月 淸州牧 外正覺寺
活字印刷” 사진을 올려 문서가 최초 금속활자인 직지심체요절과
같은 해에 제작되었음을 강조하고 있었다. 그리고 놀랍게도 몇
가지 근거를 내세우며 『육조정상탈취비사』가 금속활자본일 수도
있다는 주장을 하고 있었다. 글자가 옆으로 비스듬하게 기울어

진 것과 거꾸로 된 것이 자주 보인다는 점과 글자의 줄이 대체로 바르지 않고 좌우로 출입이 심하다는 점을 들고 있었다. 초기 금속활자본의 특징이라고 했다. 특히 꼭 같은 글자 모양이 자주 나타나는 점과 글자의 획이 고르고 일정하다는 점을 들어 더욱 더 확신이 간다고 하였다. 만약 금속활자본으로 밝혀지면 경매에 나온 육조 정상과는 비교할 수 없는 엄청난 가치를 지니고 있는 문화재라고도 했다. 그렇다면, 정말 그렇다면 육조 정상 반환의 문제도 쉽게 해결이 되어 위대한 스승의 유언을 성취할 수 있을 것 같았다. 하지만 『직지심체요절』처럼 경전을 요약한 책도 아닌데 굳이 많은 비용을 들여 금속활자로 찍어 낼 필요가 있었을까 하는 의문을 제기하기도 하였다.

A일보의 보도는 더욱 놀라웠다. 어떻게 알았는지 육조 정상의 최초 발굴자로 적음을 소개하면서 적음과 인터뷰한 내용을 보도하고 있었다. 적음은 육조 정상을 강원도 홍천에 있는 수타사 주변에서 발굴했다고 밝히고 있었다. 보물 지도를 여몽의 토굴에서 훔쳤다는 말은 하지 않았다. 오히려 위대한 스승이 유언을 남길 때 자기도 현장에 있었다고 거짓말을 했다. 거짓을 자행하는 적음을 이해할 수가 없었다. A일보는 적음과 인터뷰한 내용을 토대로 위대한 스승에 관한 기사를 풍부하게 썼다. 위대한 스승의 굴곡 많은 인생을 흥미 위주로 다룬 것 같아 내심 불편하기도 했지만 그가 설파하고자 하는 내용의 핵심을 알고 싶어 하는 기

자의 호기심이 마음에 들기도 하였다. 기자가 나와 여몽에게 물었던 것처럼 적음에게도 위대한 스승의 가르침 중 특별히 기억나는 것이 무엇이냐고 물은 것 같았다. 기자는 마치 녹음기를 틀어 놓듯 적음의 답변을 부연설명 없이 날것으로 기술하였다.

한번은 제가 일이 안 풀려 너무도 괴로워서 스승님을 찾아뵙고 하소연한 적이 있었죠. 그 때 스승님의 가르침이 특별히 기억에 남습니다. 이렇게 말씀하셨죠. "우리는 괴로움이 있을 때에 괴로운 내가 괴로움을 말아 내는 것처럼 여기고 나에게서 이 괴로움을 없애고 싶어 하지만 이게 착각인 거요. 괴로운 자가 있어서 괴로움을 말아 내는 게 아니라 거기 괴로움이 있을 뿐이오. 한 생각뿐이라서 '나'와 괴로움이 같은 거라면 누가 괴로움이라고 이름 짓겠소? 불은 스스로 뜨겁다고 안 하오. 얼음은 스스로 차갑다고 안 하오. 괴로움이 스스로 괴롭다고 하는 게 아니라 생각이라는 게 만들어 놓은 '나'가 괴로움이라고 이름을 짓는 거요. 그게 정신분열이오. 우리는 태어나면서부터 지금까지 사뭇 그렇게 살아왔기 때문에 그것을 정상이라고 여기지만 그게 분열인 거요."라고 말씀해 주셔서 오랫동안 스승님의 말씀을 되새기면서 괴로움을 극복했던 적이 있습니다.

기자가 여몽과 나에게 위대한 스승의 가르침 중 특별히 기억에 남는 것을 물었을 때 우리는 한 문장으로 짧게 표현할 수 있는 것을 골라 대답했으나 적음은 비교적 소상하고 풍부하게 답변한 것 같았다. 그리고 가르침의 내용이 위대한 스승의 어법 그대로 표현된 것으로 보아 적음이 직접 써 준 것이 아닌가 하는 생각이 들기도 하였다. 적음은 분석력이나 통찰력, 그리고 문장 표현력이 놀라울 정도로 비상했다. 한번은 본다는 시각적 경험이 있다는 것은 모순된 표현이라며 본질적으로 '봄'은 존재하지 않는다는 자기 주장을 펼치기도 하였다. 그는 지금 보고 있는 물건은 이미 눈을 통과하여 나타난 결과이지 눈으로 보기 이전의 것이 아니라고 강조하면서 한 물건이 눈과 대응되어 이렇게 보이기 이전에 무엇이었는지는 알 수 없으므로 본다는 행위는 있을 수 없다는 것이었다.

한때, 적음은 학생운동의 짧은 혼란기를 수습하고 사법고시 공부에 매진했었다. 1차는 쉽게 통과했지만 2차는 호락호락하지 않았다. 그는 본격적으로 2차를 준비하기 위해 그의 고향 부근에 있는 자그마한 절에 들어갔다. 그곳에서 그는 법전 대신 경전을 보는 시간을 많이 가졌다고 했다. 몇 개월 뒤 치른 2차 시험에서 그는 답안지 앞뒷면 가득히 '없다'만 쓰고 시험장을 나왔다. '없다' 한 낱말로 주어진 답안지를 다 채우고 나서 또 더 쓰고 싶어져 감독관에게 답안지 한 장을 추가로 요구하였으나 감독관이 거절하여 그냥 나왔다고 했다. 적음은 한동안 치료가 필요할 정도로 '없다' 쓰기 집착증에 걸려 약물 처방을 받아야 했다. 우여곡절 끝에 그의 희귀한 병은 진정되었으며 치료 이후 법조인에 대한 욕망을 내려놓은 그는 무역과 건설 업종 종합상사에 취업했다.

반복되는 무료한 일상을 견뎌 내며 평범한 직장인으로 지내던 그에게 한번은 비교적 큰 일이 맡겨졌다. 국내 최고층 주상복합건물의 분양 책임자 역할이었다. 토지 지분율이 적고 일반 아파트에 비해 평당 전용면적이 좁았던 주상복합 아파트는 국내 최고의 기술력을 보유한 건설사가 지었음에도 불구하고 수월하게 분양되지 않았다. 할인혜택과 금융지원을 통해 분양률을 높였으나 끝내 미분양으로 남은 물건은 결국 판매 담당자들이 해결해야 하는 몫이 되었다. 책임자로서 다른 직원들보다 몇 채를 더 해결해야 했던 적음은 시골의 부모님 땅을 정리하고 빚을 얻어 더는 어찌할 수 없는 잔여물들을 자신의 명의로 살 수밖에 없었다. 그런데 이게 대박이었다. 아파트가 완공되자 값이 오르기 시작한 것이다. 가격 상승은 가히 기하급수적이었다. 적음은 여기서 큰돈을 만질 수 있는 기회를 잡았고 중소형 규모의 사모투자전문회사로 직장을 옮겼다. 투자 자금으로 자산가치가 저평가되어 있거나 기술력은 있으나 재무구조가 부실한 회사를 사들여 기업의 가치를 높인 뒤 시장에 다시 되팔아 이익을 추구하는 펀드였다. 하지만 적음이 주로 하는 일은 주식시장에 상장되어 있는 중소형주 중 호재성 재료가 있는 주식을 골라 자전 거래로 폭등을 유도한 후 일시에 큰 폭의 이익을 취한 후 팔아치우는 작전주를 관리하는 일이었다.

한번은 적음 자신의 돈을 작전주에 담아 관리했다. 큰돈을 댄 전주(錢主)가 있어 실패할 가능성이 거의 없는 작전이었다. 그런데 전주가 갑자기 현금 흐름이 막혀서 원금을 찾기 위해 보유 주식을 하한가에 무조건 팔아 치워야 하는 일이 발생했다. 전주 외의 물량들은 그 뒤 몇 번의 하한가에도 팔 수 없는 상황이 되었다. 적음은 이 때 큰돈을 잃고 심한 타격을 받았다. 이때가 마침 캐나다에 유학 보낸 두 딸과 아내가 교통사고를 당한 때였다. 적음은 다시 그의 고질병인 '없다' 쓰기 병이 도졌다. 빈 종이만 보면 무조건 앉아서 '없다'를 썼다. '없다'를 몇 시간이 가는 줄도 모르고 쓴 적도 있다고 했다. '없다'를 쓰지 않으면 불안했고 수없이 '없다'를 쓰다 보면 슬며시 마음에 평화가 깃들어 온다고 했다.

위대한 스승은 적음의 '없다' 쓰기 병을 무기(無記) 병이라 했다. 그리고 만법이 자체의 성품이 없다는 사실을 아는 것과 그 경지에 잠잠히 명합(冥合)하는 것과는 하늘과 땅만큼이나 다른 거라고 늘 강조했다. 또한 참된 수행자는 '없다'는 말을 들으면 '있다'만 보내는 것이 아니고, '없다'까지 마저 보내서, 즉 '있고, 없음'의 양변을 깨끗이 보냄으로써 '있음'에도 의지하지 않고 '없음'에도 의지하지 않는, 무의주(無依住)의 영성을 어둡히지 않을 줄 아는 사람이어야 한다고 했다. 나는 인터넷을 접어놓고 적음에게 전화를 걸었다.

"적음! 여몽하고 내가 어제 기자회견 한 거 알지?"

"응, 알고 있어, 사실은 나도 회견장에 가 보려고 생각도 했었어."

"죄책감은 없는 거야? 10억은 뭐에 쓸 거야?"

"잘 알잖아, 내가 어떤 상황인지. 그나마 살아 있는 딸 재활치료에 남은 돈 다 쓰고, 사고가 한국에서 났으면 보험금이나 사고위로금이라도 받았겠지만, 하여튼, 나는 크게 잘못한 건 없다고 생각해. 왜냐면 모든 일이 마치 꿈속의 일처럼 허망한 일이라고 생각하거든, 육조 정상 뼛조각을 남화선사에 반환한들 무슨 의미가 있겠어? 위대한 스승의 유언이라고 하지만 그건 그분의 생각이고, 죄는 만들어지지도 않지만 상속되지도 않고 소멸되지도 않는 거야. 이런 생각들 때문에 나는 공부를 그만두기도 했지만, 각설하고 그냥, 없다! 실오라기라도 하나 있으면 사단이 나고 죄가 생기기 시작해."

나는 잠시 적음의 '없다' 병이 다시 시작된 것이 아닌가 걱정이 되었다.

"너 혹시 요즘도 없다를 쓰고 있는 거 아냐?"

"요즘은 그런 짓 안 해, 없으면 없는 거지 뭐 하러 자꾸 새겨,

바보 같은 짓이지."

"홍천에 있는 수타사 주변에서 정상을 캐냈다며?"

"응, 처음에는 방향을 잘못 잡아서 엉뚱한 데로 갔었는데 다행히 작은 글씨로 써 놓은 수타사를 발견하고 어렵지 않게 찾을 수 있었어. 옻칠이 두텁게 되어 있어 보관함이 하나도 상하지 않았더라고. 지도에 매화나무 세 그루가 삼각형 구도로 표지석을 감싸고 있는 것으로 표시되어 있었는데 30cm 정도 되는 표지석이 튼튼하게 박혀 있어서 쉽게 찾을 수 있었어, 표지석에 '乙巳'라고 쓰여 있다고 지도 뒷면에 강조해 놓았더라고."

"내가 탈취비사 서책을 발굴할 때의 상황과 비슷했구나. 공간은 달랐지만."

"근데 왜 하필 을사야?"

"그건 그렇고, 사실 내가 지금 너하고 말할 기분이 아니다, 지금이라도 너의 허튼 짓을 반성하고 반환운동에 동참하는 게 어때?"

"내가 번거롭게 해서 복잡한 일거리를 준 거 같아 미안하다만 모금운동을 하겠다는 게 설득력이 있겠어? 그냥 모든 걸 놓아버리는 게 어떨까? 아 참, 알고 보니 해골보다 서책이 값이 더 나갈 수도 있겠더라. 꼭 반환을 해야겠다면 서책을 팔아서 그 돈으로 해골을 재매수할 수도 있고."

"적음! 네가 벌여 놓은 일에 이렇게 태평하게 말할 수 있어?

스승님이 유언을 남기실 때 현장에 함께 있었다고 거짓말을 다
하고."

"아, 그거, 지도를 훔친 죄를 피하기 위한 거야."

적음의 뻔뻔함에 순간 화가 치밀어 오른 나는 통화종료 버튼
을 누르기 위해 폰을 귀에서 떼었다. 그 때, 적음이 다급하게 통
화를 이어 갔다.

"잠깐, 잠깐만, 중요한 건 현실이야, 있는 거 이건 현실뿐이
야. 우리가 생각만 조금 바꾸면 훨씬 생산적이고 좋은 일을 할
수 있어."

나는 대답 없이 통화종료 버튼을 누르고 거실로 나와 잠시 숨
을 돌렸다.

18   쿠시나가르 광장 4

이젤에 놓인 〈쿠시나가르광장〉에 색이 입혀지기 시작했다.
아내는 눈을 화폭에 최대한 가까이 대고 심하게 깜빡이면서 크
레파스로 조금씩 조금씩 색을 칠하고 있었다. 나는 소파에 앉아
말없이 아내의 작업을 지켜보며 평온을 되찾고 잠이 들었다. 의
식은 다시 언덕 너머의 도시 쿠시나가르로 이동하고 있었다. 빛

의 속도였다. 입국한 이후 국경을 넘어 출국한 적이 없었던 것 같았지만 의식은 왠지 다시 쏜살같이 언덕을 넘어 이동하는 격식을 갖추어야 하는 듯했다.

여기는 언덕 너머의 도시 쿠시나가르, 아내가 머물러있는 곳에 다시 들어왔다. 입국심사관의 심사도 거치지 않고 아노미강을 뛰어넘어 한걸음에 들어왔다. 아내가 살고 있는 집의 거실인 듯한 공간에 앉아 있었다. 맞은편에 TV가 켜져 있었다. 잠깐 사이 여자 아나운서가 쓰리나가르 내전 소식을 전하고 있었다. 아내도 민감하게 생각하는 문제였다. 그녀의 여행 계획과 관계된 일이기도 했다. 아나운서의 멘트가 끝나자 사회자가 패널들과 내전에 관한 의견을 나누었다. 화면은 첨예하게 대립하는 내전의 진행 상황을 비춰주고 있었다. 비참한 광경이었다. 여기저기 피투성이 시체들이 즐비했고 벌거벗은 어린아이의 울음소리와 여자들의 비명이 무너진 건물과 부서진 자동차 사이에 가득 찼다. 저쪽 쓰리나가르의 전쟁에 관해서는 나도 아는 바가 좀 있었다. IDU파와 UDI파의 싸움이었다. 한 민족으로 평화롭게 지내던 쓰리나가르가 분파주의에 휩쓸린 것은 그들 조상들의 건망증 때문이었다.

태초 쓰리나가르 통치의 기반을 쌓은 '이샤'는 뛰어난 지혜였다. 어느 날 어둠이 이샤에게 물었다. 답을 맞히면 영원한 빛에게 자리를 물려주고 물러나겠으나 못 맞히면 계속 어둠으로 오랜 시간을 지배하겠다는 약속이 걸린 질문이었다. 어둠이 물었다. '진리가 무엇이냐?' 이샤는 깊이 사색하더니 대답했다. '없는 듯하나 있는 것입니다.' 어둠은 깜짝 놀라 다시 물었다. '그럼 거짓은 무엇이냐?' 이샤는 머뭇거리지 않고 대답했다. '있는 듯하나 없는 것입니다.' 순간 어둠은 말없이 물러나고 영원한 빛이 도래하여 세상을 밝은 빛의 세계로 이끌었다. 하여 '없는(UP) 듯(DE)하나 있는(IT)'의 첫 음을 딴 UDI정신이 도시국가 쓰리나가르의 건국정신이 되었고 거리마다 UDI가 펄럭이는 깃발을 세웠으며 누구나 깃발을 지나칠 때는 예를 갖춰야 했다. 그야말로 그 유명한 '업데잇' 정신이었다. 급기야 깃발을 가가호호 집안에 걸어 놓고 매일 식사 후 3번씩 경배하는 것이 나라의 법으로 규정되기에 이르렀다.

그런데 시간이 오래 흐르다 보니 사람들은 헷갈리기 시작했다. 진리가 '없는 듯하나 있는' 것인지 '있는 듯하나 없는' 것인지 도무지 그게 그것인 것 같아서 누가 물으면 대답이 들쭉날쭉이었다. 드디어 깃발 제작자도 헷갈리기 시작하여 절반은 UDI로, 절반은 IDU로 제작하여 배포하였다. UDI기를 받은 사람은 이유 없이 UDI파가 되었고 IDU기를 받은 사람은 이유 없이 IDU파가 되었다. 이들은 오래 (동안) 지속되던 평화를 깨고 언제부터인지 자신들이 옳다며 상대를 적대시하고 싸우기 시작하더니 이제는 같은 파끼리만 모여 살며 상대파의 접근을 불허하기에 이르렀다.

"쓰리나가르 여행할 때 이 점에 특별히 유의해서 어느 쪽에도 휩쓸리지 않게 주의해야 돼요." 아내는 초점 없는 눈을 끔벅거리며 싱싱하게 말했다. 그리곤 채널을 돌려 다른 뉴스 전문 방송의 TV뉴스를 듣고 있었다. 때때로 쓰리나가르 내전의 상황이 심각하게 진행되어 여행을 할 수 없게 될까봐 전전긍긍하기도 하였다. 처음에는 먼저 공격을 개시한 IDU파가 우세를 보이다가 요즘은 서방 강대국들이 UDI파를 지원하는 바람에 그들의 신무기에 힘입어 UDI파가 우세를 점하고 있는 형국이라고 뉴스 앵커는 보도하고 있었다. 이어 희망적인 뉴스가 보도되었다. 아내는 귀를 날카롭게 쫑긋거리며 소식을 듣고 있었다. 싸움을 중재할 제3의 세력이 형성되어 싸움 중지를 위해 노력하고 있다는 것이었다. 그들은 진리란 '있는 그대로의 것'이므로 '있는 듯하나 없는 것'이나 '없는 듯하나 있는 것'이나 다 옳다는 정치지향점을 가진 세력이라고 했다. "제3세력에 사람이 많이 붙어 세력이 더 커지면 좋겠는데…" 아내의 목소리는 풀이 죽어 있었다.

아내가 꼭 쓰리나가르 여행을 계획한 이유는 얼음덩이를 사고 싶어서였다. 단순한 얼음덩이가 아니었다. 개구리나 도롱뇽이 산 채로 박제되어 있는 얼음덩이였다. 얼음이 녹으면 1000년 넘게 동면해 있던 개구리나 도롱뇽이 꿈틀꿈틀 살아나 던져 주는 지렁이를 먹는다고 했다. 천 년의 세월을 뛰어넘는 생명의 약동을 보는 것이었다. 아내가 시각을 완전히 잃기 전에 꼭 보고 싶어 하는 버킷리스트였다. 아내가 여행준비물로 가장 먼저 구비한 것은 현미경이었다. 아내는 행여 현미경으로도 그 생명의 약동 장면을 볼 수 없을 정도로 시력이 사라져 버릴까 봐 안절부절이었다. 아내는 사실 이미 맹인이 된 지 오래였다. 다만 현미경으로 확대해서 보면 희미하게나마 자신이 꼭 보고 싶은 장면을 볼 수 있을 거라는 환상을 갖고 있을 따름이었다.

　의식은 기억과 망상이 뒤섞인 채 시공간을 제 맘대로 유영하고 있었다. 아내가 혼잣말로 알아들을 수 없는 말을 중얼거리며 리모컨으로 TV 채널을 여기저기 돌리다가 갑자기 환호성을 질렀다. 드디어 쓰리나가르를 여행할 수 있는 기회가 왔다며 흥분을 감추지 못했다. 속보의 내용은 IDU파와 UDI파가 제3세력의 중재에 힘입어 항구적인 평화조약을 체결하고 더는 전쟁을 지속하지 않기로 했다는 것이었다. 서방 국가에서 암암리에 힘을 쓴 것도 같았다. 아내는 곧 여행객 출입자유화 조치가 내려질 것이라며 본격적으로 여행을 준비하자고 다그쳤다. 아내와 나는 쿠시나가르광장에 나가 여행에 필요한 물품들을 사기로 하고 외출을 준비하고 있었다. 진행이 상당히 빠르게 이루어지고 있었다. 이 때 초인종이 거듭해서 울렸다. 나는 '누구세요'를 연발하며 출입문 쪽으로 움직였다. 그리고 아무런 충격 없이 맥없이 꿈에서 깨어났다.

꿈을 반추해 보았다. 꿈이 무척 논리적이기기도 하고 사실적이기기도 했다. 무엇에 영향을 받아 이러한 꿈을 꿨을까? 도대체 꿈은 뿌리를 어디에 두고 내용이 구성되는지 궁금하기만 하였다. 아내는 리모컨을 들고 옆에서 깊은 잠을 자고 있었다. TV가 켜져 있었다. 종합편성 채널이었다. 한 명의 진행자와 두 명의 패널이 중동 분쟁과 시리아 내전에 관한 대담을 나누고 있었다. 화면 하단에는 마치 하얀 벌레가 기어가듯 문자가 꿈틀대며 우측에서 나와 좌측으로 사라지고 있었다. - 수니파에 친화적인 두바이 시아파 사우디에 무역보복 당해 - …… - 시리아 다마스쿠스 동부서 휴전 선언--- 안전지대 합의-. 혹시 TV에 흘러나오는 이런 뉴스를 들으며 잠을 자고 있었던 탓일까? 나는 리모컨 메뉴에 있는 이전채널을 눌러 보았다. 국내뿐 아니라 국제의 정치, 경제, 사회, 문화를 총체적으로 다루는 뉴스 전문채널이었다. 아내가 잠들기 직전까지 보다가 잠이 들었던 것 같았다. 마침 채널을 이전으로 돌렸을 때 스포츠뉴스를 내보내고 있었다. 야구와 축구 경기의 하이라이트 장면 이후에 돌발영상이 나오고 있었다. 역시 TV 하단에 숨어있던 하얀 벌레가 우측에서 기어 나와 좌측으로 다시 숨어들어가고 있었다. - 시리아군 헤즈볼라, 시리아-레바논 국경지대 공격개시 - 지렁이처럼 꿈틀거리는 그들의 행진은 하나의 길다란 문장이 되어 희로애락이 담긴 상징을 던지며 화면에서 시선을 떼지 못하게 하고 있었다.

경매가 진행되었다. 육조 정상의 실물이 투명유리관에 안치되어 공개되었다. 정상의 두 눈이 정면을 쏘아보며 살아 있는 듯 반짝거렸다. 진행자가 육조정상에 대해 자세하게 설명한 뒤 경매 내정 가격의 절반인 15억부터 호가가 시작되었다. 전광판에는 입찰가가 주요 나라의 화폐 단위로 표시되었다. 나는 단순한 참관인 자격으로 경매장에 입장하여 구경만 하였다. 최종 낙찰자가 결정되면 그를 만나 자세한 이야기를 나눌 생각이었다. 호가가 순식간에 30억을 돌파하였다. 경매 진행자는 낙찰 가격을 높이기 위해 세련된 화술과 동작으로 분위기를 이끌어 나갔다. 전화로 응찰하는 참여자도 있는 듯했다. 트레져옥션 직원이 전화 응찰자에게 전화를 걸어 진행되는 호가를 가르쳐 주고 응찰 내역을 경매장에 통지하기도 하였다. 가격은 가파르게 올랐다. 불교 관련 단체에서 온 사람도 있는 듯하고 중국말을 하는 사람들도 보였으며 전문 경매꾼들도 있는 듯했다.

막판 경합자는 경매번호판으로 얼굴을 가리고 있다가 응찰할 때만 조용히 의사 표현을 하던 한 사내와 빨간색 사각형이 무늬 지어 있는 기모노 복장의 일본인 여자였다. 천천히 호가가 올라갔고 긴장이 팽팽하게 이루어졌다. 결국 최종 가격 60억에 낙찰되었다. 낙찰자는 사내였다. 경매가 낙찰되자 방망이를 내리치면서, 낙찰 가격에 10%가 보태져 총 구입 가격 66억에 결정되었다고 경매 진행자가 선언했다. 10%는 바이어 프리미엄이며 낙찰자는 대금청구서를 받은 후 21일 이내에 송금하면 낙찰자가 지정한 장소에서 물건을 받을 수 있다고 부연 설명했다. 상황 끝이었다. 나는 낙찰자인 사내에게 정중하게 인사한 후 긴밀한 대화를 요청했다. 트레져옥션 측 인사가 사내에게 다가오자 사내는 우리를 차를 마시며 이야기를 좀 나눌 수 있는 곳으로 안내해 달라고 부탁했다. 우리는 VIP룸으로 안내되었다. 사내는 굳이 자신을 숨기려고 하지 않았으며 말수가 적지도 않았다. 사내는 반도체 장비 업종 중소기업체를 운영하는 사업가였다. 사내는 오랜 시간 동안 자신이 왜 육조 정상 입찰에 응했는지 설명했다. 솔직담백한 대화에 무척 목말라 하는 사람 같았다. 마치 오래된 친구를 대하듯이 허심탄회하게 살아온 이력을 말하고 있었다. 그리고 가끔씩 불안한 기색을 보이며 전화를 받기도 하였다. 사내의 일생은 그야말로 파란만장했다.

나는 다급하게 육조 정상에 얽힌 저간의 사정을 장황하게 설명하며 반환을 위한 협조를 요청했다. 그는 매우 진지하게 나의 이야기를 들었고 사실은 기자회견장 참석을 통해 익히 알고 있었던 내용이라며, 자신으로선 이렇게밖에 도와줄 수 있는 방법이 없다면서 추가 이익은 필요 없고 자신의 이혼이 완결된 후 원금만 주고 가져가라고 했다. 66억이었다. 여론 조성을 통한 모금운동으로는 터무니없는 액수였다.

  아내는 이미 뉴스속보를 듣고 경매 낙찰가와 진행 과정을 알
고 있다고 말하며 이젤 앞에 앉아 〈쿠시나가르광장〉을 완성하는
데 집중하고 있었다. 낙찰자인 반도체 장비업체 사장에 관한 이
야기를 해 줄까 하다가 피곤이 밀려와 잠시 소파에 앉아 휴식을
취하고 있었다. 아내는 빠른 손놀림으로 광장과 언덕에 색을 입
히면서 물었다.
  "이제 어떻게 할 거야?"
  "생각보다 높은 가격으로 낙찰되어서 막막하기도 하지만 모금
활동을 위해 최대한 노력해 봐야지."
  "통일신라 때 일인데 황당하지 않아? 누가 돈을 내겠어? 해결
방법은 딱 하나야, 낙찰자가 그냥 무상으로 주는 거."
  "낙찰자가 무상으로 줄 리는 없어. 경매가 끝나고 이야기를
좀 나누었거든. 나중에 자기 문제가 해결되면 낙찰가격 그대로
이윤을 안 붙이고 팔 의사는 있대."
  "혹시 그 서책은 얼마나 나갈까?"
  "경매에 부친다면? 아직은 목판본인지 금속활자본인지도 알
수 없는데, 일단 서책은 팔 거야. 얼마가 됐든 육조 정상을 돌려
주는 데 보태야지."
  "위대한 스승의 유언은 꼭 지켜야 할 가치가 있는 것일까?"

"당신이 위대한 스승이 유언할 당시 현장의 엄숙함을 몰라서 그래. 그리고 피할 수 없는 책임감도 있고."

"인연 따라 일어나는 것은 본래 아무 일도 없다며? 육조 정상 때문에 무슨 일이 일어났어? 당신한텐 지금 눈앞에 아내가 있을 뿐이야, 나, 희망을 곱씹으면서 살고 싶어. 당신이 그랬지, 우리 아이를 한번 입양해 보자고. 당신의 제안을 받아들이고 싶어. 한 명도 아닌 적어도 세 명 이상의 아이를 입양해서 기르고 싶어. 그래서 그들을 버려진 악기에서 훌륭한 악기로 만들어 보고 싶어."

"……"

"그러자면 돈이 필요해, 공간도 있어야 하고. 그래서 말인데 우리 그 서책을 팔아서 아이를 입양해서 키워 보자. 그리고 새로운 희망을 가져 보자. 사실 당신이 경매 현장에 갔을 때 적음한테서 전화가 왔었어, 당신이 여몽에게 너무 실망할까 봐 말을 안 하려고 했는데 적음이 지도를 훔칠 수 있었던 것은 여몽이 눈 감아 줬기 때문이래. 여몽도 적음이 정상을 발굴해서 팔아먹는 것에 그렇게 크게 반발하지 않았던 거지."

"정말?"

"적음이 그 돈 10억으로 여몽의 토굴이 있는 자기 고향 구신리 그 자리에 사찰을 짓겠다고 하는 걸로 봐서 여몽과 사전에 어떤 약조가 있었는지도 몰라. 물론 딸의 재활치료를 위해 그만한 환경이 필요하긴 하겠지만."

"여몽도 나를 속이고 있었단 말이야?"

"꼭 그렇다고는 말할 수 없지만, 미필적 고의가 있을 수 있다는 거지. 그래서 말인데 그 서책이 얼마가 나가든 적음이 받은 돈과 합쳐서 여몽의 고향에 사찰 겸 육아원을 하나 지으면 어떨까? 그리고 서책의 내용을 연극으로 올리는 거야. 공연 비용을 넉넉하게 확보할 수 있으니 충분히 오랫동안 큰 규모로 할 수 있지 않겠어? 전국 순회공연도 생각해볼 수 있고. 내 생각은 그래. 한낱 뼛조각에 불과한 혜능의 해골보다는 혜능의 가르침을 널리 알릴 수 있는 계기로 삼자는 거야."

"위대한 스승의 유언을 무참하게 묻어 버릴 순 없어. 이건 선객으로서의 약속이 아니라 중생으로서 약속이야. 물론 선객으로서의 약속이라면 꼭 지켜야 할 만큼 절대적인 가치는 없지. 하지만 속세의 약속으로 보면 마지막까지 지키려고 노력하는 것이 의로운 거야."

아내는 답답함을 짓누르며 오랫동안 침묵을 지키다가 이젤 뒤쪽에 쌓아 놓은 스케치북을 뒤적뒤적하더니 크기가 작은 노트 한 권을 가지고 왔다.

"이거 한 번 봐 봐, 모티브를 잡아 본 거야."

"어, 벌써 대본 구성을 시작한 거야?"

노트에는 짤막하게 공연을 위한 하이라이트 장면을 구상해 놓은 대사 몇 개가 적혀 있었다.

희미한 시력 탓인지 글씨는 크기가 일정치 않았고 삐뚤빼뚤
줄이 어긋나 있는 곳도 있었다.

(일행이 국은사에 칩거하던 혜능의 방에 들이닥친다. 칼을 찬 무사가 혜
능을 노려보고, 삼법과 대비의 행색은 마치 도적떼의 그것과 비슷하다. 공
포스러운 분위기, 하지만 깊은 선정에 빠져 있던 혜능은 놀라는 기색 없이
그들을 맞이한다.)

혜능   그대들은 무엇을 얻으러 왔는가?

삼법   부처의 가사를 가지러 왔소.

혜능   가사를 가져가 무엇에 쓰려고 하는가?

삼법   쓰러진 가락국의 국운을 다시 세우려 하오.

혜능   그대는 불법의 이치를 배운 적이 있는가?

삼법   배운 바는 있으나 현실로 받아들이지는 못하였소.

혜능   지금 가사는 내게 없소. 그냥 돌아가시오.

삼법   가사가 분명히 홍인대사로부터 대덕에게 전해진 것으
        로 들어 알고 왔소.

혜능   가야의 국운이라 했소? 국운을 다시 일으켜 무엇에 쓰
        려 하시오?

삼법   조상의 맥을 잇고 동포들의 복리를 북돋우는 데 힘이

되려 하는 것이오.

혜능　그리하면 고통이 줄어들고 생사 문제가 풀리는 것이
오?

삼법　(침묵)

혜능　세존께서 가사를 남기신 이유는 그러한 데 쓰기 위함이
아니오. 오직 자신의 본심을 알고 자신의 본성을 보게
하기 위함이셨소.

삼법　(침묵)

혜능　잘 보면 움직임도 고요함도 없고 생도 사도 없소. 가고
오는 일도 없으며 옳고 그름도 없소.

삼법　하지만… 빈손으로 돌아갈 순 없소.

혜능　(한동안 침묵 후) 그렇다면 내 목을 쳐서 머리를 가져가
시오.

삼법　(놀란다.)

혜능　내 머리를 가져가 불법의 진실을 그곳에 남게 하시오.
의지함이 없고 머무름도 없고 형상도 없소.

삼법　어찌 그리할 수 있겠소?

이 때, 무사가 성급하게 칼을 빼내어 혜능의 머리를 내리친
다. 삼법과 대비 깜짝 놀라 무사의 도발적인 행위를 제지하려
했으나 이미 혜능의 머리는 떨어져 나간 뒤다. 순식간에 벌어
진 일이다. 무대는 암전되고 소란과 비명이 뒤섞이다 잠시 침묵

이 흐른다. 조명 밝아지면, 한 사내가 혜능의 머리를 자루에 넣는다. 피가 낭자하다. 사내, 주변을 살피다가 신속한 동작으로 사라진다. 도륙의 현장이 참담하다. 1분 후 한 승려가 들이닥쳐 상황을 목도하고 침착하게 머리가 없는 시체를 수습한다. 하택신회다. 가면을 쓴 민둥머리 승려 몇이 나와 함께 방부처리를 한 후 머리를 만들어 붙이고 등신불을 만든다. (적절한 시간 동안 가면극으로 처리)

하택신회, 민둥머리 승려들에게 명한다.

하택신회— 지금 목도한 장면과 참변이 일어난 사실을 누구한테도 절대 말하지 마시오, 그리고 기억하시오. 능대사님은 자결하시었소. 조사께서 자결로 마지막 열반하시기 전 나를 부르셨소. 그리고 나에게 은밀하게 법을 부촉하시고 가사의 행방을 말씀하셨소. 가사는 이미 무측천이 강탈해 갔기에 내가 받을 수 없었지만 나는 지금부터 가사를 전수받은 거나 진배없는 7조사가 되는 것이오.

노트를 던져 준 아내는 이젤 앞에 앉아 여전히 〈쿠시나가르광장〉을 색칠해가고 있었다. 선극(禪劇)의 단점이 사건이 약하다는 것인데 아내의 구상처럼 큰 사건으로 접근하면 강렬한 색감으로 몰입 효과를 얻을 수 있을 것 같았다. 하지만 공연은 공연이고 위대한 스승의 유언은 또 다른 문제일 수밖에 없었다. 『육조정

상탈취비사』에는 하택신회가 육조의 죽음을 병사로 위장하였다
고 기록되어 있었으나 아내의 장면 묘사를 보니 병사보다 자결
로 위장한 것이 합당해 보이기도 하였다.

20

삼 성 반 월

　저녁 무렵, 아내와 이런저런 대화를 나누고 있을 때 고서감정
평가사협회 소속 감정평가사가 찾아왔다. 외부인사 두 명과 함
께였다. 미리 전화도 없었던 뜬금없는 방문이었다. 평가사는 수
줍고 미안한 표정으로 갑자기 국가 간의 문제가 발생하여 급하
게 왔다고 말했다. 그리고 두 명의 노신사를 소개했다.
　"이분은 문화재청에 계시는 연구원이시고, 이분은 중국 국가
문물국 소속 관리십니다. 오늘 급하게 오셨다고 하시네요."
　"무슨 일로 오셨는지요?"
　키가 크고 눈이 동글동글한 문화재청 연구원이 꾸부정한 자세
로 입을 동그랗게 말며 말했다.
　"중국 국가문물국에서 혜능의 해골이 경매 물건으로 나온 것
을 어제야 알고 우리 측 문화재청에 진상을 알아봐 달라는 긴급
협조요청을 보냈습니다. 사실 저도 관심을 갖고 있지 않았던 일

이라서 잘 모르고 있었지요. 우선 관련된 내용을 인터넷을 통해 모두 검색해 보고 선생님께서 기자회견을 하신 것도 알았고, 해골의 발굴 과정과 경매 내용도 소상히 알게 되었습니다."

연구원은 잠시 중국 관리의 표정을 살피더니 계속 말을 이었다.

"잘 아시겠지만, 광동성 소관에 남화사라고 있죠. 거기에 혜능의 등신불상이 있는데요, 중국 당국에서 엑스레이 촬영으로 등신불상을 검사한 결과 머리 부분에 뼈가 없는 것을 확인했답니다. 한국에서 진행되고 있는 육조 정상 경매가 전혀 터무니없는 것이 아님을 알게 된 거죠."

연구원이 말하는 동안 평가사는 중국 관리에게 무슨 말이 오가고 있는지 알려 주기 위해서 유창한 중국말로 동시통역을 했다. 중국 관리는 긍정의 표시로 고개를 끄덕끄덕하더니 나를 향해 뭔가 길게 말했다. 그의 말이 끝나자 평가사는 그의 말을 나에게 통역해 주었다.

"중국 정부에서도 최근에 불교 유물에 깊은 관심을 가지게 되었는데 특히 혜능대사와 관련해서는 마오쩌뚱이 단경을 애독했고, 또한 모두가 평등하게 깨달아 있는 깨끗한 존재라고 주장하는 혜능의 종교관을 좋아하여 더욱더 관심을 갖고 있는 대상이라고 합니다. 그리고 육조정상탈취비사를 소지하고 계신 것으로 아는데 그 내용의 진실성을 알아보기 위해 왔다고 합니다. 아, 그리고요, 저는 실물을 직접 보고 정밀감정을 하고 싶어서 이렇게 방문을 드렸습니다. 통역사 역할도 겸하면서."

"아, 예. 안으로 함께 들어가시죠."

나는 서재에 깊숙이 숨겨둔 『육조정상탈취비사』와 『소고』를 조심스럽게 꺼내 놓았다. 평가사는 간기를 유심히 보더니 우선 금속활자본의 간기인 경우 인쇄된 때와 장소를 표기하고 '鑄字印施'라는 표기를 통해 금속활자본임을 확인시키는데, 『육조정상탈취비사』의 경우 '活字印刷'라고 되어 있어 의심이 간다고 말했다. 일반적으로 목판인쇄본의 경우 '木字印施'라고 표기하나 때에 따라 '活字印刷'라고 표기하는 경우가 있어 목자인쇄본일 가능성이 많다고 했다. 그리고 돋보기를 대며 글자를 자세히 관찰했다. '명(明)' 자는 금속활자의 경우 '月' 부분의 왼쪽 세로획 밑부분이 윗부분보다 두꺼운데 『육조정상탈취비사』에서는 끝이 칼날처럼 날카롭다고 했다. 그는 또 '선(善)' 자도 금속활자는 '羊' 부분의 윗 획이 '八' 자로 돼 있으나 『비사』의 '善' 자는 대부분이 거꾸로 된 '팔' 자 모양이고, 그 붓놀림도 금속활자와 다르다고 말하면서 붓글씨에 정통한 사람이 보면 쉽게 확인할 수 있다고 했다. 평가사는 『비사』가 금속활자본이 아님을 구체적으로 확인해 나갔다. 결정적으로 그는 '평(平)' 자의 '二' 중간에 있는 삐침획이 직선처럼 돼 있는 것으로 보아 목판본이 확실한 것 같다는 결론을 내렸다. 금속활자는 꺾임이 있고 '二'의 간격 역시 목판본과 다르다고 말했다. 하지만 목판본이라 할지라도 고서 가치는 상당하다고 말했다. 더불어 고서에 담긴 내용에 따라 가치는 크게 달라질 수 있다고 강조했다.

"자, 그러면 내용을 한 번 볼까요."

문화재청 연구원은 흰 장갑을 끼더니 『육조정상탈취비사』 상권을 첫 페이지부터 넘기기 시작했다. 독해 속도가 무척 빨랐다. 중국 관리도 함께 읽어 내려갔다. 읽어가는 중 간간이 깜짝깜짝 놀라기도 하면서 꼼꼼하게 읽었다.

"비교적 평이한 한자를 써서 어렵지 않게 읽히지만 내용이 굉장히 충격적이네요. 이걸 다 번역해서 소책자로 만드셨다고 들었습니다만, 시간이 어느 정도 들었습니까?"

"예, 세 달 가량 걸렸습니다."

"번역 내용이 있는 소책자를 한번 볼 수 있을까요? 제가 이걸 쭉 읽어 내려가도 되겠습니다만 그래도 시간이 좀 소요되어서."

나는 기자회견 당시 분배하고 남은 소책자를 연구원에게 갖다 주고 원본은 중국 관리가 좀 더 자세하게 보도록 허락해 주었다.

감정평가사는 『비사』 하권과 김정희가 쓴 『소고』를 더욱 자세하게 살펴보면서 긴장된 호흡을 고르고 있었다. 그리고 조심스럽게 명함을 내밀며 꼭 한번 연락을 달라고 부탁을 하면서 문화재청 연구원의 눈치를 살폈다. 연구원이 번역 소책자를 완독하는 데는 그리 많은 시간이 걸리지 않았다.

"아, 내용을 읽어보니 비하인드 스토리가 대단하군요. 처참하고 참담한 광경도 많고⋯ 실지로 제가 경주문화원에 근무할 때에 목 잘린 불상과 동물상들이 빈터 여기저기에 널려져 있는 것을 본 적이 있습니다. 당시에 저도 연유가 무엇일까 무척 궁금해했는데 이걸 보니 상당히 수긍이 가기도 합니다. 그런데 우물에 목 잘린 시체가 둥둥 뜰 정도로 처참한 광경은 정말 상상하고 싶지 않을 정도입니다. 에밀레종의 탄생에 이런 유래가 있었군요. 물론 기록이 진실이라는 가정이 필요합니다만,.. 무척 관심이 가는 내용들입니다."

연구원은 기대했던 것 이상이라는 표정으로 내려앉은 안경을 밀어 올리며 말했다. 그의 목소리는 약간 들떠 있었다. 옆자리에서 원본을 반쯤 넘게 읽고 있던 중국 관리가 감정평가사를 향해 무슨 말인가를 마치 고딕체 같은 음성의 중국어로 길게 늘어놓았다.

"예, 서책을 보니 놀라운 내용이라면서 물론 당나라 때의 이야기이긴 해도 그 내용의 사실 여부를 고증해 볼 필요가 있을 것 같다고 합니다. 그리고 육조 정상이 남화사에 환원되어 육조의 등신상이 완전하게 복원되었으면 좋겠다고 하십니다. 아 참 육조의 등신상은 문화혁명 당시에도 마오쩌뚱이 특별한 보호를 요청해서 혁명대원들이 훼손하는 것을 막을 수 있었다고 합니다. 그 정도로 마오가 관심을 갖고 있었다고 하네요." 감평사는 중국 관리의 말을 들으며 몇 가지 메모를 하더니 메모를 보면서 비교적 소상히 설명해 주었다.

나는 중국에서 이 정도로 관심을 갖고 있다면 굳이 내가 나서지 않아도 위대한 스승의 유언이 성취될 수 있겠다는 생각으로 안도의 한숨을 내쉬었다.

"김정희가 추사체로 쓴 『소고』도 오랜 세월이 지난 것은 아니지만 그가 시암이란 호를 쓰면서 남긴 글씨가 많지 않아서 희귀 가치가 있을 것 같습니다. 특히 큼지막하게 쓴 '重重無盡'은 추사체의 기품이 그대로 드러난 필체여서 범상치 않게 느껴집니다. 그런데 중중무진이 무슨 뜻이죠?"

"서로가 서로에게 끝없이 작용하면서 어우러져 있는 현상의 모습을 이르는 말이죠."

문화재청 전문위원은 감정평가사의 도발적인 질문에 마치 사전을 보고 읽는 것처럼 정확한 언어를 써서 설명하고 있었다. 감정평가사는 나에게 물어보지도 않은 이런저런 내용을 설명해 주면서 훗날 만약 팔고자 하는 의지가 생긴다면 꼭 본인에게 연락을 달라고 반복해서 부탁하기도 했다.

"예, 이 정도면 충분하게 잘 보았습니다. 일단 오늘은 진실성 여부를 판단하기 위해 서책을 보기 원하는 중국 관리를 모시고 왔지만, 제가 오히려 더 큰 의미 있는 시간이 되었네요. 이 서책들은 소중한 자료가 될 수 있을 것 같으니 보관을 잘 하셔야 할

것 같습니다. 일단 문화재적 가치는 더 논의를 해봐야겠습니다
만 개인 보관 시 훼손이나 도난 우려가 있으니 전문기관에 의뢰
해 보관하는 것이 좋을 것 같습니다.”

　문화재청 연구원이 깍듯이 예를 갖추어 마무리 말을 하면서
일행은 떠날 준비를 했다.

　“제가 어제 경매 직후 낙찰자와 잠깐 이야기를 나눈 적이 있습
니다만, 그분은 당분간 정상을 다시 팔 의사가 없는 것 같은데
중국에서는 어떠한 스탠스를 취할 것인지 궁금합니다. 그리고
서책에 대한 관심은 이 정도에서 멈추는 것인지?”

　나의 말을 감정평가사가 중국 관리에게 통역해 주었고 중국
관리의 답변을 감정평가사가 다시 우리말로 나에게 전해 주었
다.

　“이번 방문의 목적은 진상을 파악하기 위함이고 대책은 일단
중국에 돌아가서 국가문물국 당국자들과 논의해서 결정할 것이
라고 합니다.”

　진행 상황을 침묵 속에 희미한 눈길 너머로 유심히 관찰하던
아내가 일행에게 날도 어두워졌는데 저녁식사라도 함께 하고 가
시라고 청했으나 일행은 거절해서 미안하다는 표정을 지으며 집
을 나섰다.

　“중국에서 진작부터 빨리 움직였으면 당신이 수월했을 텐데.
하여튼 지금이라도 다행이야. 앞으로 중국 당국자들이 그 낙찰

자하고 어떤 식으로든 타협하겠지. 당신은 이제 손 떼도 될 거 같은데."

아내도 의도치 않게 문제가 잘 풀릴 것 같은 예감을 느꼈는지 상당히 표정이 경쾌해져 있었다. 나는 잠시 여유를 되찾고 아내와 함께 저녁을 먹고 이런저런 이야기를 나누며 한동안 평온한 시간을 보내게 되었다.

석식 이후의 한가한 밤이었다. 아내는 평소처럼 리모컨을 손에 쥐고 TV채널을 이리저리 돌리며 달리는 말에서 산을 보듯 TV를 보고 있었다. 이때, 어떤 방송에선가 아나운서가 다급한 목소리로 뉴스 속보를 전했다.

"D시와 G군을 잇는 국도변의 공터에 멈춰 서 있던 차량 안에서 목이 잘린 채 운전석에 앉아 있는 시신이 발견되어 충격을 주고 있습니다. 경찰은 CCTV를 분석해 본 결과 차량은 어제 오후 8시쯤 서울을 출발하여 G군을 향해 가고 있었던 것으로 밝혀졌고 피해자는 차량의 주인으로, 운전 중에 피해를 입은 것인지 이미 피해를 입고 누군가에 의해서 그곳으로 이동했는지 여부는 아직 알 수 없다고 말했습니다. 지금 이곳 현장의 모습은 참으로 참혹한 광경이어서 말로 어찌 표현해야 할지 모를 지경입니다. 특히 경찰은 피해자가 어제 고미술 경매업체 트레져옥션에서 실시한 혜능의 정상 경매에 참여해 66억에 해당 물건을 낙찰받은 사람이어서 사고와 해당 물건과의 관련성을 조사하고 있다

140

고 밝혔습니다.”

아내와 함께 TV를 보던 나는 믿을 수 없는 충격적인 소식에 잠시 호흡을 가다듬어야 했다. 자기가 살아온 인생역정을 유머를 섞어 가며 이야기하던 그 얼굴이 지금 몸에 붙어 있지 않다니, 나는 온갖 표정을 지으며 얘기에 열중하던 얼굴을 떠올리며 절두의 잔혹함을 고통스럽게 받아들여야 했다. 당장 얼굴과 몸의 분리를 어떻게 표현해야 하는지 당혹스러웠다. 얼굴이 몸에서 분리된 것인가? 몸이 얼굴에서 분리된 것인가? 그의 정체성은 분명 얼굴이었는데 그렇다면 몸이 얼굴에서 분리되었다고 표현해야 하는가? 너무 황당한 사고를 당한 순간 놀라움 대신에 웃음을 짓듯 나는 엉뚱한 발상에 웃음이 나오기도 하였다. 누가 이런 짓을 했을까? 그가 낙찰받은 육조 정상을 노린 자였을까? 혹시 육조의 머리를 베어온 직후 신라 땅 여기저기서 벌어진 절두의 참극, 그것의 연장선상일까? 위대한 스승이 꼭 육조의 머리가 잘린 후 1300년이 되는 해에 반환하라고 한 의미는 무엇이었을까? 1300년이 넘으면 다시 해골의 저주가 이곳저곳에서 벌어질 수 있으니 꼭 그 해에 반환하라는 것이었을까? 나는 침묵을 지키고 있는 아내에게 물었다.

“해골에 씌었던 악령이 다시 부활한 것은 아니겠지?”

“통일신라 때나 지금이나 신비주의는 무섭고 두려워. 마치 두 눈이 가려진 채 두들겨 맞는 것처럼 공격자의 정체를 알 수 없으니…"

"나도 육조정상탈취비사를 번역하면서 얼마나 두려움에 떨었
는지 몰라."

"혹시, 당신이 가장 먼저 의심받지 않을까? 누구보다 절박하
게 육조정상이 필요했으니까."

"정상의 행방은 어찌 되었을까?"

나는 바쁜 걸음으로 서재에 들어가 컴퓨터를 켰다. 트레져옥
션 사이트에 접속하고 있는 네티즌들이 많은 탓인지 사이트에
들어가는 데 무척 애를 먹었다. 여전히 공지사항에 육조 정상
팝업창이 떠 있었다. 팝업창을 열어 사고에 관한 뉴스나 게시글
이 올라왔는지 검색해 보았다. 관련 글이 부지기수로 올라와 있
었다. 대부분이 호기심 어린 흥미 위주의 추측성 글들이었다.
팝업창에 연결된 다른 공지사항을 열어 보았다. 정상이 66억에
낙찰된 소식을 알리면서 낙찰자의 인적사항과 함께 물건의 인
계 일정에 관한 글이 있었다. 대금 납부액의 10%는 착수금이므
로 경매 낙찰 결정 시점을 기준으로 6시간 이내로 하라는 의무
조항이 눈에 띄기도 했다. 아! 그런데, 그 아래 반짝거리는 문장
으로 낙찰자는 이미 착수금뿐 아니라 대금을 전부 납부하고 정
상을 인수해 갔다고 공지하고 있었다. 불과 경매종료 6시간 후
인 것으로 보아 나하고 이야기를 마치고 나서 얼마 되지 않은 시
간에 반도체업체 사장인 낙찰자는 대금 총액을 납부한 것 같았

다. 그렇다면 정상은 어디 있을까? 혹시 차량에 넣고 이동하다 절두 살해를 당한 게 아닐까? 그리고 살해범은 정상을 갖고 달아난 것일까? 인계 일정에 낙찰자가 대금을 납입하면 곧바로 낙찰자가 원하는 장소로 물건을 인계한다고 명시되어 있는 것으로 보아 그곳이 어딘지는 모르지만 절두당한 사장이 원하는 곳으로 가 있음은 분명해 보였다. 정상의 행방은 어찌 되었을까? 나는 우선 트레져옥션 경매담당자에게 혹시 정상의 현재 행방을 알고 있는지 알아보기로 했다. 기자회견 때 안면을 튼 적이 있어 믿음이 가기도 했다. 발신음이 오래 울렸고 전화는 힘겹게 연결이 되었다.

"원래 비밀이라 알려드릴 수 없습니다. 사고가 엄청나서 여파가 큰 것은 알지만 회사에서도 사운이 걸린 일이라서, 죄송합니다."

"잠깐만요, 낙찰자가 찾아서 소지하고 있었는지 여부만이라도…"

"전화주신 선생님께서 처하신 입장을 잘 알고 있기는 해도 대금총액 납부 이상의 정보는 알려드릴 수 없습니다."

"시중은행에서 꺼내 가긴 한 건가요?"

"사실 제가 이런 말씀을 드리긴 뭐하지만, 경찰에서 긴급하게 수사기법상 필요한 사항이라고 정상의 행방에 관해서는 절대로 말하지 말라고 요청한 상태입니다."

"아, 예…"

"지금 이 전화도 녹음되고 있을 겁니다. 전화 끊겠습니다."

나는 연관성을 의심받아 고초를 겪을 수도 있다는 생각에 한기를 느꼈지만 정상의 행방이 묘연해진 것이 더욱 불안했다.

"당신은 알리바이가 충분하잖아, 사망 추정 시간에 집에 있었고… 공무원들 방문도 있었고, 대화도 오래 나눴고."

전화의 내용을 대략 짐작했는지 나의 표정을 유심히 살피던 아내가 다소곳하게 말했다.

"당신을 의심한다면 중국 관리도 의심받을 수 있고, 여몽도 의심받을 수 있어. 지리적으로 여몽과 가까운 곳이라서… 여몽은 혼자서 좌선하는 선객이라 알리바이를 증명하기도 쉽지 않을 텐데."

"여몽은 정상 반환에 그렇게 크게 집착하지 않았어. 그리고 적음이 정상을 빼돌리는데도 미필적 고의로 모른 척했다는 추정이 맞다면 여몽도 충분히 방어할 수 있겠지."

이런저런 생각에 갑자기 피곤이 밀려왔다. 시간이 얼마나 지났던가? 지진이라도 일어난 것처럼 땅의 움직임이 불안하고 쿵쿵거리는 소리가 났다. 은근한 공포와 피곤이 함께 몰려왔다. 자리에 누워 휴식을 취하려고 하는 순간, 문이 쾅 열리며 스타킹을 얼굴에 뒤집어쓴 복면강도가 쏜살같이 침입했다. 나는 깜짝 놀라 신속하게 자리에서 일어서려 했으나 이미 몸이 굳어 움직일 수가 없었다. 강도는 눈 깜짝 할 사이에 날카로운 식칼을 내 목에 들이대며 장갑 낀 손으로 내 입을 덮쳐 막았다. 나는 비명조차 지를 수 없는 지경으로 부들부들 떨었다. 강도의 목소리는 쇳소리가 났고 적음의 목소리를 닮았다. 『육조정상탈취비사』만 내놓으면 일 없이 들고 나가겠다고 했다. 나는 그의 손을 힘껏 밀어제치면서 비명을 질러댔다. 당황한 강도는 식칼을 높이 쳐들더니 내 목을 향해 내리찍었다. 으~악! 순간, 퍼뜩 깼다. 동시에 빠른 동작으로 더듬더듬 살았는지 죽었는지 알아보기 위해 몸 여기저기를 만져보았다. 아무 일 없었다. 꿈이었다. 하지만 방금 강도가 겨누었던 목 언저리에 깊은 자상이 느껴지는 강렬한 통증이 몰려왔다. 꿈속에 있던 나와 깨고 난 나가 같은 것 같기도 하고 다른 것 같기도 하였다. 짧고 선명한 꿈이었다. 몇 시쯤이나 되었을까? 날은 아직 캄캄하고 아내는 옆에서 깊은 잠을 자고 있었다. 문득 여기가 또 다른 꿈속 같았다. 어둠은 어디서 오는 걸까? 나는 또 어디 있다가 여기로 와 누워 있는 걸까? 꿈속에 있을 때는 꿈속이 현실이었고 지금은 여기가 현실이었다. 모든 일이 짓는 일 같았다. 꿈속에서는 꿈을 짓고 여기서는 어둠을 짓고 옆에 있는 아내를 짓고 지금 이 순간 현장의 느낌을 짓는 것 같았다. 무엇이든 꿈속에 나타나는 모든 것들은 바깥 그 어딘가에 있다가 오는 것이 아니라, 모두 내 마음에서 난 것들이었다. 이 마음은 도대체 무엇일까? 찾을 수는 있는 것일까?

문득 마로니에 나무 아래 정지동작으로 동상처럼 서 있는 사내 생각이 났다. 그의 정지동작을 본떠 서 있어 보면 어떤 느낌이 들까? 머무름과 떠남의 경계에 서서 고개를 10도쯤 들고 하늘을 보면 무엇이 보일까?

나는 자리를 털고 일어나 옥상에 올랐다. 아직 새벽이었다. 머무름과 떠남의 경계에서 마네킹처럼 멈춰선 동작으로 오래 서 있어 보았다. 얼마나 있었을까? 상방 10도쯤의 서녘 하늘에 또 렷하게 별 세 개가 떠 있는 것이 보였다. 그리고 그 사이에 반달 이 밝게 떠 있었다. 나는 신선하고 맑은 정신으로 오랫동안 생 각없이 허공을 응시하였다. 이때, 아! 삼성반월, 위대한 스승이 숨지기 직전 몇 번을 반복해서 내뱉던 그 말, 수수께끼 같던 그 사자성어의 비밀이 문득 풀리고 있었다. 그것은 바로 마음(心)이 었다. 위대한 스승은 마지막 숨을 내쉬면서도 직지인심의 가르 침을 주었던 것이다. 그가 툭 터진 무한한 허공에 무심하게 떠 있는 별 셋과 반달이 되어 새벽처럼 싱싱한 목청으로 외치는 것 같았다. 꿈도 아니고 현실도 아니오. 다만 마음이 움직였을 뿐 이오.

"안녕하세요, G경찰서 지능범죄 수사팀입니다. 어제 이 지역에서 발생한 절두 살해 사건 수사 협조를 부탁드리기 위해 연락드렸습니다. 명칭은 참고인자격 소환조사입니다만 불가피한 사정이 있으면 출석하지 않아도 상관없습니다. 하지만 사회정의를 구현하기 위해 조사에 응해 주시면 감사드리겠습니다."

"예, 참고인 자격이라고요."

"그렇습니다. 출석하셔서 도움을 주시면 여비와 교통비를 드립니다. 비용 걱정은 하지 마시고요. 되도록 오늘 오후까지 출석해 주시기 바랍니다."

이른 아침, G경찰서 수사관의 전화를 받고 급하게 움직였다. 여자 수사관의 목소리는 마치 기습 전화로 휴대폰판매 광고를 하듯 메마르고 건조했다. 아무런 사적 감정이 들어가 있지 않은 기계음 같았다. 문득, 여몽과 적음이 강제징집을 거부하고 도피 생활을 할 때 소환당해 조사받던 일이 떠올랐다. 검은색 지프차를 타고 온 보안대 요원들은 아무런 설명 없이 집에 있던 나를 포박해 갔다. 지하 2층 텅 빈 공간에서 요원들은 번갈아가면서 낮은 목소리로 여몽과 적음이 피신한 장소를 대라고 다그쳤다. 몇 번의 협박과 회유에도 불구하고 일관되게 모름을 고백하는 나의 진정성을 믿어준 요원들은 몇 푼 안 되는 교통비를 주며 방

면했었다. 다시는 경험하고 싶지 않았던 불안과 공포가 푹 익은 김치를 먹듯 생생하게 떠올랐다. 나는 사건과 관련이 없음을 분명하게 보여주고 수사에 적극적으로 협조하면서 육조정상의 행방을 알아볼 수 있는 기회를 엿보기 위해 참고인 소환을 수락하고 최대한 빠른 출석을 약속했다.

G경찰서는 군 단위 지방경찰청임에도 청사 규모가 상당히 컸고 시설이 대도시보다 훨씬 좋아보였다. 입구에 서 있던 의경은 나의 방문 목적을 묻고 1층 수사과장실 옆에 붙어 있는 지능범죄수사팀실로 친절하게 안내해 주었다. 수사팀 요원인 듯 보이는 조사관이 대기하고 있었다.

"먼 길 오시느라 고생하셨습니다. 잠시만 기다려 주시죠."

젊은 조사관은 양해를 구하고 밖으로 나가더니 잠시 후 복사물 더미를 안고 내 맞은편 탁자에 앉았다.

"참고인께서는 피해자와 마지막으로 대화를 나눴던 분이라서 가장 먼저 연락을 드렸습니다. 저희가 사고 추정 시간을 대략 사건 당일 밤 9시 정도로 보는데요. 혹시 그 시간에 뭘 하셨나요?"

"집에 있었습니다."

"아, 예. 긴장을 푸시고요. 절 경계하지 마시고 편안하게 말씀하셔도 됩니다. 저희는 참고인 신분으로 모신 거지 피의자 신분으로 취조하는 것이 아니니까요."

"그 시간에 마침 손님이 찾아와서 집에서 긴 시간 동안 대화를 나누고 있었습니다."

"예, 그러셨군요. 혹시 손님이 누구였는지 물어봐도 괜찮은지요?"

"제가 가지고 있는 육조정상탈취비사와 소고를 정밀감정하기 위해 고서적감정평가사가 문화재청 위원과 함께 방문했었습니다. 아, 중국 문물국 관리도 함께 왔었습니다."

"아, 참 제가 트레져옥션 싸이트를 방문해서 참고인께서 올려주신 육조정상탈취비사의 일부분을 복사해서 쭉 읽어봤거든요. 혹시 그 내용이 이번 사건과 관련이 있을 수 있을까요?"

조사관은 복사물 더미에서 육조정상탈취비사 복사 내용물을 찾아 꺼내면서 차분한 목소리로 물었다.

"당시에도 규명을 못했을 뿐이지 연속된 절두의 비극에 뭔가 물리적 원인이 숨겨져 있었을 것 같습니다. 악령의 해괴망측한 보복이라는 신비주의로 접근하는 것은 문제가 있다고 봅니다."

"목이 잘린 시체가 우물에 둥둥 떠 있었던 것이나 12지신상의 목이 연달아서 떨어져 나간 것은…"

"범인도 절두 사건의 수사 방향이 혹시 그런 쪽으로 흐르길 기대했을 수도 있겠습니다만 저는 그럴 가능성은 없다고 봅니다."

"연극 연출을 하시는 분치고는 생각보다 과학적이시군요. 지금 막 국과수에서 연락이 왔는데요. 피해자는 이미 절두 직전에 약물로 살해를 당한 상태였고 이후 작두나 커다란 전지용 칼로 목이 잘린 것 같다고 합니다."

"그렇다면, 범인이 신비주의 쪽으로 수사 방향을 몰아 보려는
의도가…"

"그래서 제 생각에 범인은 육조정상탈취비사를 읽고 내용을
충분히 숙지하고 있는 사람일 가능성이 높다고 봅니다. 기자회
견을 하셨지요?"

"대략 오륙십 명 정도 모였었습니다."

"범인은 그 때 참석했을 가능성도 있고 트레져옥션 싸이트를
자주 들락거리면서 내용을 파악했을 수도 있죠."

"혹시 정상의 행방은 어찌 되었죠? 그리고 범인이 노린 것은
무엇이죠? 그러니까 피해자가 빼앗긴 것은?"

"범인이 정상을 노렸을 수도 있지만 피해자는 생명을 잃었고,
그 후 머리를 잃었다는 것 외에는 말씀드리기 어렵습니다. 자,
부탁드리는데요. 경매가 낙찰되고 나서 피해자와 만나서 나눴
던 대화 내용을 구체적으로 서술해 주셨으면 합니다."

조사관은 사무적 어투로 말하면서 복사용지 몇 장을 주고 자
리를 비켜 주었다. 나는 사내와 나눴던 이야기를 되새기면서 최
대한 내용을 빠뜨리지 않고 사실 기술 위주의 간결체로 정리해
나갔다. VIP룸에서 대화를 나누었던 때가 하루밖에 지나지 않
았음에도 마치 삶과 죽음의 거리만큼이나 먼 과거의 일처럼 느
껴졌다.

사내는 50대 중반이었다. 사내는 대학 졸업 후 일자리를 구하기 위해 몇 십 장의 이력서와 자기소개서를 썼다. 요즘은 거의 모든 대학 졸업생들이 겪는 통과의례이지만 30년 전 당시에는 흔치 않은 일이었다. 번번이 실패했다. 사내에게 두 가지 약점이 있었다. 전공이 철학이었고 출신 지역이 대기업들이 기피하는 비선호 지역이었다. 그는 억울했다. 전공에 대한 인식은 어쩔 수 없어도 출신 지역 때문에 불이익을 받는 것은 도대체 터무니가 없어 소화하기 어려웠다. 사실 그의 아버지는 남한에 뿌리를 내린 지역이 거기였을 뿐 서북청년단의 열혈 단원이었다. 연백평야지대 지주의 아들이었던 그의 아버지는 해방 직후 소작농들의 살벌한 난동으로 그의 할아버지가 낫에 찍히고 곡괭이에 찍혀 죽는 현장을 본 후 남쪽으로 도망 내려왔다. 북쪽에서 당한 원한을 풀기 위해 그의 아버지는 이루 말할 수 없는 죄악의 행위를 저지르고 다녔다. 제주도에 원정을 가기도 했다. 그러다 난이 진정되자 지리산 언저리 G군에 자리를 잡고 삶을 일궜다. 사내는 그곳에서 태어났고 그곳이 그의 고향이 되었으며 그곳은 그가 장성한 후 취업의 장애물이 되었다. 그는 35번째 이력서를 쓰다가 취업을 포기하고 과외 교습으로 생계를 잇기로 작정했다. 할 수 있는 것이 그것밖에 없었다. 한번은 대치동 E아파트에 사는 학생을 맡게 되었다. 학생의 아버지는 당시로서는 획기적인 전기밥솥을 만들어 파는 중소기업의 사장이었다. 어느 날 사장이 그를 찾아와 은밀한 제안을 하였다. 철저한 비밀을 요구하는 제안이었다. 사장은 숨겨 놓은 애인이 있었다. 이제 갓 스물이 넘은 젊은 여자였다. 알고 보니 그와 동향이기도 했다. 가난한 집안의 딸로 시골에서 중학교를 졸업한 후 서울로 상경하여 사장의 공장에서 일하다 사장의 눈에 든 여자였다. 어쩌다 그녀가 임신을 하게 되었다. 사장의 제안은 태어날 아이를 위해 그녀의 법률적인 남편이 되어 달라는 것이었다. 제시액은 1억이었다. E아파트 30평 한 채 값이었다. 그는 한 달을 고민하다 사장의 제안을 받아들이기로 했다. 사장은 완벽하게 아내 몰래 제2의 가정을 꾸릴 수 있었다. 혼인신고는 간단하게 이루어졌고 아이는 얼마 지나지 않아 태어났으며 그는 한 남자아이의 법률적 아빠가 되었다. 돈은 아이의 출생신고가 있던 날 입금되었다. 동사무소에서 아이의 본적을 어디로 할 거냐고 물어왔다. 출생신고를 할 때 특별한 말이 없으면 아빠의 본적을 따르는 것이 관행이라고 했다. 그는 헛웃음을 웃으며 아무렇게나 해도 괜찮다고 했다. 동사무소 직원은 당황해하며 아빠의 본적을 그대로 승계하도록 하겠다고 했다. 그는 사장의 본적이 어딘지 알 수 없었다.

　그는 모든 과외교습을 정리했고 1억을 어떻게 쓸 것인가를 두고 오랫동안 고민했다. 은행에 저축만 해 놓아도 1년 이율이 10%였다. 증권회사의 경우는 입금한 달초부터 바로 백만 원을 주었다. 증권회사 대졸 직원의 월급이었다. 하지만 소극적인 선택이었다. 말 그대로 E아파트 한 채를 살 것인가? 그는 울퉁불퉁한 언덕배기 집에서 살 때마다 네모반듯한 천장과 바닥이 있는 집에서 사는 것이 꿈이기도 했다. 하지만 인생을 송두리째 저당잡히고 받은 돈을 그렇게 묵힐 수는 없다는 생각이었다. 그는 장래에 그가 가장 하고 싶은 것이 무엇인지 깊이 생각해 보았다. 자신처럼 취업 때문에 고생하는 사람들을 위해 일자리를 만드는 것이었다. 그는 그 돈을 종자돈으로 거대한 기업을 한번 일궈 보고 싶었다. 일단 돈을 크게 불려야 했다. 모험을 감행하기로 했다. 비교적 성공 가능성이 있는 모험이었다. 그는 시중에 떠돌고 있는 이동통신회사 주식을 사 모으기 시작했다. 목욕탕에서 우연히 어떤 노인 두 분이 주고받는 대화를 엿듣다가 분명히 큰돈이 되리라는 확신이 섰기 때문이었다. 액면가 5000원의 주식이 7500원에 거래되고 있었다. 상장이 이루어지면 분명 큰돈을 만질 수 있다는 확신을 가지고 1억을 거의 다 투자했다. 예측은 정확해서 상장도 되기 이전에 암시장에서 10배의 가격까지 치솟아 있었다. 그는 기다렸다. 예정대로 상장되었고 그는 5년 만에 50배가 넘는 이익을 실현하여 1억이 50억이 되었다. 그는 50억의 돈으로 신도시 주변의 땅을 샀다. 신도시에 편입되지 않았지만 미래 발전 가능성이 높은 땅이었다. 그는 그 땅을 사서 4년 만에 5배의 이익을 봤다. 하늘에서 떨어진 행운을 잡은 셈이었다. 10년 만에 그는 250억의 재산을 일구었다. 20세기에서 21세기로 넘어간 직후 그는 이제 그의 꿈을 실현할 수 있는 자산을 갖게 되었다. 사업을 일구어 일자리를 만들 수 있는 자본가가 되어 있었던 것이다.

마침 기업에 돈줄이 말라 있던 때라 여기저기 도산 직전의 기업들이 즐비했다. 그는 사들일 만한 기업을 암암리에 수소문했다. 가장 우선 조건은 되도록 많은 사람들에게 일자리를 줄 수 있는 기업이었다. 자금난에 허덕이던 반도체 후공정 장비업체를 소개받았다. 메모리 모듈 테스터 장비를 생산하는 업체였다. 기발행의 회사채가 만기가 다 되어 가고 있었지만 주거래은행에서 새로운 회사채 발행을 거부하고 있었다. 미래 전망을 확신할 수 없었기 때문이었다. 부도에 직면해 있던 회사는 사채업자에게 엄청난 고금리를 주며 돈을 끌어올 수밖에 없는 상황이었다. 처음에 그와 연결이 되었던 것도 그의 돈을 빌려 쓰기 위함이었다. 그는 회사를 사겠다고 했다. 가장 싸게 회사를 살 수 있는 기회였다. 회사를 인수한 그는 경영 경험이 없었지만 몇몇 핵심 임원의 도움으로 빠른 시간 내에 회사를 장악했다. 그리고 본래 회사가 소유하고 있던 특허와 기술력을 바탕으로 제품 혁신을 통해 회사를 빠르게 정상화시켜 나갔다. 몇 번의 부침을 겪으며 회사는 꾸준하게 성장했고 이제는 동종업종의 중견기업으로 안정된 자리를 잡게 되었다. 그는 오로지 회사만 생각하고 한눈팔

틈 없이 일만 했다. 그러던 그에게 사랑이 찾아왔다. 태어나 처음으로 한 여자를 사랑하게 된 것이다. 때늦은 기적이었다. 그녀와 그야말로 가족이 되고 싶었다. 하지만 그는 여전히 법률적으로 한 여자의 남편이었으며 한 아이의 아빠였다. 그는 옛 사장을 찾아가 이제는 법률적 이혼을 해도 되지 않겠느냐고 물었다. 사장은 전기밥솥 사업을 여전히 유지하고 있었다. 하지만 망하기 직전이었다. 몇 번의 부침 끝에 간신히 명맥을 유지하고 있는 듯했다. 사장의 여자, 그러니까 그의 법률적 아내는 그에게 이혼의 조건으로 재산분할을 요구했다. 자기로부터 비롯된 부이기에 자기 권리가 있다는 것이었다. 그는 너무도 억울했지만 보유하고 있는 현금의 절반을 주고 합의이혼을 하기로 작정했다. 그는 노출될 수밖에 없는 현금을 여러 가지 방식으로 빼돌리고 있는 중이었다. 고가 미술품이나 고가 문화재를 사 놓는 것이 좋은 방법이라고 생각했다. 육조 정상을 구입하고자 하는 목적도 일단은 돈을 빼돌리기 위함이었다.

"수고하셨습니다. 상당히 긴 시간 동안 이야기를 나누셨군요. 혹시 이야기 도중에 전화가 와서 끊긴 일은 없었나요?"
"가끔씩 불안한 기색을 보이며 전화를 받곤 하였습니다만."
"피해자의 최근의 신상을 조사해 보니 혼인무효소송을 진행하고 있는 중이었습니다."

"그랬었군요. 저한테는 그런 말은 없었고 다만 법률적 부인과 이혼할 거라고만…"

"피해자가 구두로 뭔가 약속을 해 준 것이 있나요?"

"저한테요? 이걸 물어보는 건지는 모르겠습니다만 자신의 이혼이 완결된 이후 낙찰가액인 66억 이상의 돈은 요구하지 않겠다고 약속했습니다."

"아니 그거 말고, 또 다른, 참고인님의 법명이 무진, 맞지요?"

"예, 그렇습니다만, 별다른 것은 없었습니다."

"이건 다른 이야기이긴 합니다만 육조 혜능이 누구죠? 그렇게 중요한 인물인가요? 저는 교회를 다녀서 그런지 처음 듣는 이름이기도 하고, 어떻게 생긴 사람이죠?"

"못생겼습니다."

"아니 제가 용모에 관심이 있는 건 아니고요, 역사적으로 어떤 인물인지…"

"어려서 아버지가 일찍 돌아가시고 노모와 함께 나무꾼으로 살았던 사람이죠. 그의 아버지는 반듯한 성씨의 한족 혈통으로 체격이 출중하고 인물이 훤칠했으나 어머니가 소수민족의 볼품없는 인물이었죠. 불행하게도 모계혈통을 이어받아 키가 작고 얼굴도 못생겼다고 합니다."

"뭐 강감찬 장군도 못생겼는데 위세는 대단했다고 하잖아요. 근데 혜능이라는 분은 어떤 위세가 그리 대단하셨던 분인가요?"

"위세라니요? 문자도 몰랐던 분입니다. 하지만 요즘 말로 하면 종교천재였던 분이지요."

"종교천재라, 종교도 천재가 있나요?"

"그럼요, 그는 배우지 않고도 모든 사람이 본래 깨달아 있는 깨끗한 존재라는 것을 확실하게 알게 된 사람이죠."

"예, 어렵군요. 오늘은 여기까지 하고요, 적어주신 내용은 자세히 읽어보고 또 필요한 사항이 있으면 이제는 전화로 제가 여쭤 보도록 하겠습니다. 오늘 이곳 멀리까지 와주신 것 너무 감사드립니다."

조사관이 법명을 물어본 이유가 꺼림칙하긴 했지만 앞으로 출석조사는 없을 것 같은 예감으로 기분이 한결 가벼워진 나는 수사과장실 옆에 있는 휴게실에서 잠시 쉬었다 갈 요량으로 그곳에 들어갔다.

22   아사꼬

탁자와 의자 몇 개만 있을 거라고 생각한 휴게실은 시골 경찰서 휴게실답지 않게 인테리어가 화려했다. 푹신한 소파가 있었고 검색용 컴퓨터가 비치되어 있었으며 벽걸이 TV뿐 아니라 에

어컨까지 설치되어 있었다. 나는 음료 코너에서 커피를 한 잔 뽑아 들고 소파에 앉았다. 아침부터 쌓인 피로가 밀려와 한숨 자고 싶어질 정도로 노곤했다. 이때 한 중년 여인이 문을 힘겹게 열고 들어왔다. 트레져옥션 경매장에서 빨간색 사각형이 무늬진 기모노 복장으로 마지막까지 경합을 벌이던 일본 여자였다. 여인은 낯선 남자 혼자 앉아 있는 공간이 어색한지 두리번거리며 나갈까 말까 망설이다가 나와 눈이 마주치자 밝은 얼굴로 알은체를 했다.

"안녕하세요. 반갑습니다. 또 뵙게 되네요?"

"저를 아시나요?"

"예, 소극장에서 기자회견을 하실 때 객석 맨 뒤에 있었습니다."

"그러셨군요. 안면은 있지만 정식으로 인사드리겠습니다. 무진입니다."

"아사꼬입니다. 경도에 살고 있어요."

"아사꼬라면 한자로 '朝子' 맞나요?"

"어떻게 아셨지요? 우리도 보통 한자로는 잘 안 쓰는데."

"유명한 수필가의 작품에 나오는 주인공의 이름이라서."

"아, 피천득, 저도 알아요. 제목이 인연이었나요? 제가 중학교를 조선인학교에서 다녔거든요. 교과서에 나와 있는 작품이었어요. 주인공이 제 이름과 똑같아서 친구들이 많이 놀리고 그랬지요."

"혹시 재일교포신가요?"

"아니요. 저는 순수한 일본 사람입니다. 제가 자란 동네가 조선인들이 많이 모여 살던 곳이라서 학교를 그리 다녔어요."

"경매장에서 빨간색 사각형 무늬 기모노 복장을 입고 계셔서 인상적이었습니다."

"제가 소속되어 있는 단체의 예복이지요. 지금 제가 입고 있는 옷도 예복 중 하나예요."

피천득 이야기로 갑자기 친해진 우리는 대화의 폭이 점점 넓어져가고 있었다. 나는 아사꼬가 입고 있는 옷을 자세히 살펴보았다. 가슴과 배 부위의 상의에 마치 판화처럼 뚜렷하고 큰 그림이 박혀 있었다. 향엄격죽도(香嚴擊竹圖)였다. 한 손은 위로 쳐들고 다른 손에는 빗자루를 든 향엄이 대나무에 부딪친 기와 조각을 내려다보고 있었다. 입을 벌리고 감탄사를 내지르는 향엄의 얼굴이 깨달음의 기쁨으로 환했으며 가사장삼을 그린 윤곽선이 칼로 도려낸 듯 날카롭게 보였다.

"아, 이 그림요, 카노 모토노부가 그린 그림입니다. 향엄 스님이 기왓장이 대나무에 부딪치는 소리를 듣고 깨달은 순간을 그린."

"알고 있습니다. 어떤 단체길래 이런 옷을?"

"경도에 있는 영평사 전문신도회입니다."

"영평사라면 교토에 있는, 아, 여기서도 이제 경도를 교토로

부릅니다. 도겐이 세운 오래된 사찰 아닌가요?"

"맞습니다. 도겐 스님의 원력으로 세운 뒤 교토에서 가장 큰 사찰이 되었지요."

"도겐 스님은 수행이 곧 깨달음이라는 조동종 계통의 선사로 알고 있는데 전문신도회는 무엇이죠?"

"임제대학, 지금은 이름이 화원대학으로 바뀌었는데, 선학과 출신의 신도들로 구성된 수행자 단체입니다. 여기 식으로 말하면 유발 상좌들이죠. 남녀 같이 있습니다. 옷부터 시작해서 일거수일투족 모두를 수행의 과정으로 보고 있습니다. 옷에 꼭 수행자가 잊지 말아야 할 글이나 그림을 넣어 새겨 입고 다니죠. 저번 경매장에서 입었던 옷은 막연히 빨간색 무늬의 사각형이 아니라 혜능선사가 쓴 선시가 적혀 있습니다. 본래무일물."

"임제대학은 교토에 있는 불교전문대학인가요? 임제는 황벽의 제자이기도 한데… 제가 요즘 황벽의 전심법요를 무대에 올리고 있어서 관심이 갑니다."

"전심법요요? 완릉록과 함께 대학 때 전공으로 공부했던 과목이지요, 임제대학에서 화두 참구를 통해 깨달음을 추구하는 수행방법을 배웠습니다. 지금은 영평사로 옮겨서 묵조선 쪽의 공부를 하고 있습니다만."

"어떤 계기라도 있었나요?"

"지적인 것보다 간명한 것이 좋아서… 바꿨지만 끝은 같습니다."

"대학에 입학할 때부터 선객의 길을 걷겠다고 작정하신 이유라도?"

"막연한 이끌림이었죠. 조선인학교에 다니면서부터 선불교에 관심을 갖게 되었습니다. 앞서 말한 피천득 수필 같은 것들에 영향을 받았는지도 모르지요. 아사꼬가 그랬었나요? 처음 만났을 때는 스위트피처럼 귀여웠고 두 번째 만났을 때는 하얀 목련처럼 청순했으며 마지막 만남에서는 백합처럼 시들어 가는 모습,"

"궁금한 것이 많아지네요. 여기는 어찌, 살해용의자로 온 건 아니죠? 저는 참고인 신분으로 왔습니다."

"그건 잘 모르고요. 공항에서 밤 비행기로 출발하려다 연행되어 왔습니다. 지금은 조사를 마치고 관련이 없다고 판단되어 풀려났습니다. 살해수법이 잔인해서 혹 야쿠자의 짓일 수 있다고 생각했는지 저하고 야쿠자의 관련성을 집중적으로 추궁했습니다. 저는 아무 관련이 없는데,"

"정상 경매는 어떻게 알게 되었나요?"

"아까 수사관하고 똑같은 질문을 하시네요. 저는 영평사에서 보낸 대리인일 뿐입니다. 아마 트레져옥션에서 매수할 가능성이 있는 동아시아 곳곳의 사찰에 사발통문을 보낸 것 같습니다. 영평사도 소식을 들어 알게 되었고 저는 한국말을 가장 잘한다고 대리인으로 뽑혔습니다. 맥시멈 5억 엔까지 베팅제한액을 설정해 주었는데 그것을 지키려고 막판에 포기했을 뿐입니다. 육조 정상을 갖기 위해 낙찰자를 잔인하게 살해하다니 상상할 수 없는 일입니다."

"트레져옥션 싸이트를 사전에 자주 방문하셨나요? 기자회견도 참석하고…"

"기자회견할 때 마지막으로 말씀하신 내용이 인상 깊었습니다. 어떤 일이 있어도 꼭 육조 정상을 남화선사에 반환하겠다는…"

"지금은 행방조차 알 수 없어 답답합니다."

"스승의 소망을 성취하기 위하여 끝까지 노력하는 것은 의미 있는 일이지요. 제가 일본에서 출발하기 이전에는 이런 내용들을 몰랐습니다. 나중에 한국에 도착한 후 트레져옥션 게시판에 올리신 글을 보고 깜짝 놀랐습니다. 경매 참여 여부를 영평사 재무본부에 다시 상의해 볼 정도였지요. 소극장에서 나눠 주신 육조정상탈취비사 번역 소책자를 꼼꼼하게 읽어 보았습니다. 하택신회에 관해서 매우 부정적으로 쓰여 있더군요."

"수단과 방법을 가리지 않고 7조가 되려는……"

"하택신회는 권력욕망이 강했지요. 안록산의 난 이후에 계단을 설치하고 도첩을 팔아 막대한 군사비용과 국가 재정을 메꿔 주는 등 조정의 권력과 가까이 지내기도 했습니다."

"그것은 그 대가로 조정의 지지를 얻고 남종선의 정통성 지위를 확보하기 위함이 아니었을까요?"

"아, 그렇게 보기도 하지요. 실지로 그 뒤 남종은 점점 발전을 하면서 선종의 주류가 되고 북종은 점점 쇠퇴했으니까요. 어떻게 잘 아시네요. 혹시 이쪽을 전공하셨나요?"

"전공은 아니지만 서클에서 친구들과 함께 공부하고 토론도 했던 내용이라서…"

"불교서클? 제가 대학생일 때 한국의 대학생들과 교류도 하고 그랬거든요. 양국의 사찰 탐방도 함께 하고."

"제가 있던 서클은 학생운동 쪽으로 많이 변질되어서 그런 기회는 갖지 못했습니다."

"학생운동이라면 민주화 운동이나 사회변혁운동 등을 말하나요?"

"그런 셈이죠."

"그랬었군요. 저도 대학 다닐 때 비슷한 서클에서 열심히 활동한 적이 있습니다. 제가 다녔던 대학이 비록 불교대학이었지만 이념운동에 관심이 있던 학생들이 많았었지요. 특히 우치야마 구도를 좋아하고 그의 종교관을 따랐던 사람들 중심으로…"

"우치야마 구도?"

"다이쇼 데모크라시의 시대에 활동했던 조동종 승려입니다. 그분은 불성의 내적 평등성과 사회주의의 사회적 평등사상이 일치한다고 주장했죠. 또한 불법을 전하는 승려로서 불타의 입

장을 대신해 고통 속의 민중을 자신의 자식이라고 봐야 한다고
주장하기도 했습니다. 안타깝게도 36살 젊은 나이에 사형당했
지요."

"어떤 사건에 연루되어서?"

"명분은 1910년 천황 암살을 기도했다는 대역 사건이었지만.
그보다 저술활동을 통해 반전사상은 물론 소작료나 세금 납부
거부, 징용을 거부할 것을 주장하고 그래서 이미 반국가 인사로
낙인찍혀 있었던 상황이었죠."

"전쟁의 시기에 전쟁을 지원하기 위한 각 종파의 전시교학만
있는 줄 알았는데 국가권력에 대항해 싸운 분들도 있었군요."

"이번에 영평사에서 육조 혜능의 정상에 관심을 가진 것도 이
런 이유가 있습니다. 국가권력에 거리를 둔 혜능을 재조명해서
종교의 역할을 정상적으로 자리매김해 보려는 의도죠. 육조 혜
능은 실지로 신수와는 다르게 당시 수도와는 먼 남쪽에서 선을
전파하며 국가권력과 거리를 두었지요. 육조정상탈취비사에도
비슷한 내용이 있는 것을 읽어봤습니다만."

"예, 탈취비사에 무측천이 초대했는데도 가지 않는 내용이 나
오죠. 결국 가사를 보내고 타협하는 내용도…"

"결과론이긴 하지만 그래서 나중에 법난에 처했을 때, 결국
선의 명맥에 의해 불법이 다시 살아나는 기회를 얻을 수 있었을
것입니다. 도겐도 초기부터 권력과는 일절 담을 쌓았습니다. 수

좌가 막부의 실권자로부터 사찰에 2천 석의 토지를 기부받아 기뻐하고 있다는 소식을 듣고 당장 그 수좌를 불러 파문을 시키기도 하였습니다. 뿐만 아니라 수좌가 앉아 수행하던 자리를 뜯어내고 그 자리 아래에 있는 흙마저 파내 버렸다는 내용까지 전해지죠. 그만큼 철저했죠. 그가 깊은 산속의 영평사로 들어간 것도 국가권력과의 거리를 두기 위함이었습니다."

"확실히 전공하신 분이라 그런지 깊이 있게 아시는군요."

"부끄럽습니다. 전 아직도 모든 중생은 본래부터 불성을 가지고 있는 부처임에도 왜 수행을 해야만 되는지 아직 그 의문을 해결하지 못한 수행자에 불과합니다."

"도겐은 그 의문을 해결했나요?"

"그도 이 의문을 해결하기 위해 송나라로 건너가 마침내 지관타좌의 선법을 터득했죠."

"지관타좌?"

"온 심신을 쏟아 오직 좌선하는 것 외에는 불법을 체득할 수 없다는 선법을 말합니다."

"묵조선을 말하는군요. 제 오랜 친구도반인 여몽의 선법과 비슷해 보입니다."

"여몽이라면 기자회견을 같이 하신 그 분?"

"예, 기억하시는군요. 분명한 깨달음을 성취하여 해탈의 경험을 얻고자 하는."

"그렇다면 그건 다른 선법입니다. 저희는 수행을 깨달음을 향한 과정이나 수단으로 인식하지 않고 본래 깨달은 상태에서의 수행 그 자체가 곧 불법의 행이자 묘수라고 봅니다. 좌선이 곧 깨달음이고 깨달음이 곧 좌선인 것이죠."

"참 기이한 인연으로 법담을 나누게 되는군요. 하여튼 반갑습니다. 이제 곧 귀국하시겠군요."

"어차피 늦어진 것 며칠 더 머물렀다 갈 생각입니다. 혹 다음에 기회에 되면 꼭 다시 만나 뵙고 싶습니다. 참, 서울로 가시는 길이라면 동승할 수 있을까요?"

아사꼬의 제안에 나는 가벼운 목례로 긍정을 표하며 주차되어 있는 곳으로 함께 이동하였다. 아사꼬의 옷에 새겨진 향엄격죽도가 아사꼬의 걸음에 흔들리며 마치 활동사진처럼 움직였다. 나는 차에 탑승하고 나서 물었다.

"향엄격죽도의 교훈은 무엇인가요?"

"자력신앙이죠. 스승에게 물어 답을 얻는 공부는 자기 것이 아니라는 것입니다."

"향엄 스님은 간화선을 하셨던 분이었죠?"

"저는 간화나 묵조를 구분하지 않습니다. 생각의 흐름을 멈추고 정신을 한곳에 모으는 방법이 다를 뿐."

아사꼬의 대답은 부연설명 없이 간결했다. 나는 고속도로 방향의 도로에 진입하면서 조금씩 속도를 내기 시작했고 피곤해 보이는 아사꼬의 휴식을 위해 라디오를 켜고 클래식방송에 채널을 맞추었다. 마치 슬픔을 쥐어짜 내는 듯 피아노 독주곡이 흐르고 있었다.

"아, 짐노페티!"

낮은 탄성을 지르며 감상에 열중하던 아사꼬가 곡 흐름이 멈추자 입을 열었다.

"빈방에 던져진 폭죽 같아요."

"끝날 듯 이어지고, 슬픔은 그렇게 분출되는 것 같습니다."

"사티는 기존의 피아노곡 작곡법을 완전히 무시한 채 곡들을 썼지요."

"감수성의 영역이 넓어지면 표현양식도 달라져야겠죠."

"육조혜능의 오도송도 그랬어요. 깨달음의 영역이 달랐어요. 방법도 직관이었고요. 돈오죠. 문득 깨닫는,"

"단경은 무엇으로 공부했죠?"

"덕이본과 돈황본 둘 다 비교해 가면서 봤습니다."

"신회계열과 회양계열에서 각자 자기들 입장에 유리한 삽화 몇 가지를 삽입하거나 삭제했을 뿐이지 혜능조사의 생생한 목소리는 똑같이 담겨 있습니다."

"가르침의 핵심은 무엇이죠?"

"불성론입니다. 아시겠지만 혜능은 불성을 누구나 본래 갖추고 있는 것이며 보리반야의 지혜를 스스로 지니고 있는 것으로 보았습니다. 성품을 떠난 부처가 따로 있는 것이 아니기 때문에 득도를 하고 성불하는데, 중생이 모두 평등하며, 지위의 높낮이, 빈부귀천, 지역과 민족의 구분이 없다고 주장했습니다. 불성은 모두 평등하다는 이러한 생각은 업력의 승계를 인정하는 남방상좌부불교와는 완전히 다른 시각이었죠."

"단경에서 특별히 기억나는 문장이나 뜻은 무엇이죠?"

"모든 경전이 그렇지만 첫 문장이 가장 중요합니다. 〈선지식아 깨끗한 마음으로 마하반야바라밀법을 생각하라〉 이것이 혜능이 입을 열어 뿜어낸 첫 마디였습니다. 이 문장은 제가 전공 3학기 때에 육조단경을 배웠는데 그 때, 중간고사 시험문제이기도 했습니다. 두 문항이었지요. 1번은 '혜능은 왜 모든 사람을 선지식이라고 불렀는지 답하시오?' 였고 2번은 '혜능이 말하는 깨끗한 마음이 무엇인지 답하시오.'였습니다. 사실 지금도 이 두 문항에 대한 답을 요구하면 어떻게 대답해야 할지 모르겠습니다. 단경도 부처님의 말씀을 기록한 다른 경전처럼 때와 장소, 모여 있는 대중에 대한 설명을 간단히 마친 후 혜능의 말을 기록합니다. 질문은 마하반야바라밀법이 무엇이냐? 는 것이었지요."

"그 다음 이어지는 두 번째 문장이 무엇이었죠?"

"하하 이건 뭐, 수좌를 뽑는 면접시험을 보는 기분입니다. 곧바로 한동안 침묵하죠. 당시 현장의 분위기가 느껴지는 단순한 묘사가 놀라웠습니다. 그리고 선언하지요. 보리자성이 본래청정하니 이 마음만 쓰면 깨달은 자가 된다는 선언이었습니다."

"앞서 말한 두 시험문제보다 더욱 어려운 말이군요. 보리자성이 무엇인지,"

나는 주로 물었고 아사꼬가 답하는 형식의 대화가 오가는 동안 〈찌고이네르바이젠〉과 타이스의 〈명상곡〉에 이어 기타 독주곡 〈아랑후에즈〉가 흐르고 있었다. 진행자는 간간이 악기별 명곡을 소개하는 시간이라고 프로그램의 성격을 설명하고 있었다. 설명이 좀 부족하다고 생각했는지 아사꼬가 말을 이었다.

"스스로의 안에 불성이 있고, 자기의 성품을 보아 몰록 깨달으면 바로 부처의 경지에 오를 수 있다는 가르침은 특정 종교의 경지를 떠나 가히 혁명적인 선언이라고 할 수 있습니다."

"그 분은 그러한 사실을 어떻게 알았을까요?"

"문득 깨달은 겁니다. 그래서 누구나 어리석으면 수만 겁을 수행해도 윤회에서 벗어나지 못하지만, 마음의 지혜가 트이면 단 하루만에도 견성 성불할 수 있다고 하였습니다. 중생이 불국의 피안에 도달하는 시간과 거리를 단숨에 줄여 놓았죠. 수행에 있어 번잡한 이론과 많은 실천론을 배제시켜 사람들이 견심 견불하도록 간단하고 빠르게 성불하는 새로운 길을 연 것입니다."

사실 나도 알고 있는 내용이긴 했지만 아사꼬의 설명을 통해 새롭게 의미를 되새겨 보았다. 음악은 첼로 명곡선으로 순서가 바뀌며 드보르작의 〈어머니가 가르쳐 주신 노래〉가 흐르고 있었다. 아사꼬도 한동안 침묵했다.

서울에 거의 다 도착할 즈음 나를 조사했던 수사관으로부터 전화가 걸려 왔다.

마침 고속도로 휴게소에 들러 휴식을 취하고 있던 때였다. 수사관은 급하게 물었다.

"피해자가 혹시 헤어지기 전에 누굴 만나러 가는지 말한 적이 있나요? 어떤 언질이라도."

나는 사내와 나누던 이야기의 내용을 다시 되새김하면서 수사관이 요구하는 답을 생각해 보았다.

"한참을 이야기하던 도중에 시계를 보더니 누군가를 급하게 만나 볼 일이 있다고 하면서 이야기를 마무리 지었습니다. 그런데 누구라고 말하지는 않아서."

"누군가를? 아, 예. 피해자가 G시에 왜 가고 있었는지 궁금해서요. G시에 그분의 법률적 부인과 아들이 주소지를 두고 살고 있더군요. 아들은 해외에 나가 오랫동안 입국하지 않고 있고 부인은 시내에서 프랜차이즈 커피점을 운영하며 살고 있더군요. 그 밥솥 사장과는 오래전에 정분을 정리한 것 같았습니다. 하여튼 운전중이실 텐데 죄송합니다. 피해자가 G시에 가고 있었던 목적을 빨리 밝혀내야 해서요. 피해자의 핸드폰도 사라지고 메모장이나 차내에 단서가 될 만한 물품이 없어서 고민입니다. 나중에 또 도움 받을 일이 있으면 다시 연락드리겠습니다."

"잠깐만요, 제가 지금 휴게소라서요. 좀 더 대화를 나눠도 되는데요. 제가 다시 생각해 보니 그 진술서에는 기록하지 않았지만 피해자가 G시에 무슨 기부를 하고 있었던 것으로 들었는데요. 미혼모 지원시설이나 청소년 보호시설 이런 쪽에…"

"아, 그건 제가 파악을 해서 관련 시설에 연락해 보았는데요. 일 년에 한두 번 꼭 사전에 연락을 주고 방문하는데 사전에 연락이 없던 터라…"

"혼인무효소송이 진행 중이었다면 부인을 만나야 할 필요도 있지 않았을까요?"

"예, 그 법률적 부인은 소송이 진행되고 있다는 건 알고 있었지만 피해자의 얼굴은 한 번도 본 적이 없고 연락을 받아본 적도 없다고 합니다."

"아들은 해외에 나가 있다고 했지요?"

"아들은 출입국조사기록에 출국만 기록되어 있고 입국이 기록되어 있지 않는 점으로 보아 아직도 해외에 체류 중인 것으로 파악하고 있습니다."

"저기요, 혹시 육조 정상을 은행에서 찾아 고향에 숨기러 가는 길은 아니었을까요?"

"그건 아닙니다. 제가 확실하게 말씀드릴 수 있습니다."

"육조 정상의 행방에 관해서 뭔가 알고 있는 것이 있습니까?"

"지금은 밝힐 수 없습니다. 본부의 지침이기도 합니다."

"저한테는 무엇보다 중요한 문제라서… 죄송합니다. 도움 드릴 수 있는 내용이 없는 것 같습니다."

"나중에 또 연락드리겠습니다. 전화할 일이 자주 있을 듯합니다."

"그럼."

통화를 마무리하고 멍하니 전방을 응시하고 있을 때 차량 뒷좌석에 인기척이 느껴졌다. 급하게 화장실을 찾던 아사꼬가 승차하고 있었다.

"경매가 끝난 후 피해자와 이야기를 나눠 본 적이 있나요?"

나는 얼마 남지 않은 서울행을 위해 시동을 켜면서 물었다.

"그 분에 관한 통화였군요. 본의 아니게 끝부분의 대화내용을 엿들었습니다. 낙찰이 되고 그 분이 저한테 와서 '죄송하게 되었습니다.' 하면서 악수를 청해서 말없이 악수를 한 적은 있어도 대화를 나눠 보진 못했습니다. 인상이 밝고 경쾌해서 좋아보였다는 것 외에는."

나는 피해자에 관한 이야기를 해 줄까 하다가 그만두기로 하고 말없이 운전에 집중했다. 아사꼬는 한남대교를 건너 미얀마 대사관 근처 오르막길에서 내려 달라고 요구했다.

"덕분에 많은 것을 배우고 잘 왔습니다."

"지혜로운 이기심 때문이었지요. 꼭 육조 정상을 되찾아서 스

172

승의 유언을 성취하시길 바랍니다. 그럼."

23 실 명

아내는 쿠시나가르 언덕 너머의 도시를 그린 그림을 보고 앉아 있었다. 마치 쿠시나가르광장의 어느 한쪽 구석에 앉아 있는 듯 턱을 괴고 깊은 생각에 잠겨 있었다. 나는 다가가 가볍게 껴안으며 도착을 알렸다. 아내는 마치 동상처럼 미동도 하지 않다가 내가 팔에 힘을 주며 강렬하게 껴안자 그때서야 응답했다.

"응, 왔어? 새벽같이 당신이 떠나간 뒤 늦잠을 푹 자고 일어났는데 아직도 밤인 거야. 분명히 괘종시계는 10번을 두드렸는데, 날씨가 흐려서 그러나? 밖을 보는데… 햇빛이 따사롭게 떠 있는 것이 느껴졌어. 어제까지만 해도 형상이 보였는데 갑자기 뚝 사라졌어. 이제는 명암만 느껴지는 거야. 문득, 시력이 한순간에 뚝 끊어질 수도 있다던 의사의 말이 떠올랐어, 그땐 그래도 서서히 희미하게 사라지겠지 생각했는데, 이렇게 칼로 무 자르듯 쌈박하게 끝이 날 줄이야. 징후도 없이, 아니, 쿠시나가르광장을 그릴 수 있었던 마지막 힘이 징후였는지도 모르지. 마치 죽기 전에 마지막 기운을 모아 잠시 기력이 되살아나듯, 더듬더듬 이젤이 놓여 있는 곳을 찾아 헤매다가 두 번이나 넘어졌어, 소파 모서리에 부딪쳐서. 그런데 신기하게도 금방 손이 눈 역할을 하게 되는 거야. 이상도 하지, 손을 펼치니 거실 전체가 보이고 소파도 보이고 이젤도 보이고 거기에 놓여있던 쿠시나가르광장 그림도 보이고. 그래서 손가락으로 도화지를 만져 가며 그림도 그릴 수 있을까? 연구 중이야."

"마치 기다리던 손님이 온 듯 그렇게 담담하게 맞이하자."

"죽음도 이렇듯 무 자르듯 쌈박하게 오는 걸까?"

"그게 요즘은 최고의 복이라잖아, 주렁주렁 매달고 신음하다가 산소마스크 쓰고 비극적인 연기를 하고 가는 것이 코스인 세상에."

"나, 밥 좀 해 줘, 부엌에는 갈 수 있는데 가스렌지에 불붙이는 것이 무서워 한 끼도 못 먹었어, 당신이 해 주는 계란후라이가 먹고 싶어."

"응, 나도 사실은 당신이 걱정되어서 빨리 오느라 휴게소에서도 아무것도 먹지 않고 왔지, 일본 사람은 한국말 배우는 것이 쉽나?"

"그건 왜 갑자기,"

"동행자가 있었거든."

아내의 완전한 실명이라는 사건이 닥쳐도 우리의 일상적인 대화는 크게 달라지지 않았다.

"지혜로운 이기심이란 무엇일까?"

"음, 나를 위하는 것이 곧 남을 위하는 것임을 의미하는 걸까?"

"그것이 바뀌면, 남을 위하는 것이 곧 나를 위하는 것?"

주어와 목적어를 바꿔도 크게 의미가 달라지지 않는 말을 붙들고 사념에 잠겨 있을 때 잠시 침묵하던 아내가 작은 목소리로 말했다.

"이젤 앞 의자에 앉아 이런저런 생각을 하다가 깜빡 잠이 들어 쿠시나가르광장에 갔었어."

"이제는 아노미강을 건널 필요도 없이 곧바로 가는 거야?"

"응, 심사관의 심사절차도 없이, 그냥 비약적으로 건너 뛰어 들어가, 발랄한 기운으로 발을 동동 구르기도 하면서 이곳저곳 상점들을 기웃거렸지. 애니멀커뮤니케이팅하우스라는 상점이 있었어. 어디서 본 듯도 했지. 커뮤니케이터라 불리는 주술사는 수없이 많은 개와 고양이의 영혼을 부르고 있었어. 그리고 그들의 주인인 고객들과 대화를 이어주는 영매 역할을 하고 있더라고. 고객들은 이미 죽은 반려동물의 영혼이 평안하다는 사실에 안도하며 눈물을 지었고 많은 돈을 주술사에게 지불하고. 어떤 고객은 이유 없이 고통스러워하는 개와 고양이를 안고 제발 왜 그런지 알게 해달라며 주술사에게 애원했고 주술사는 잠깐의 눈 맞춤으로 고통의 원인을 알아내어 고객의 답답함을 풀어 주었어."

"참, 당신 혹시 그거 기억나? 그 다큐, 맹인안내견으로 활동하다 은퇴한 개를 입양해서 살뜰히 보살피던 부부."

"응, 노견이 안쓰러워 눈물을 펑펑 흘리던 모습이 떠오르네, 노견 이름이 대부였던가? 말론 브란도와 얼굴이 닮았다고."

"안내견 생활이 그렇게 힘든 건지 몰랐어, 맘대로 짖지도 못하고 꼭 정해진 시간에 용변을 봐야 하고…"

"당연하지, 함부로 짖을 경우 안내를 받는 장애인의 상황판단을 방해하고 불안감을 줄 수도 있고, 짖는 본능을 자제하기 위해 엄청난 훈련을 받는다잖아, 그래서 은퇴 후에는 대부분 뇌신경계통에 이상이 생겨 소변도 맘대로 못 보고 꼭 3시간에 한 번씩 방광을 짜서 배출시켜 줘야 한다고 했었지, 그 부부들 그것을 아무런 거리낌 없이 해내는 걸 보면서 저 분들의 전생은 무엇이었을까 하는 생각을 했었는데."

"전생이 맹인이었는지도 모르지, 안내견의 도움을 받아 일상을 영위하던. 그리고 그 은혜를 그런 식으로 갚아야 하는 무의식의 책무감이 있었는지도,"

"내 안내견은 은퇴 후에 당신이 꼭 마지막까지 보살펴 영면에 이르게 해 줘. 앞으로 몇 마리의 안내견과 함께 하면 일생을 마칠 수 있을까?"

"보통 마리당 10년씩은 한다는데 이제 차츰 알아봐야지,"

"아, 생각났다. 그 노견의 이름이 대부였던 이유, 종자가 래

브라도라서 발음이 말론브라도와 비슷하다고 그렇게 불렀던 것 같아."

"래브라도 리트리버? 리트리버 종류 중 하나지, 보통 랩이라고 부르기도 한다는데… 오래전부터 조금씩 알아보고 있었어."

"은퇴 후에 보통 목에 큰 종양이 나 있다는데. 피부는 짓무르고 털은 빠지고."

"평생 주인의 손에 붙들려 있었는데 그 정도만 하겠어? 간택부터 시작해서 훈련과정은 어떻고, 안내견에게 가장 중요한 요소는 인내력과 집중력인데, 이것이 선천적으로 뛰어난 개체를 골라서 그 적성을 개발시키는 것이 훈련과정이래. 그런데 개의 본능을 생각하면 인내력이라는 요소는 그 본능에 정면으로 거슬리는 요소이기도 하지. 위급상황이 아니면 짖지 않도록 훈련받는 것도 그렇고, 또한 자신의 관심을 끄는 물체가 주변에 나타나도 그 쪽으로 관심을 주지 않고 안내임무에 집중하는 고도의 집중력도 함께 요구하기 때문에 안내견이 되는 개체는 인간으로 치면 그야말로 엘리트 중에 엘리트라고 볼 수 있대."

"물론 외모도 준수하겠지."

"아이고, 이런. 지능이 높고 체력이 뛰어나고, 공격성이 낮고 사람에 대한 친화력이 뛰어난 것만은 분명해."

"주인이 위험한 곳으로 가고 있을 때 막아 주겠지?"

"그럼, 주인의 지시에 따르는 게 기본이지만 장애물이 발견되었을 때, 주인이 안전한 방향으로 가도록 하는 훈련도 받는대."

"난, 지금 쿠시나가르광장 시민이 된 기분이야, 그전과는 전혀 다른 모습으로 사는 공간, 이제는 반드시 안내견 친구와 함께 광장에 나가야 하는구나,"

"이제 꿈과 현실의 경계마저 무너진 거야? 그 안내견의 표시를 무엇으로 할까? 보통은 K-9 unit나 guide dog puppy, service dog 등으로 표시하는데,"

"표시하지 않아도 형색을 보면 알지 않아?"

나는 달궈진 후라이팬 위에 몇 개의 계란을 깨트려 내용물을 쏟아내며 아내에게 안내견을 찾아 주기 위해 일정을 정리해 보았다. 결국 아내의 실명 이후 가장 먼저 해야 할 일이 아내의 꿈을 통해 포착된 셈이었다. 안내견과 사용자의 관계는 주종관계가 아닌 상호교감적인 관계라고 보는 것이 타당할 것이다. 아무리 선천적인 능력이 뛰어나고 고도의 훈련을 받았더라도 발정기만큼은 정말 어쩔 수 없어서 집중력 유지를 위해 거세할 수밖에 없다는 것도 알고 있었다. 매칭이 중요할 것이다. 궁합이 맞는 파트너와의 만남. 아내의 성격, 보폭과 보속, 건강상태, 생활환경에 딱 맞는 안내견을 찾는 일. 그것이 가장 우선적으로 해야 할 일일 것이다. 그리고 마치 묶어달리기를 하듯 캄캄한 세상을 걸어가기 위해 또 다른 한 생명과 공동운명체가 되어 함께 걷는 연습을 해 나가야 할 것이다.

"적음한테 전화가 왔었어, 마침 핸드폰을 소파 위에 올려놓고 있어서 바로 받을 수 있었지, 낙찰자의 절두 사망 소식을 듣고 크게 충격을 받은 것 같아."

"누군들 아니겠어?"

"적음이 낙찰자와 아는 사이였대."

"반도체업체 사장하고? 정말? 기미도 못 챘는데."

"적음이 사모투자전문회사에 있을 때부터 알고 지내던 사이였대, 반도체부품회사도 적음이 인수절차를 도와주었다던데."

"그럼 굉장히 가까운 사이였구나."

"경매응찰도 적음이 권했나?"

"나도 궁금해서 그걸 물어봤었지. 그건 아니었대. 자기도 낙찰자가 그 사람이어서 깜짝 놀랐대."

"세상이 좁기도 하지만 적음의 인생역정이 낙찰자와 겹치는 부분이 있어서 충분히 그럴 수도 있었을 것 같아."

"경매가 끝나고 나서 주차장에서 만났었대, 차 안에서 오랫동안 이야기를 나눴다던데."

"그래? 낙찰자로 결정되고 난 후 나하고 한동안 대화를 나누다가 갑자기 누군가를 만날 일이 있다고 하면서 서둘렀었거든. 혹시 적음이었나? 만나려는 사람이."

"경황이 없어 더 이상 대화를 나누기가 어려울 것 같아 내가 끊자고는 했는데 무척 무슨 말인가를 하고 싶은 눈치였어. 피해

자의 죽음이 육조 정상과 관련이 없을 수도 있다는 말을 하면서
끊긴 했는데."

"적음이 뭔가 알고 있는 것이 있는가? 그러면 수사에 도움이
될 수 있도록 협조해주면 좋을 텐데. 정상의 행방을 모르니 빨
리 수사가 마무리되어야 정상의 행방도 알 수 있을 것 같고."

"전화 한번 해봐."

"예감이 안 좋아, 사실은 나를 조사했던 수사관이 올라오는
길에 전화를 했었거든, 피해자가 나하고 만나 대화를 나눈 후
만날 사람이 혹시 누군지 말한 적이 있냐고?"

"그게 적음인 것은 분명하네."

"적음이 사건하고 직접적으로 관련은 없겠지? 필요한 게 돈이
라서 정상을 되찾으려고 엄청난 짓을 꾸몄을 리는 없고."

"돈도 꼭 딸과 자신을 위해 쓰려고 한 게 아니고 여몽의 토굴
이 있는 자리에 절을 짓고 장애인 복지시설 같은 것을 짓고 싶은
욕망 때문이었다는데."

나는 수사관에게 새롭게 알게 된 상황을 알려줘야 한다는 생
각과 적음에게 전화를 해서 자초지종을 정확하게 알아봐야 한다
는 생각의 충돌로 잠시 혼란을 겪어야 했다. 우선순위를 어떻게
잡아야 할지 갈등하면서 아내와 식사를 마쳤다. 문득, 적음이
결정적으로 위대한 스승의 곁을 떠난 계기가 된 사건이 떠올랐
다. 무차선법회가 끝난 뒤 몇 명이 남아서 소참법회를 할 때였

다. 서로 소박한 법담을 나누고 일상생활의 고민을 나누기도 하는 시간이었다. 위대한 스승은 자리를 잠시 비우고 있었고 승려 몇 명과 일반인이 뒤섞여 있었다. 참여자 중 한 명이 질문을 던졌다.

"하나의 꽃을 보는 마음도 각자가 다 다른데 어떻게 일체유심조입니까? 어떻게 나 하나의 마음이 만든 바라고 합니까? 꽃은 내가 없어져도 있는데, 모든 물상도 내가 없어져도 남아 있는데 어떻게 일체유심조입니까?"

질문자의 표정은 무척 간절해 보였다. 이 때, 한 승려가 헛기침을 몇 번 하다가 입을 열었다.

"예, 저도 공부가 아직 익지 않은 입장이지만 제가 아는 선에서 말씀을 좀 드리자면, 일체유심조라 하여 창 밖에 보이는 저 풀들, 산하대지를 무조건 다 내 마음이 만든 것이라고 할 수는 없습니다. 왜냐하면 자면서 꾸는 꿈은 온전히 자신의 마음이 빚어낸 것이나, 이 세상은 꿈의 세상과는 달리 여러 욕심으로 길들여진 무수한 불성들의 동업(同業)으로 이룩된 것이기 때문입니다. 다시 말해서 꿈의 세상은 나 하나의 마음이 펼쳐 놓은 환토 (幻土)이고, 이 세상은 수많은 불성이 각기 지은 동업으로 어우러져 펼쳐 놓은 업토(業土)입니다. 즉, 나 이외의 모든 존재 역시 자신의 업으로 하여 그 모습으로서 존재하고 있습니다. 그렇기 때문에 일체유심조라 하나 내 마음만으로 만들어 낸 것이 아닙니다. 따라서 꿈속에서 행한 모든 행위는 받는 이가 없어 업은 익히게 되나 과보는 받지 않고, 업토에서 행한 모든 행위는 업을 익힐 뿐 아니라 과보도 받게 됩니다. 그러나 각기 익힌 업으로 펼쳐 놓았다지만 결국 마음, 마음들이 펼쳐 놓았다는 것에 있어서는 다름이 없어서 온통 마음뿐이니 역시 일체유심조입니다. 이렇게 보아야 일체유심조 도리를 바로 본 것이라고 생각합니다."

승려의 답변이 끝나자마자 적음이 기다렸다는 쭉쭉 뻗어가는 논리로 승려의 답변에 반론을 제시하였다. 목소리가 컸으며 상당히 흥분된 어조였다. 마치 여시아문 시절, 학생회관 서클실에서 굽히지 않고 자기 주장을 펼치던 모습을 보는 것 같았다.

"스님, 답변 곳곳에 우주를 대상화하고 그것을 관찰하고 있는 자아가 숨어 있습니다. 만법은 유식입니다. 달리 표현해보면 우주의 모든 물리적인 현상이나 심리적인 현상은 다만 인연에 의해 마음의 거울에 비춰진 그림자일 뿐 그 실체는 없습니다. 실체가 없다는 것은 성품이 없다는 것으로 그 존재성이 없다는 것입니다. 사실 이것이 제법무아의 풀이이기도 합니다. 스님께서 꿈속은 나의 마음이 빚어낸 것이라고 하셨는데 꿈속뿐만 아니라 꿈이든 생시든 우리 눈에 현전하는 이 세상이 온통 나의 마음이 빚어낸 것일 뿐 어느 것 하나 저 밖에 있는 존재가 아닌 것입니다. 그러나 스님은 이 세상은 꿈과 달리 여러 욕심으로 길들여진 무수한 불성들의 동업으로 이루어진 것이라고 보고 계십니다. 이 말 속에는 크게 두 가지의 잘못된 견해가 내포되어 있습니다. 하나는 이 세상에 존재하는 삼라만상을 개체로서 그 존재성을 인정하는 것이고 다른 하나는 오직 하나의 참된 성품인 불성이 마치 뚝뚝 떨어져 존재하는 것으로 보시는 것입니다. 물론 이 세상의 법이 업영(業影)일 뿐 다른 것이 아닙니다. 그러나 존재하는 개체들이 그 스스로 작용의 주체가 되어 욕심으로 길들여지는 것이 아니고 이 세상의 모든 법은 단지 나 하나의 나툼일 뿐입니다. 그러나 참된 성품이 우뚝 드러난 사람에게는 이 세상이 하나도 바꿔지지 않은 채 그대로 법신의 나툼입니다. 이 세상 이대로가 미혹한 중생에게는 업영이나 깨달은 성인에게는 지혜인 것입니다. 나의 참 성품인 자성과 우주의 참 성품인 법성이 본래 한 몸인 청정법신임을 깨달은 분이라면 이렇게 표현하지 않으셨을 것입니다. 그러니까 이 세상의 모든 것은 내 마음이 만들어 낸 나의 소관일 뿐 저기 저쪽에 어느 한 물건이 있어 생각할 겨를이 있는 것이 아닙니다. 저기 저쪽에 무엇이 있는 줄 아는 사람은 아직 인과법인 생사법에 머물러 있는 사람으로…… 제상비상이 온전히 그대로 제상비상임을 사무쳐야 합니다. 혜능이 가르침을 펼치기 위해 나왔을 때 비화를 잘 아실 것입니다. 깃발이 바람에 펄럭이는가, 바람이 깃발을 펄럭이는가를 놓고 고민하는 것이 곧 생사의 언덕에서 벗어나지 못한 것입니다. 저기에 깃발도 없고 바람도 없건만 그것이 있는 줄 알고 온갖 알음알이를 하는 것입니다. '단지 마음이 움직일 뿐이다.'라는 이 한마디가 바로 일체유심조의 답변이 되어야 합니다. 생사법에 갇혀 있는 우리의 업장은 두텁고 두텁습니다. 그러니까 스님은 또한 이런 괴변을 통해 일체유심조를 설명하려고 하는 것입니다. 함께 생각해 봐야 합니다. 오직 하나뿐인 참 성품인 마음을 스스로 이것 저것으로 재단하여 이 마음 저 마음 들이 각기 개체성을 지니고 펼쳐지는 것처럼 그리고 한데 모아지는 것처럼 설명하고 계십니다. 마치 바다를 나눌 수 없듯이 오직 하나뿐인 참 성품의 바다는 이것 저것으로 나눠지는 개체성을 지닐 수가 없습니다. 제가 너무 강한 톤으로 말씀을 드린 것이 마음에 걸리기는 하지만 이렇게라도 해서 바른 법을 찾아가야 함을 알기에 드리는 말씀임을 널리 혜량해 주시기 바랍니다."

적음의 긴 답변은 마치 모범답안을 말하듯 매끄러웠으나 앞서 답변한 승려의 입장을 헤아리지 못한 단도직입이었다. 은연하게 배어 있는 프로와 아마추어의 경계를 넘어 승려에게 모욕을 주는 답변일 수도 있었다. 승려는 말없이 일어나 자리를 떠났고 갑자기 격앙된 적음이 막말을 쏟아냈다.

"탁마라는 게 별건가요? 탁발승이 끄는 말이 탁마지요. 탁발승은 뭐냐? 밥 빌어먹는 민대가리지 뭐겠어요. 석가 가속들이 위대한 것은 대접해 주는 밥을 먹지 않았다는 것입니다.

빌어먹고 산 거지요. 그 양반들이 일하기 싫어 빌어먹고 산 거 아니잖아요. 말 그대로 하심(下心), 가장 천대받는 사람으로 살고자 했던 거지요. 치성한 나를 죽여야 뭔가 바른 것이 세워질 것 같아 일부러 멸시받고 손가락질당하는 업을 만들어간 것입니다. 그런데 멸법시대에 민대가리들은 떠받들어지고 대접만 받으려고 하니 이거 석가 가속이라고 할 수 있겠어요.

민대가리들만 욕할 일이 아니에요. 소위 거사니 처사니 꼴에 불법을 배우는 척 하면서 탁마라는 명목으로 온갖 아는 체는 다 하고 그저 말쌈이 붙으면 안 지려고 끝까지 억지를 부리고 억지가 통하지 않으면 이리 돌리고 저리 돌려 자기 말이 맞으니까 그리 알라고 생떼를 부리고… 왜 이러겠어요? 이거 떠받들어지려는 심보 때문이 아니겠어요? 거꾸로 가고 있어요. 하심해야 하는데… 상전이 되려고 하니 이거야 원… 예전에 조사들이 내가 보인 것을 바르게 이어받았다고 생각한 다음 주자에게 전해 주었던 것이 바로 다 낡은 옷가지하고 밥 빌어먹는 데 쓰는 발우였잖아요. 천대받으면서 살라는 것이지요. 누구든 조금이라도 존대받으면 그는 이미 끝장난 선객입니다."

이 때, 언제부터 상황을 지켜보고 있었는지 문 쪽에서 위대한 스승의 큰 목소리가 들려왔다.

"적음! 아무리 좋은 말도 말 없음만 못하고, 아무리 좋은 생각도 생각 없음만 못하오. 적음은 그 아상만을 완전히 버릴 때까지 다시는 입을 열지 마시오."

　이후, 위대한 스승의 준엄한 선언에 적음의 입은 닫혔지만 권
위와 허위에 대한 근원적 거부감을 갖고 있는 그의 성정은 바뀌
지 않아 끝내 법회에 발을 끊고 말았던 것이다.

24　　　　　　　　　　　　　　　　　체 포

　주방을 정리하고 〈쿠시나가르광장〉이 세워진 이젤 옆 의자에
앉아 스마트폰 연락처에 링크된 적음의 폰 번호를 눌렀다. 적음
은 마치 기다리고 있었던 듯 한 번의 신호음이 채 끝나기도 전에
전화를 받았다.

　"나야, G시 경찰서에 조사받으러 갔었다고?"

　"응, 도착해서 집사람하고 통화했다고 들었다. 경매현장에 왔
었나?"

　"출입문 쪽 구석에 앉아 있었어."

　"일을 벌여놓고 구경하는 기분이 어땠어?"

　"전혀 예상치 못했던 큰일들이 벌어져서 어지럽고, 너한테 해
서는 안 될 짓을 한 거 같아 후회가 되기도 한다만, 내 의도는
그깟 해골 하나 쯤으로 큰돈을 만질 수 있다면 허무맹랑한 스승

님의 유언에 목매지 말고 좋은 일, 꼭 우리가 필요한 일에 써 보
자는 거였다. 만약에 내가 이런 제안을 너한테 했다면 너는 분
명히 거절했을 것이고 사전에 조처를 취할 것이 분명해 보였거
든, 그래서 나 혼자의 범행으로 감행한 거야, 여몽한테도 한마
디 건네지 않았고."

"그러면 그 돈 갖고 사라져 버리지 왜 계속 얼씬거려! 다시 사
들이는 데도 협조하지 않겠다며, 뭐? 그 돈으로 네 고향에 사찰
을 짓고 장애인재활시설을 짓겠다고? 왜 아무런 상의 없이 혼자
서 엄청난 일들을 벌이는 거야! 그깟 해골 하나? 어떻게 그렇게
쉽게 말할 수 있나? 만허 스님으로부터 내려오는 몇 년에 걸친
숙원인데?"

"미안하다, 사실, 육조정상탈취비사를 알고 나서는 나도 무섭
기도 하고 후회가 많이 되기도 했다. 그래서 경매 현장에도 갔
었던 거고, 그런데 낙찰자가 내가 아는 사람인 거야, 사모투자
업계에서는 전설 같은 존재였거든, 신속하게 그한테 전화를 해
서 일처리 후에 만나자고 했지. 만나서 얘기하다 알게 되었다만
낙찰 결정 직후 너하고 많은 이야기를 나눴다며? 그 사람이 너
의 간절함에 상당히 갈등하는 모습이 비취더라고. 하여튼 나는
일이 이렇게 된 마당에 그래도 너를 위해서 해 줄 수 있는 일이
뭐가 있을까 고민을 많이 했다. 며칠 잠도 못자고 약도 먹고 하
다 보니 이제 제정신이 드는지 네가 하고자 하는 반환모금운동

에도 동참하려고 한다. 먼저 나의 크나큰 실수를 인정하고 용서를 빌어야겠다만,"

"지금 어디 있는지 알지도 못해, 범인이 훔쳐갔는지 여부도 알 수 없고, 그래, 그 사람을 만나서 무슨 말을 나눴어?"

"내가 사정 이야기를 하니 깜짝 놀라더라고, 금방 너한테 그런 이야기를 듣고 왔다고. 세상이 참 좁다면서, 그 사람이 일단 이런 정황을 알고 있기 때문에 그래도 도움이 될 수 있는 방안이 나올 수도 있겠다고 생각하고 있었는데 참극이 일어나고 말았으니,"

"혹시 그 사람과 이야기하던 중에 G시에 누굴 만나러 갈 일이 있다던가 뭐, 이런 말을 한 적은 없어?"

"직접적으로 그런 말은 하지 않았지만, 뭔가 누군가에게 협박을 당하고 있다는 느낌을 받았어, 그래서 살해사건이 육조 정상과 관계없을 수도 있다는 생각을 해 봤지,"

"그걸 어떻게 알았는데?"

"응, 나하고 차 안에서 얘기를 하고 있을 때, 계속해서 이상한 전화가 걸려 오는 것 같았어, 처음에는 차 밖으로 나가서 받다가 나중에는 귀찮은지 그냥 차 안에서 받더라고, 그 때 받은 인상이 뭔가 협박으로 시달리고 있다는 느낌을 받았지. 결혼할 여자의 안위를 걱정하기도 하더라고,"

"그래? 알았어, 그럼 나중에 다시 통화하자."

나는 적음과 통화를 서둘러 마치고 폰 연락처에 G시의 수사관 전화번호를 찾아 발신버튼을 눌렀다. 신호음이 오랫동안 울렸는데도 받지 않았다. 지금 전화를 받지 않으니 원하시면 음성녹음으로 전환하겠다는 알림까지 듣고서야 종료버튼을 눌렀다.

아내는 소파에 앉아 연신 손바닥을 폈다 오므렸다 하며 마치 눈을 깜빡이며 주변의 사물을 보듯이 주변을 살피는 연습을 하고 있는 듯했다. 정말 손바닥으로 시각적 정보를 감지할 수 있다고 믿기라도 하는 걸까?

"리모컨이 어딨지? TV 좀 켜 봐."

"아, 이제 TV도 내가 켜 줘야겠네?"

"아니야, 리모컨만 있으면 내가 켜고 채널도 옮길 수 있어. 지금은 리모컨이 어디 있는지 몰라서 부탁한 거야. 앞으로 리모컨을 지정한 곳에 놓으면 내가 알아서 할게. 미리 연습해 놨거든. 리모컨 버튼은 외우기 참 쉽게 되어 있어."

나는 리모컨을 찾아 TV를 켰다. 아내에게 시험 삼아 채널을 옮겨 보도록 했고 음량조절 등을 해 보도록 했다. 마치 눈으로 보고 있는 것처럼 능수능란하게 사용하는 것을 보고 아내의 말을 믿을 수 있었다. 아내는 뉴스전문채널에 채널을 고정시키더니 마치 라디오를 듣듯이 주의 깊게 뉴스를 듣고 있었다. 화면엔 지진으로 무너져 내린 건물이 책처럼 켜켜이 쌓여 있는 영상이 보여지고 있었다. 건물의 층과 층 사이가 한 치의 공간도 없이 딱 붙어 버린 끔찍한 영상이었다. 저 안에 있던 사람들은 어찌 되었을까? 영상은 보이지 않겠지만 기자의 숨 가쁜 보도와 영상에 담긴 피해자들의 비명, 애원, 신음 소리 등을 통해 뉴스의 심각성을 알고 있을 아내는 표정이 무척 어두워 보였다. 남자 아나운서의 음성은 굵고 낮은 바리톤이었다. 마치 읽어 내려가는 기사가 자신과 관계없는 일이라서 얼마나 다행스러운지 모른다는 듯 걸림 없이 쉽게 내뱉고 있었다. 애견학교 홈페이지를 검색해 아내의 안내견을 알아보기 위해 일어서려는데 속보가 터졌다.

"다음 뉴스를 말씀드리겠습니다. G시 국도변에서 발견된 흉측한 절두살해사건의 용의자가 체포되었습니다. G경찰서 지능범죄수사팀에 따르면 용의자는 G시 인근의 촌락에 무허가 가건물을 지어놓고 좌선을 하던 수행자로서 육조 정상이 경매에 나오기 이전 모처에 숨겨져 있을 당시 보물지도를 소지하고 있던 사람으로 알려졌습니다. 경찰은 용의자의 가건물 주변에 묻혀 있던 피해자의 잘려진 머리를 발견했고 피해자 차량에서 용의자 부인이 운영하는 약국의 봉지가 발견되어 유력한 범인으로 추정된다고 밝혔습니다. 증거인멸과 도주우려가 있어 구속영장이 신청된 가운데 용의자는 강력하게 범죄를 부인하고 있으나 경찰은 범죄를 소명하기 위해 내밀한 조사를 하고 있다고 말했습니다."

뉴스를 듣던 아내는 눈썹을 부르르 떨었고 나는 다소 황당하기조차 한 소식에 마음을 진정하는 데 상당한 시간이 필요했다.

"어떻게 이럴 수 있지? 여몽이 왜? 믿을 수 없어."

아내는 낮게 탄식하며 침묵하고 있는 나의 반응이 답답한지 먼저 입을 열었다.

피해자와 일면식도 없었던 여몽이 피해자를 어떻게 만나게 되었고 어떻게 살해하게 되었는가? 여몽이 피해자를 살해한 목적은 무엇이었을까? 육조 정상?

25   마두금의 언덕

여몽의 아내에게 연락을 취했다. 그녀도 뉴스를 보고 알았다며 다급하게 구신리로 가는 길이라고 했다. 혼자서 감당하기 힘든 일이라서 누군가 옆에 있어 주면 좋겠다는 말에 나는 선뜻 길을 나섰다. 아내는 손을 더듬거리며 화장실, 부엌, 안방을 드나드는 동선을 암기했고 거실에 비치된 가구들의 위치와 생활필수품의 위치를 마치 모눈종이 위에 좌표를 설정하듯 정확하게 기억하는 연습을 하고 있었다. 아직은 취사가 불가능한 상태라 시각장애인 도움터에 가사도우미를 부탁하고 출발했다. 구신리

여몽의 토굴에 도착했을 때 여몽의 아내는 먼저 도착해 폴리스
라인으로 막힌 토굴 입구에 망연자실한 표정으로 서 있었다. 주
민 몇 명이 걱정스러운 표정으로 현장을 지켜보고 있었으며 G경
찰서에서 급파된 경찰이 주민들의 접근을 막고 현장을 보존하기
위해 경계근무를 서고 있었다.

"저것이 목을 잘랐다는 작두여? 아이고 징혀라, 징글징글 허
그만잉."

"아직 조사중잉게, 쪼금 더 지켜보고 판단허자고."

"작두는 누구네 집에 있던 걸 몰래 갖다가 썼디아, 피가 낭자
할 줄 알았는데 핏빛은 별로 안 보여."

"아이, 죽은 시체의 목을 잘랐다잖여, 피가 이미 굳어서 안 나
온 거여."

"아이고 꿈에 나타날까 두렵네, 저 양반이 그럴 리가 없을 거
같기도 허고, 인사성도 바르고 착허고 순헌 인상이었는디."

나는 여기저기 서 있는 동네 사람들의 수근거림을 엿들으며
여몽의 아내에게 손짓으로 도착을 알렸다. 여몽의 아내는 화장
기 없는 얼굴에 붉게 핏발 선 눈빛으로 가볍게 목례를 하며 하염
없이 여몽이 가부좌를 틀고 있던 토굴로 시선을 돌렸다. 토굴이
라 불렀던 가건물 주변의 땅 곳곳이 삽이나 괭이로 파헤쳐져 있
었으며 여몽이 앉아 있던 방 문은 부서져 있었다. 여몽을 체포
할 당시 격투가 벌어졌던 흔적인 듯했다.

"믿을 수가 없어요. 여몽 씨와 내가 마두금의 언덕이라고 불렀던 곳인데."

여몽의 아내가 팔짱을 낀 채 침통한 표정으로 말했다.

"경찰이 약국에는 안 갔었습니까?"

"여몽 씨를 체포하기 직전에 우리 약국 이름과 로고가 박혀 있는 약봉지를 들고 왔었어요. 약국에서 쓰는 것이 맞는지 확인하고 여몽 씨에게 그 약봉지에 약을 넣어서 준 적이 있냐고 물었지요. 여몽 씨가 불규칙적인 수면과 과도한 좌선으로 심한 불면증이 있었고 때때로 조울증세가 있기도 하거든요. 그래서 제가 자주 약을 지어 꼭 때맞춰 먹도록 강권하곤 했었거든요. 그런데 그 약봉지가 피해자의 차에서 발견된 것은 여몽 씨가 피해자와 차에 함께 있었다는 증거가 된다며 확인 차 들렀다고 하더군요."

"그리고 그 외 다른 말은?"

"피해자의 차량이 사건발생 추정시간에 구신리를 왔다가 우회해서 G시 쪽으로 빠진 것이 방범차량모집 영상에 잡혔대요. 그래서 여몽 씨가 있던 토굴을 수색했고 잘린 머리를 찾게 되었다더군요. 저는 깜짝 놀라서 여몽 씨에게 사실 여부를 알아보기 위해 전화를 했지요. 하지만 이미 핸드폰을 압수당하고 체포된 뒤라 연락을 취할 수가 없었어요. 경찰에서는 일단 조사를 마칠 때까지는 면회를 할 수 없다는 통보를 받고 애만 태우고 있습니다."

"적음과는 통화를 했었나요?"

"예, 무진님께서 연락을 주셨을 때 제가 적음님한테도 연락을 했습니다. 이리 오기로 했고요."

"경매가 끝나고 나서 저도 피해자와 만나 이야기를 나눴지만 적음도 피해자와 이야기를 나눈 적이 있습니다. 적음과 피해자는 오래전부터 서로 아는 사이였더군요."

"그래요? 적음 씨가 급하게 오겠다는 말만 하고 다른 대화는 나눌 경황이 없어서."

"그런데 저는 경매장 VIP룸에서 피해자와 대화를 나눴지만 적음은 피해자의 차 안에서 피해자를 만나 이야기를 나눈 것으로 적음에게 들었습니다. 혹시 적음이 약국에서 약을 지어간 적이 있나요?"

"자주 있지요. 최근에도 있었습니다."

"그럼, 그 약봉지에 대한 해석이 달라질 수 있습니다. 적음이 차 안에서 피해자와 이야기를 나누면서 약을 먹었다면 봉지를 차에 버렸을 수도 있잖아요?"

"적음 씨는 이야기를 나누고 바로 헤어졌나요?"

"적음의 말을 들어봐야 알겠지만 피해자가 낙찰 후 절차 이행 문제로 오랫동안 시간을 할애하기가 힘들었을 거예요. 하여튼 그 약봉지를 차에 남긴 사람이 여몽이 아니라 적음일 것이라는 거죠."

194

마을 사람들은 우리를 힐끔힐끔 쳐다보면서 뭔가 묻고자 하는 눈치였지만 둘이 심각하게 대화를 나누는 모습을 보고 하나둘 자리를 떠나 내려갔다. 나는 엄숙하게 경계근무를 서고 있는 경찰에 수고가 많다는 인사와 함께 악수를 청하기도 하면서 친근감을 표현했다. 경찰과 한 두 마디 대화를 나누려는 찰나 언덕 아래쪽에 적음이 올라오고 있는 것이 보였다. 적음은 꽉 다문 입을 좌우로 늘려 아는 척을 하는 습성 그대로 가까이 다가오면서 입술에 힘을 주며 다소 어색한 표정을 짓고 있었다. 폴리스라인까지 다가온 적음은 우리가 그랬던 것처럼 폴리스라인 안쪽의 풍경을 보고 한동안 말문을 열지 못했다.

"적음, 혹시 피해자 차에서 피해자와 이야기를 나눌 때 약을 먹지 않았어?"

"먹었지, 마침 물이 있어서."

"약봉지는 어떻게 했어?"

"나도 뉴스 보고 그 생각했었어, 그 약봉지는 내가 버린 거야, 분명하게 기억하고 있지, 차 안에 쓰레기 버릴 수 있는 곳이 있잖아, 담배꽁초도 버리고, 거기에 버렸을 거야."

"그렇다면 경찰에 연락해 주지 그래요."

"그래야겠죠, 긴급체포가 되어도 가족면회는 되는 걸로 아는데 여몽은 만나 보셨나요?"

"아뇨, 아직, G경찰서에서 조사 중이라며 조사를 마치고 만나 보라고 권하는 바람에…"

"조사 중이라도 일단 가족면회를 해 주게 되어 있습니다. 변호사선임도 할 수 있고요."

여몽의 아내와 적음은 빠른 대화로 상황을 파악해 가고 있었다. 나는 나를 조사했던 수사관에게 전화를 걸었다. 몇 번의 신호 끝에 통화가 가능해졌다.

"아, 무진님, 어제 연락을 못 드려 죄송합니다. 전화하신 줄은 알고 있었는데 워낙 바빠서, 그렇지 않아도 제가 연락을 드리려고 했습니다. 여몽 씨가 긴급체포되었다는 뉴스를 듣고 깜짝 놀라셨죠?"

"이루 말할 수 없지요, 그나저나 피해자가 저하고 만나 대화를 나눈 후 만난 사람은 우연찮게도 제 친구 적음이었습니다. 이 사실을 빨리 알려드리고 싶어서 전화를 드렸었는데, 그리고 방송에 나온 내용 중에 차량에서 여몽 부인이 운영하는 약국의 약봉지가 발견되었다고 했는데 그것을 버린 사람은 여몽이 아니라 적음이었습니다."

"예? 무슨 말씀이신지…"

"지금 전화 끊고요, 제가 지금 G경찰서로 가서 내용을 자세하게 설명 드리겠습니다."

"그래 주시면 고맙겠습니다. 기다리고 있겠습니다."

나는 수사관과 통화를 서둘러 마무리하고 여몽부인과 적음의 판단을 기다려 보기로 했다.

"음, 우리가 여기서 할 수 있는 일이 아무것도 없고, 일단 여몽이 긴급 체포된 경위도 알아봐야 하고 가족면회도 해봐야 하고 하니까, G경찰서로 가자."

적음의 제안에 나는 신속하게 동의를 표하며 여몽 아내의 반응을 살폈다. 무척 침울한 표정으로 폴리스라인 안쪽 여몽의 토굴을 주시하며 한동안 침묵하더니 입을 열었다.

"여몽 씨를 처음 만난 곳이 몽골 고비사막이었어요, 여행가이드가 일정에는 없지만 낙타의 눈물을 볼 수 있는 곳이 근처에 있다며 일행을 데리고 갔었죠. 새끼에게 젖 먹이는 걸 거부하던 어미 낙타가 어떤 악기의 연주를 들으며 슬픔으로 눈물을 뚝뚝 흘리다가 새끼에게 젖 물리는 걸 허락하는 장면이 감동을 줄 거라고 했어요, 현장은 황량한 벌판이었죠, 약간 언덕이 져 있었고, 낙타의 주인인 듯한 분이 연신 낙타의 목을 쓰다듬고 있었죠, 마두금인가요? 악기연주자가 연주를 시작했어요, 처음에는 무표정하게 듣고만 있던 어미 낙타가 분명하게 음악을 듣고 있는 것이 느껴졌어요. 순간 그 낙타가 한명의 흑인노예 같았죠, 감성이 아주 뛰어난 흑인노예. 마두금 소리는 애간장을 녹이듯 했어요. 슬픈 곡조가 끊어질 듯 이어지고 있었죠. 그때 정말 거짓말처럼 낙타가 눈물을 쏟아내기 시작했어요. 마치 샘에서 물이 솟아나듯 펑펑 눈물을 흘렸어요. 낙타의 주인은 주변을 서성이던 새끼 낙타를 유인해 낙타의 젖에 입을 물렸어요. 그리고 안도의 한숨을 쉬었죠. 가이드의 설명에 의하면 어미 낙타가 처음으로 아기에게 젖을 허락하고 있는 장면이라고 했어요. 저는 그때 낙타가 왜 우는지 생각해 봤어요. 알 수가 없었어요. 그리고 주변에 흩어져 있는 일행들의 표정을 살펴보았죠. 여몽 씨가 언덕 쪽에 멍하니 서서 마치 낙타가 흘리듯 눈물을 펑펑 쏟아내고 있는 거예요. 저는 여행 중에 제 문제에 집착하느라 여행 동반자들이 누군지도 잘 몰랐어요. 물론 여몽 씨가 여행객의 일원인지도 몰랐지요. 그런데 그 쏟아지는 눈물을 보고 마치 낙타에게 말을 걸듯 여몽 씨에게 제가 물었죠. 낙타가 왜 눈물을 흘리고 새끼에게 젖을 물리는 거냐고. 그 때 여몽 씨가 말했었죠. 낙타는 자신의 자식은 절대 자신과 같은 삶을 살면 안 된다는 듯 새끼 키우는 것을 거절했다고. 그리고 새끼에게 젖을 주지 않았던 이유는 주인에게 수탈당하는 낙타 인생의 악순환을 자신의 세대에서 끝내야 한다는 각오가 너무도 단단하여 결코 자신의 고집을 꺾지 않고 있던 거라고. 그러나 마두금의 슬픈 곡조에 독한 마음을 풀고 모든 걸 운명으로 받아들이며 눈물을 뚝뚝 흘리면서 새끼에게 젖을 물리고 있는 거라고. 저는 여몽 씨의 그말을 듣고 눈물을 흘리기 시작했죠. 그랬던 분이 이런 엄청난일을 벌이다니 저는 믿을 수가 없어요."

"긴급체포는 되었지만 아직 진상이 밝혀지지 않았으니,"

"하긴 낙타의 신세가 그렇죠, 등뼈가 휘도록 주인의 온갖 짐을 다 날라다 주고. 뿐만 아니라, 젖이 생기면 주인의 양식으로 젖을 다 빼앗겼고, 털이 자라면 주인의 보온을 위해 털도 다 빼앗기고. 그러다 노동력을 상실하고 쓸모가 없어지게 되면 주검으로 주인의 음식이 되고."

"자, 낙타 이야기 이제 그만하고 출발하자."

나는 특유의 분석력을 동원해 낙타가 수탈당하는 항목을 나열하는 적음의 말을 끊고 출발을 재촉했다.

26   프로파일러

G경찰서는 마두금의 언덕, 여몽의 토굴에서 그리 멀지 않은 곳에 있었다. 자동차로 한 시간 내에 도착할 수 있는 곳이었다. 경찰서에 도착하자마자 나는 나를 조사했던 수사관을 찾았고 여몽부인은 적음의 도움을 받아 가족면회를 신청했다. 나를 조사했던 수사관은 환한 웃음으로 다가와 이제는 범죄관련 참고인이 아닌 사건해결의 동반자가 되어달라며 자신의 명함을 꺼내 건네줬다. 성이 박 씨니 박 수사관으로 불러주면 좋겠다고 말했다. 잠시 침묵을 깨고 내가 먼저 입을 열었다.

"피해자가 제 친구 적음과 아는 사이였습니다. 적음이 사모 투자회사 근무 시에 자주 정보를 교환하고 서로 가깝게 지냈더 군요."

"적음이라면 육조 정상을 트레져옥션에 넘긴 분을 말씀하시는 건가요?"

"예, 방금 전 저와 함께 이곳 경찰서에 왔죠, 지금 서 안으로 들어가 여몽 부인이 가족면회를 할 수 있도록 도움을 주고 있을 겁니다."

"지금, 여몽 씨를 긴급체포하긴 했지만 수사본부 내부에서 논란이 심해지고 있습니다."

"여몽이 범죄를 자백한 건 아니죠?"

"예, 그런데 여몽 씨의 말을 어떻게 이해해야 할지 처음 연행해 온 수사관이 혼란스럽게 생각하고 있습니다. 피해자의 머리가 발견된 구신리 현장에서 여몽 씨를 체포해서 연행할 때에 범행을 극구 부인하면서도 모든 건 자신이 죄가 많은 탓이라는 말을 반복해서 했다고 합니다. 이건 보는 관점에 따라 사건과의 관련성을 고백한 것으로 볼 수도 있거든요."

"아, 그것은 수도자들이 매양 입에 달고 사는 말일 수도 있는데요. 여몽이 좌선을 오랫동안 해 오던 터라 사건의 심각성을 모르고 그냥 관용적으로 내뱉은 말이 아닐까요?"

"물론 저도 그렇게 생각하고 있습니다만, 범행의 구체적인 근거가 될 수 있는 작두가 현장에 있었고 피해자의 머리가 현장에 묻혀 있었던 상황에서 굉장히 민감하게 받아들일 수밖에 없는 워딩입니다."

"아까 전화로 말씀드렸듯이 피해자 차량에서 발견된 약봉지는 적음이 버린 것이라고 했습니다. 잠시 경매장 주차장 차 안에서 피해자와 대화를 나눌 때,"

"아, 그랬지요, 그건 중요한 건데, 제가 담당수사관에게 전해드리도록 하겠습니다. 아니 지금 그 수사관을 잠시 데려올 테니까 잠시만,"

"잠깐만요, 수사본부 내부에서 논란이 심하다고 했는데 그 내용이 뭔지?"

"예, 여몽 씨의 범행동기를 설명할 수 없다는 겁니다. 범행을 저지를 만한 필연적인 이유를 찾을 수가 없는 거지요. 그래서 프로파일러까지 동원하고 있긴 하지만요. 그리고 여몽 씨의 핸드폰을 압수해서 조사해 본 결과 통화내역이 거의 없어요. 아내하고 통화한 것 외에는 통화기록이 없는 거죠. 범행을 감행했다면 피해자와 통화한 기록이 한 개라도 나와야 하는데 전혀 없는 거예요. 물론 여몽 씨는 피해자와 전혀 일면식도 없다고 흔들림 없이 주장하고 있습니다. 그런데 여몽 씨의 결정적인 약점은 알리바이를 대지 못한다는 겁니다. 사건이 발생되었다고 추정되는 시간에 여몽 씨가 그 가건물에서 명상을 하고 움직이지 않고 있었다는 걸 증명해 줄 사람이 있어야 하는데, 그러니까 그날 밤 내내 가건물에서 혼자서 명상을 하고 있었다는 주장을 믿을 수 있는 근거가 있어야 되는 것이죠. 잠시만요,"

박 수사관의 말을 종합해 보면 여몽을 범인으로 볼 만한 구체적인 근거가 여몽의 토굴에서 나왔지만 여몽이 범죄를 강력하게 부인하고 있고 범죄를 저지를 필연적인 이유를 찾을 수가 없어, 여몽을 범인으로 단정하고 범죄를 소명하는 데 수사력을 집중할 것인지 아니면 여몽이 범인이 아닐 수도 있다는 가정 하에 수사 방향을 다양하게 열어 놓아야 하는 것인지 여부를 놓고 논란 중인 것 같았다. 박 수사관은 후자 쪽의 생각을 가지고 있는 듯했다. 박 수사관이 날카롭게 보이는 중년의 수사관을 대동하고 나타났다.

"예, 이 분입니다."

박 수사관과 함께 등장한 수사관은 사전에 충분한 이야기를 나눈 듯 명함을 꺼내 건네주면서 협조를 부탁한다는 말과 함께 형식적인 예를 갖추고 바로 물었다. 성씨가 최인 수사관이었다.

"피해자 차량에서 발견된 약봉지가 다른 분이 버린 것이라고 해서."

"예, 지금 경찰서에 함께 온 제 친구 적음이 자기가 버린 것이 분명할 거라고 했습니다."

"그분은 지금 어디 계시지요. 참고인으로 진술해 주시면 여러 가지로 도움이 되겠는데."

"여몽 부인과 함께 가족면회에 동반했는데요. 적음 말에 의하면 차 안에서 잠깐 이야기를 나눌 때 누군가가 계속해서 전화기를 통해 협박을 가하고 있다는 것을 느꼈다고도 했습니다."

"그래요? 우리가 미리 알았다면 많은 도움을 받았을 텐데요. 피해자의 핸드폰이 사라져 버려서. 만약에 피해자의 핸드폰만 찾을 수 있다면 사건 해결에 많은 도움이 될 수도 있을 텐데. 아, 저 분이 적음 씬가요?"

대화 중에 마침 여몽 부인과 적음이 가족면회를 마치고 나오고 있는 중이었다. 나는 최 수사관에게 적음을 소개하고 적음에게 간단한 상황을 설명해 주었다. 최 수사관은 적음에게 참고인 조사에 응해 진술해 주면 수사에 많은 도움이 될 것 같다며 도움을 요청했다. 적음은 흔쾌히 요청을 수락하고 최 수사관의 안내를 받아 조사실로 들어갔다. 박 수사관이 침통해 있는 여몽 부인에게 위로의 말을 건넸다.

"걱정이 많으시죠, 면회는 잘하셨나요? 워낙 명상을 오래 하신 분이라 그런지 의연하셔서…"

"얼굴은 봤지만 말이 없어요, 사건이 본인과 아무 관련이 없는 것이라고만 하고, 변호사 선임할 거라고 하니까, 필요 없대요, 모든 건 꿈과 같다고 그냥 흐름에 맡겨 두라고, 그러다 보면 저절로 바르게 잡힌다고…"

"여몽 씨가 여기 연행되어 온 이후로 계속 진술을 거부하고 있어요. 처음 조사할 때부터 전혀 관계가 없는 일이라는 말 한마디만 하고, 잡혀올 때 왜 본인이 지은 죄가 많은 탓이라고 말했는지 여부를 설명해 달라고 해도 그냥 침묵을 지키고 있어요. 당일 날 행적을 물어보면 하루내 앉아 있었다는 말 외에는 더 이상 아무 말을 하지 않고요, 진술서를 쓰도록 펜과 용지를 주면 반야심경만 처음부터 끝까지 쓰고 있습니다. 반야심경을 진술서로 받아놓을 순 없잖아요? 그래서 생각해 보았죠, 진짜 범인이 여몽 씨를 범인으로 몰기 위해 꾸민 것일 수도 있지 않을까?"

"제 생각에도 그래요, 그 사람이 누군지 진짜 범인이 피해자를 미리 살해해 놓고 마두금의 언덕으로 데려와서 목을 자르고 묻어 놨을 것 같아요, 그리고 작두나 이런 건 미리 준비를 해 두고. 여몽 씨는 작두를 쓸 일이 없어요, 더군다나 노동운동을 할 때 프레스에 찍혀 손가락을 하나 잃은 뒤로는 날카로운 것만 보면 민감하게 싫어합니다."

"마두금의 언덕은 구신리를?"

"예, 저희 부부가 부르는 은업니다."

여몽 부인은 박 수사관의 의문에 희망의 빛을 보고 얼른 동의하면서 호주머니에서 뭔가 쓰여 있는 종이를 꺼내 보여줬다.

"여몽 씨가 아까 적어 준 거예요. 바를 正자를 쓰면서 이 글씨의 풀이가 一止라고 했어요. 하나에 멈추는 것이라고…"

"도로 방범 CCTV 영상에 잡힌 피해자 차량의 운전자가 모자를 푹 눌러쓰고 안경을 끼고 있었는데 그 모습이 여몽 씨와 너무 닮았다는 것도 불리한 요소예요. 그 모자가 또한 여몽의 가건물에서 발견되었고요. 국과수 감식결과가 나오면 구체적인 윤곽이 드러날 겁니다."

"감식이라면 어떤?"

"그 모자에서 범인의 것으로 추정할 수 있는 머리카락이 몇 올 나왔거든요. 피해자 부검 결과와 함께 머리카락의 유전자감식 결과도 빠르면 오늘 밤 늦게라도 나올 수 있습니다."

"아, 그렇군요. 그럼 그 결과에 따라 여몽 씨의 혐의에 대한 해석도 달라질 수 있겠군요. 그래도 계속 진술을 거부하고 있으면 불리하겠죠?"

"달리 진술할 내용이 없으면 거부하는 것이 당연하기도 합니다. 엄밀히 말하면 진술서에 반야심경만 계속 쓰는 것도 하루 내 좌선만 하고 있었다면 맞는 진술이 될 수도 있겠지요. 침묵만 지키고 있는 것도 딱 알맞은 진술이 될 수도 있고요. 하여튼 저는 수사 방향을 다양하게 열어 놓고 하자는 쪽입니다."

"범죄소명을 위해 동원되었다던 프로파일러라는 분을 좀 만날 수 있을까요?"

박 수사관의 말을 들으며 수사팀이 두 부류로 나뉘어 수사 방향을 잡고 있다는 것을 간파한 여몽 부인이 반대쪽 의견의 수사관 답변을 듣고 싶다는 의사표현을 했다.

"제가 잠시 모셔오도록 하겠습니다."

거절할 수도 있고 굳이 친절하게 응대하지 않아도 되는 문제인데도 박 수사관은 마치 민원을 해결하듯 용의자의 부인에게 무척 친절하게 대하고 있었다. 그는 여몽이 범인이 아니라는 확신을 가지고 있는 듯했고 억울한 누명을 쓰고 있다는 생각을 하고 있는 듯했다. 여몽을 지칭할 때 용의자라는 말을 사용하지 않고 처음부터 쭉 여몽 씨라는 호칭을 사용할 때 그런 면면을 엿볼 수 있었다. 혹시 그가 아직 밝히지 않은 어떤 단서를 잡고 있는 걸까? 국과수 조사 결과가 중요한 분기점이 될 수 있을 것도 같았다. 박 수사관은 데리고 온 프로파일러를 종교 관련 범죄 심리 분야에 독보적인 전문성을 지닌 사람이라고 소개해주었다. 그는 범죄수사관 같지 않게 선하고 유약하게 보이는 인상에 무척 겸손한 사람이었다. 형식적인 예의를 갖추고 난 뒤 여몽 부인이 단도직입으로 물었다.

"제 남편이 범인이라고 생각하시는 거죠?"

"용의자를 범인으로 단정할 만한 구체적인 근거들이 많은 까닭에…"

"제 남편은 저에게 본인은 사건과 전혀 관계가 없다고 말하고 있어요."

"당연히 그렇게 말하겠지요. 자백은 쉽게 이루어지지 않습니다. 더 이상 물러설 곳이 없을 때 하게 되죠. 저는 용의자가 진술을 거부하고 있기 때문에 어렵기는 하지만 범행동기를 추정하는 임무를 띠고 있습니다. 용의자가 학생운동과 노동운동의 전력이 있죠?"

"벌써 몇 년 전의 일인데요. 사건과 과거 운동경력을 결부시키는 건 좀,"

"실례지만 여몽 씨가 먹던 약이 정신신경계쪽의 도파민 분비 억제제 같은 거였죠?"

"제가 조제해 주었습니다만 먹다 남은 약을 조사해 봤나 보군요."

"가끔 좌선하는 분들에게 도파민성분이 과다 분비되거나 너무 적어 감정의 업 다운이 심하게 되는 증상이 나타나는 경우가 있습니다. 어떤 분은 세로토닌 성분 같은 것이 많이 분비되어 행복감을 느끼는 경우가 있기도 하지만요. 상기병이라 해서 기운이 지나치게 머리 쪽에 몰리면 심한 두통이 오고 이것이 반복되면 앞서 말씀드린 것처럼 도파민 분비 균형이 깨지면서 심한 업 다운을 경험하게 되는 거죠. 이런 시기가 오래 지속되면 망상구조가 자리를 잡고 환청과 환시의 늪에 빠질 수가 있습니다. 제가 보기에 용의자의 상태는 심각한 수준이었을 것 같은데, 아니었나요?"

"지금 무슨 말씀을 하시는 건지요? 그 약을 여몽 씨에게 지어

준 이유는 단지 과도하게 좌선을 오래 해서 수면리듬이 깨지고 가끔 감정의 기복이 경미하게 나타나는 증상 때문에 지어 준 겁니다. 지나치게 해석을 하시는군요, 환청 환시까지 간 적도 없고요."

"용의자는 민중해방의 목적을 달성하기 위한 혁명가의 삶을 살기로 했던 사람입니다. 이념과 사상은 종교처럼 한번 휘말리면 평생 벗어나기가 힘든 법이지요. 서로 이질적인 것 같지만 정치의 세계와 종교의 세계가 만날 때가 있습니다. 용의자가 좌선을 하고 있던 가건물 벽면에 이런 낙서를 해 놓았더군요. '나는 육조단경을 통해 억압받는 민중의 주관적 의지를 폭발시켜 객관적 사회 변혁을 시도할 사상을 형성하기 위해 노력을 경주해야 한다. 마음의 문제, 그것은 또한 모든 진정한 혁명의 근본 문제인 것이다.' 용의자는 육조단경을 혁명을 위한 교조적 도구로 사용하려 했습니다. 마치 모택동이 그랬던 것처럼 말입니다.

모택동은 육조단경을 노동 인민의 불경이라고 했고 혜능을 바로 노동 인민으로 보았죠. 그는 인민의 해방 정신과 평등사상을 혜능의 말에서 찾았습니다. 그가 찾은 육조단경의 구절은 나무꾼 혜능이 홍인대사를 만나는 첫 장면이었습니다. 홍인대사가 '그대는 어디 사람이고 무엇을 구하는고?' 하고 묻자 혜능이 '저는 영남 신주 사람인데 멀리서 찾아와 스승께 절하는 것은 오로지 성불하는 길을 구함이요 다른 것을 구함이 아니옵니다.' 하고 대답했습니다. 이에 홍인대사가 다시 '영남 사람이라면 오랑캐인데 어찌 성불을 할 수 있겠는가?' 하고 묻자, 혜능이 '비록 사람에게는 남·북이 따로 있겠지만 불성에는 남·북이 따로 없습니다. 오랑캐 몸인 제가 스님과 같지는 않지만 불성만은 어찌 차별이 있을 수 있겠습니까?' 하고 당돌하게 말했던 것이죠. 귀족도, 노동인민도 다 불성이 있다고 했으니 인민해방이 아니고 무엇이겠소. 모택동은 혜능이야말로 진정한 중국불교의 창시자요, 농민, 노동자 가릴 것 없이 중국 인민 개개인 모두에게 자신의 존귀함을 깨우쳐 준 고승이라고 생각했던 것이죠."

"잠깐만요, 사실 지금 말씀하시는 내용은 이미 저도 다 아는 사실이고요, 그것이 여몽이 범인이라는 것과 어떤 연관성이 있는데요?"

나는 마치 강의하듯이 길게 이어지는 설명을 끊고 질문을 던졌다.

"용의자는 혜능을 바로 광동성의 가난한 나무꾼 청년에서 불성청정의 세계, 압도적인 인간 신뢰를 선언한 자유인으로 본 것입니다. 그래서 그는 혜능의 말씀을 토대로 민중해방과 평등사회를 실현하기 위한 혁명을 완수하기 위해 육조의 골수가 깃든 육조 정상이 필요했던 겁니다. 용의자는 공범과 함께 피해자가 육조 정상을 은행 보물보관함에서 찾은 것을 알고 기습적으로 피해자에게 접근해 정상을 빼앗으려 했으나, 피해자가 정상을 갖고 있지 않은 것이 확인되자 정상의 소재를 완력을 사용해 추궁하다가 그만 살해하고 말았던 것입니다. 이후 범행을 육조정상탈취비사 내용에 있는 괴기스러운 사건을 패러디해서 엉뚱한 방향으로 유도해 보려 했으나 실패한 겁니다."

"지금 뭔가 잊고 있는 것 같은데요. 그 육조 정상은 애초 여몽이 가지고 있던 겁니다. 찾을 수 있는 보물지도를 가지고 있었으니 보물을 갖고 있던 것이나 마찬가지였죠. 그런데 지금 말씀하신 것처럼 애지중지하던 거라면 도난당할 정도로 허술하게 관리하지 않았을 겁니다. 그리고 도난당하고 나서도 그렇게 안절부절 하지도 않았어요. 모든 게 지나친 해석입니다. 물론 정치가와 종교인은 구조적으로는 비슷한 고민을 하기도 하지요. 정치는 변화를 혁명을 통해 단숨에 이룰 것인가 아니면 점진적인 개혁으로 이룰 것인가 하는 방법론을 두고 고민을 합니다. 종교인도 깨달음이나 구원을 단숨에 이룰 것인지 아니면 점진적인 삶의 개혁으로 이룰 것인지를 화두로 삼을 수 있습니다. 이런 점에 있어 정치와 종교의 유사성을 논하는 것이라면 모르지만,"

"벽면의 낙서는 어떻게 변명하실 겁니까?"

"그건 제 기억에 여몽이 쓴 것이 아닙니다. 여몽과 적음 그리고 저 이렇게 3명은 가끔씩 수사관님께서 가건물이라 부르는 그 토굴에 모였었죠. 그 때 대학시절의 추억을 떠올리며 이런저런 장난을 치기도 하였습니다. 원래 그 문장은 레닌이 러시아혁명을 꿈꾸면서 했던 말, '나는 맑시즘을 통해 억압받는 민중의 주관적 의지를 폭발시켜 객관적 사회 변혁을 시도할 사상을 형성하기 위해 노력을 경주해야 한다'에서 맑시즘을 육조단경으로 단순하게 바꿔놓은 겁니다. 아마 기억력 좋은 제 친구 적음이 썼을 겁니다. 여몽은 지금 전혀 정치적인 인물이 아닙니다. 뿐만 아니라 그의 머릿속에 민중이니 해방이니 혁명이니 하는 이런 단어가 사라진 지 이미 오래되었습니다. 지금 그가 추구하는 것은 오로지 하나, 으뜸 된 가르침일 뿐입니다. 바로 종교지요."

프로파일러는 여몽에 관한 정보와 탐구가 부족한 상태에서 자신의 고정관념을 합리화하기 위해 몇 가지 단편적인 재료를 확대해석하고 있는 인상을 주고 있었다. 나는 비약을 넘어 빈곤하고 상투적인 그의 이념프레임에 갇힌 의식구조를 엿보면서 그의 질문에 답변했다. 언제 와 있었는지 참고인 조사를 받으러 갔던 적음이 주변에 서 있다가 대화에 끼어들었다.

"제가 방금 언급되었던 적음입니다. 벽면의 낙서는 제가 쓴 것이 맞고요. 아마 저희가 대학시절 몸담고 있었던 여시아문 – 아, 요즘 말로 하면 동아리, 불교 동아리죠, – 시절에 나누던 대화를 빗대어 농담을 하면서 장난으로 써놓은 글입니다. 그리고 이건 좀 다른 문제이긴 하지만, 여몽이 땅속에 파묻어 두었던 보물지도를 훔친 사람은 바로 접니다. 제가 그리 할 수 있었던 것은 여몽이 저를 경계하지 않고 보물지도의 위치를 노출시

킨 이유도 있었지만 보물지도에 집착하지 않고 있는 여몽의 모
습을 보고 제가 판단한 겁니다."

적음과 나의 연속된 답변에 프로파일러는 당황하는 기색이 역
력했다. 그 틈을 타 여몽 부인이 질문을 건넸다.

"혜능대사가 말씀하신 불성론이 사회주의 평등사상과 일맥상
통하는가요? 제가 잘 몰라서 묻는 건데요. 적음 씨는 다르게 생
각할 수도 있을 것 같은데…"

여몽 부인은 마치 프로파일러의 논리적 허점에 쐐기를 박으려
는 듯 적음의 답변을 유도했다.

"어찌 새 걸음이 봉황의 걸음을 흉내낼 수 있겠습니까? 그림
자는 결코 땅에 붙을 수가 없습니다."

오랜만에 들어보는 적음의 촌철살인이었다. 적음 말의 뜻을
헤아리던 프로파일러가 조심스럽게 물었다.

"땅은 어떤 것을 비유한 말씀이신지?"

"어떤 것? 바로 그 어떤 뒤에 있는 것을 어떻게 설명해 달라는
겁니까? 것! 것! 것! 우리는 알 수 없는 그 무엇을 그냥 것이라고
하는데 익숙해있죠. 이름 지을 수 없는 거시기, 저는 아직 물어
보신 그것을 무엇이라고 구체적으로 설명해드릴 수 있는 능력이
없습니다."

"설명할 수 없는 것을 어찌 비유로 말할 수 있나요?"

프로파일러도 논쟁에 쉽게 물러서지 않는 근성이 있는 성향의

인물 같았다. 그는 적음의 면박에 가까운 답변에 허점을 찾기
위해 질문을 던지는 듯했다. 나는 항상 논증에 투쟁적으로 대응
하는 적음의 평소 습관이 나올까 봐 조마조마하면서 상황을 지
켜보았다.

"표현하기 애매한 관찰이나 경험을 우리는 흔히 것을 붙여 설
명하는데요. 표현하기 애매하다는 것은 자신이 이전에 경험한
사물이나 현상과 동일시하기가 어렵다는 말입니다. 자신의 경
험과 동일시하여 사물을 이해하기 어려울 때 흔히 우리는 이렇
게 물어봅니다. 그것은 뭐야? 이것은 뭐야? 이렇게 말이죠. 우
리의 인식은 허공에 세운 거대한 탑과 같은 것인지도 모르죠.
동일시는 무엇의 착오로 일어난 것일까요? 혹시, 변함없이 한
결같은 것을 잃어버리고 이것과 저것에 국집해서 생겨난 사단이
아닐까요? 닭과 계란이 전혀 동일한 것이 아님에도 불구하고 닭
이 먼저인지 계란이 먼저인지 도저히 알 수 없는 모호한 수수께
끼를 풀며 뿌리 없는 논리를 구축하는 것처럼 말이죠."

"저기요, 제가 아둔해서 그런지 잘 이해를 못하겠거든요, 무
슨 궤변처럼 느껴지기도 하고."

프로파일러는 적음의 답변에 반론을 제시할 만한 능력이 없음
을 스스로 인정하면서 이제는 궤변으로 몰아가보려는 비겁함을
보이기도 했다.

"우리가 지금 딛고 있는 이 땅을 달리 어떻게 설명할 수 있겠

습니까? 새롭게 딛게 되는 것도 아니고 오래전부터 딛고 있었던 것을, 눈으로 눈을 어찌 볼 수 있겠어요? 그래서 눈이 뭐냐고 물어보면 지금 보이는 꽃과 나무를 말할 뿐입니다. 단지 비유라고 속단하지 마십시오."

"용의자의 범행에 관한 이야기를 해야 하는데 엉뚱하게 너무 고급스러운 논쟁으로 흐른 것 같군요. 그럼 저는 이만, 아, 참 그렇다고 저는 포기하지 않습니다. 조금 자신감을 잃긴 했어도."

"어설픈 논리로 여몽을 흉악한 살해자로 몰지 마세요."

적음이 참고인 조사 시에 뭔가 들은 바가 있었는지 자신 있게 프로파일러에게 경고성 발언을 하고 있을 때 박 수사관이 급하게 우리가 모여 있는 곳에 뛰어왔다. 프로파일러를 데려가기 위함인 듯했다.

"아직까지 이곳에 계셨군요. 지금 수사팀 비상회의를 소집중입니다. 예, 그럼 여몽 씨 가족 일행 분들은 이제 그만 가시고요. 제가 연락을 드리도록 하겠습니다."

다급하게 비상회의를 소집하는 것으로 보아 수사팀 내부에 특이사항이 발생한 것 같았다. 나는 그것이 무엇이든 여몽에게 불리한 것이 아니길 바라면서 적음과 여몽 부인에게 양해를 구하고 서울로 먼저 떠나기 위해 채비를 갖췄다. 아내가 걱정되었기 때문이다. 맹인 1일차를 어떻게 보내고 있을까? 여몽 부인이 여유가 좀 생겼는지 농담을 건넸다.

"마치 적음 씨가 프로파일러 같았어요. 진짜가 쩔쩔매던데요."

"별 말씀을요, 날이 밝으면 촛불을 꺼야 하는데… 참, 아까 참고인 조사를 마치고 최 수사관이 여몽과 만남을 주선해주어서 잠시 만나봤습니다. 가족이 아닌 경우 수사관과 대동하면 만날 수가 있더군요. 여몽은 표정이 아주 편안해 보였고 토굴에 있으나 구치소 감방 안에 있으나 크게 다르지 않다며 걱정하지 말라고 하더군요. 그러면서 어차피 태어날 때부터 불타는 집 안에 갇혀 사는 것이 인생인데 대수롭지 않게 생각한다고 했습니다. 저는 강제징집 때 살던 감방생활이 생각나서 많이 가슴이 아팠는데 여몽은 맷집이 더욱 강해진 것 같습니다. 그때는 참 고문도 많이 받았는데."

"두 분이 이렇게 함께 해주시니 많은 힘이 됩니다. 감사합니다."

"최 수사관과 박 수사관은 진범이 여몽을 범인으로 몰기 위해 모든 걸 꾸며낸 것으로 보고 그것에 수사의 초점을 맞추고 있는 듯했습니다. 진범에 대한 윤곽이 아직 잡히지 않아서 피해자 주변을 샅샅이 조사하고 있는 듯도 했고요. 최 수사관은 전화로 피해자를 몇 번 협박했던 그 자가 범인과 관련이 있는 것 같기도 한데 피해자의 핸드폰을 찾을 수 없어 안타깝다고 하더군요."

"저기, 저는 서울에 가 볼 일이 있어 먼저 출발하도록 하겠습니다. 변동사항이 있으면 폰으로 서로 연락하기로 하죠, 적음은 어떻게?"

"적음 씨도 올라가시죠, 저는 이 근처에 숙소를 정하고 여몽 씨가 나올 때까지 있을 예정입니다."

중년의 나이에 만나 부부의 연을 맺은 여몽과 여몽 부인의 결혼생활은 불가사의하게 유지되고 있었다. 둘 사이의 신뢰가 바탕이 되지 않으면 지속되기 힘든 관계였다. 둘은 1년에 같은 공간에서 지내는 경우가 며칠 되지 않았다. 하지만 서로 독립된 공간에서 자신의 일을 꾸미며 일상을 보내면서도 그들의 유대는 끈끈했고 결속은 강했다. 때때로 여몽 부인이 여몽의 깨달음을 위한 서포터즈 역할을 하고 있는 것처럼 보이기도 했지만 여몽이 여몽 부인의 캄캄한 세상을 밝혀주고 있는 등불 역할을 하고 있는 것으로 보일 때도 있었다.

여몽은 아버지의 죽음으로 정신적 혼란과 방황을 겪은 뒤 몽골 고비사막으로 여행을 떠났다. 그는 끝없이 펼쳐져 있는 초원과 모래사막을 걷고 혜초가 걸었던 길을 상상해 보기도 하고 막고굴의 유적들을 살펴보기도 하였다. 또한, 마두금의 언덕에서 연주를 듣고 눈물 흘리는 어미 낙타를 보고 아버지의 모습을 떠올렸다. 오로지 가족들만을 위해 헌신하다가 병이 들자 스스로 집을 떠난 아버지가 어미 낙타가 되어 고비사막에 서 있는 듯한 느낌에 휩싸여 눈물을 쏟아냈다. 그리고 그 눈물을 계기로 그의 부인을 만났다. 여몽 부인은 한 번의 결혼 경력이 있는 여자였

216

다. 대학에서 공학을 공부하고 대학원에서 정치학을 공부했다는 그녀의 전 남편은 결혼 후 영화를 찍는다고 동분서주했다고 했다. 기어코 완성한 한 편의 영화는 본전을 찾지 못하고 그를 궁핍의 나락으로 떨어뜨렸으며 그는 재기를 도모하며 돈을 벌기 위해 오피스텔을 얻어서 포르노를 찍기도 했다고 했다. 그렇게 황폐한 삶으로 자신에게 주어진 다른 기회를 놓쳐 버린 그는 끝내 췌장암으로 사망하고 말았다. 그의 장례식을 치르고 한동안 신산한 마음으로 고통을 받고 있던 여몽 부인은 승화원에 비치되어 있던 남편의 유해를 갖고 울란바토르를 거쳐 고비사막으로 갔다. 그녀는 확 트인 지구의 한쪽, 끝없이 펼쳐져 있는 모래사막 길을 걸으며 곳곳에 남편의 유해를 뿌렸다. 그리고 낙타의 눈물을 보았고 여몽의 눈물을 보았다.

귀국한 이후, 여몽 부인은 항상 여몽 주변을 맴돌았다. 여몽이 승려의 길을 걷고자 승려예비학교에 입교했을 때, 스승으로부터 화두를 받고 사찰의 암자에서 가부좌를 틀고 앉아 있던 그를 다시 세속(世俗)으로 이끈 사람도 그녀였다. 승가(僧家)의 세계는 또 다른 세속이었다. 승려 간의 위아래가 엄격했고 소유를 위한 다툼이 세간의 그것보다 심하게 보이는 경우도 있었다. 여몽은 출가 전에 머무름과 떠남을 두고 오랜 시간 그 경계선에서 갈등했던 것처럼 한동안 환속을 두고 산문 안과 밖의 경계에서 갈등하고 있었다. 어느 날, 갑작스러운 비가 내렸다.

암자가 있는 산 정상에서 풍경화를 그리다 비를 만난 여몽 부인은 비를 피해 빠른 걸음으로 내려오다 비탈길에서 굴러 떨어졌다. 걸을 수 없을 정도의 부상에다 출혈이 심했다. 암자 옆 계곡으로 물길을 내다가 이를 발견한 여몽은 그녀를 들쳐 업고 경사가 급한 산길을 내달려 읍내 병원으로 갔다. 그녀는 발목 뼈가 부러졌고 상처가 큰 어깨 부위에서 많은 피를 흘려 수혈이 필요하였다. 갑작스러운 의사의 요청에 혈액형이 맞았던 여몽은 그녀에게 수혈을 해 주고 뒷일을 부탁하며 암자로 돌아왔다. 그러나 그 뒤에도 계속해서 그의 주위를 맴도는 그녀의 모습을 보며 환속의 유혹을 떨치지 못하고 결국 승려의 길을 포기하고 그녀와 연을 맺었다. 여몽과 여몽의 부인은 여몽의 환속 후 곧바로 결혼을 했다. 식장은 북한산 중턱에 있는 사찰이었다. 주례는 사찰의 방장 스님이었다. 여몽이 한동안 머물러 도를 닦던 인연이 있었던 장소라고 했다. 나는 결혼식 참관을 위해 한 시간 정도 등반을 해야 했다. 삼귀의로 시작되어 방장의 설법으로 결혼식은 마무리되었다. 현장에서 거행된 뒤풀이 시간에 여몽은 막걸리를 들이켜고 있던 적음과 내 옆에 앉더니 말없이 웃음만 짓고 있었다.

"그림 곁을 떠나지 않으려고 했어요. 마치 그림을 그리듯 이젤 앞에 놓여 있는 의자에 계속 앉아 있다가 졸리면 옆에 소파로 이동해서 잠시 누워 있다가 기력이 되살아나면 다시 의자로 돌아와 앉아 있다가 하면서 시간을 보냈지요. 식사는 제가 강권하다시피 해서 두 끼를 먹었어요. 밖에 햇빛이 좋은 것은 느껴지시는지 한 번 나가고 싶다고 해서 제 손을 잡고 밖을 나가 가벼운 산보를 했습니다. TV는 뉴스전문채널에 고정시켜 놓고 끄지 말고 계속 켜 놓으라고 해서 그렇게 했다가 한 시간 전부터 깊은 잠을 자길래 지금은 껐습니다. 아, 참 육조단경 책을 찾아서 처음부터 쭉 읽어달라고 해서 한 두어 시간 읽어드렸습니다. 뭔가를 쓰고 싶으신지 빨리 점자를 배우고 싶다고 하시던데요."

이른 아침 여몽의 토굴로 출발할 때, 도움터에 그냥 막연히 가사도우미 한 분이 필요하다고 도움을 요청했었는데 간호학과 학생을 보내주어 전문 케어를 받은 셈이 되었다.

"마침 오늘 수업이 없었나 보죠?"

"아니요, 지금 휴학 중입니다. 다음 학기 등록금을 모으기 위해 알바를 하고 있어요."

"아, 예 그 외 다른 특별한 일은 없었나요?"

"제가 여기 도착했을 때 혼자서 집안 구석구석을 손바닥으로 만져보며 다니고 있었어요. 아마도 집안의 구도를 기억하고 계셨던 것 같아요. 제가 소개 인사를 드리자 한참 이것저것을 물어보시더니 이젤 앞에 앉아 탁자 위에 있는 도화지 한 장을 올려놓고 그림을 그리기 시작했어요. 저는 그리고 있는 그림을 보고 깜짝 놀랐습니다. 사모님께서 저를 그리고 있었거든요. 마치 저를 보고 있는 것처럼요. 저는 어안이 벙벙해서 목소리만 듣고서 어떻게 이렇게 정확하게 인상을 알 수 있냐고 물어봤죠. 사모님께서는 빙그레 웃으면서 자기 얼굴 같으냐고 물었어요. 정말 제 얼굴하고 똑같았어요. 마치 거울을 보고 있는 것처럼, 이것 보세요."

학생은 이젤에 놓여 있는 도화지 속 그림을 가리키고 있었다. 정말 아내의 능력은 놀라웠다.

아내는 관음의 경지에 이른 것이 분명해 보였다. 언젠가 꿈을 꾼 적이 있는 쿠시나가르광장을 떠올려보았다. 광장에서 목소리만 듣고 그림을 그려 주는 아내의 모습이 현실에서 그대로 재현되다니, 혹시 여기도 쿠시나가르광장과 같은 꿈속 어디쯤에 있는 곳이 아닐까 하는 생각을 해 보기도 하였다. 나는 도우미 학생에게 감사의 인사와 사례비를 주고 다음에도 기회가 되면 꼭 다시 와 주길 부탁했다. 그녀는 이젤 위의 그림을 가져가도 되겠느냐고 물었다. 나는 아내의 허락이 필요한 사항이지만 아내도 기꺼이 드릴 것 같다며 그림을 건네줬다. 잠시 씻고 온 사이, 아내가 잠에서 깬 손가락으로 주변을 더듬으며 소파 주위를 오가고 있었다.

"당신 언제 왔어, 밖은 벌써 어두워진 것 같네, 도우미 학생은 갔고?"

"응, 얘기 들었어, 당신이 오늘 어떻게 시간을 보냈는지."

"생각해보니 안내견을 구하는 것보다 점자를 배우는 것이 더 급한 거 같아, 점자타자기도. 모든 사물은 단지 언어일 뿐이라는 걸 알았어. 현상도 그렇고, 이 세상은 언어가 만들어 낸 세상이야. 낮에 식탁 위에 있는 컵을 만지는데 문득 손가락에 만져지는 컵의 존재보다 컵이라는 문자가 더 살아 있는 존재로 느껴지는 거야."

"안내견도 구하고, 점자도 배우고 동시에 해야지. 조금 더 부지런해지면 되잖아."

"갔다 온 일은?"

"구신리에서 구체적인 물증들이 나와서 여몽을 의심하지 않을 수 없지만 한편으론 여몽의 범행동기를 규명하지 못해서 또 다른 가능성을 두고 수사를 하고 있는 것 같아, 나를 조사했던 수사관이 후자 쪽에 적극적인 것 같았어."

"또 다른 가능성이라면 여몽이 모함을 당하고 있다는 거지?"

"그렇지. 진범이 여몽을 범인으로 의심받게 해놓고 자신은 시간을 벌려는 속셈일 수도 있다는 거지."

"여몽 씨는 만나 봤어?"

"응, 여몽의 공부가 많이 깊어진 것 같아, 지금 이렇게 난리법석인데도 정작 본인은 남 일 보듯 해. 공부가 깊어지면 비록 자신의 일이라도 매사에 당사자 입장이 아닌 관찰자 입장이 된다는 말을 들은 적이 있거든."

"여몽 씨가 절실하고 간절하게 상당히 오랜 시간 공을 들였으니, 이제 소식이 올 때도 되었지."

"도우미 학생에게 육조단경을 읽어달라고 했다며?"

"응, 육조단경은 처음부터 그대로 수정 없이 무대에 올려도 될 정도로 연극적이야. 대사를 따로 만들 필요 없이 경에 나와 있는 그대로 옮겨만 놓아도 멋진 대사가 될 것 같아. 혜능 자체가 캐릭터가 강한 인물이라서 따로 인물을 창조할 필요도 없고, 메시지도 강렬하잖아!"

"작품 구상하느라 읽어달라고 했구나, 신수와의 갈등 구조도 마치 잘 차려 놓은 음식 같지."

"거기다 육조정상탈취비사를 섞으면 아주 좋은 작품이 될 수 있을 거야. 시각을 잃어버리니 상상력이 더욱 풍부해지는 것 같아. 오늘 읽어주는 단경을 들으면서 잡히는 그림들이 참 좋았어. 뒷부분은 당신이 읽어주면 좋겠는데."

"어디까지 읽었지?"

"숨어 지내다가 광효사로 내려와 인종대사를 만나는 장면까지 들었어."

"그럼 그 다음 장면부터는 혜능의 설법을 기록한 내용이야. 조금 지루할 텐데, 정혜품부터 읽어 줄게."

나는 조금 낮은 목소리로 또박또박하게 정혜품에 이어 좌선품, 삼신품, 사원품, 참회품까지 쭉 읽어 내려갔다. 곱새기면서 들어야 할 내용들이라서 천천히 읽다가 멈추다를 반복하다 보니 아내는 집중력이 떨어지는지 하품을 몇 번 하다가 끝내 잠이 들고 말았다. 나는 아내를 침대로 옮겨 주기 위해 책을 덮으려다 책 맨 뒷면 여백에 쓰여 있는 글을 발견했다. 여몽이 책을 선물해 줄 때 떠오르는 생각을 적어놓은 것 같았다. '파도가 온종일 춤을 춰도 바다는 한 번도 움직인 적이 없다.' 여몽이 혼잣말처럼 자주 읊조리던 아포리즘이었다. 한번은 적음이 옆에서 여몽의 읊조림을 듣고 소리를 쳤다.

"파도는 없다! 없는 파도가 어찌 춤을 출 수 있지? 만약에 있다면 파도를 물에서 잘라와 봐, 그럼 내가 인정해 줄게."

깊이 잠든 아내의 표정이 평온해 보였다. 혹시 꿈속에서 쿠시나가르광장에라도 가 있는 것이 아닐까? 아내가 그곳에서는 시력이 살아남아 있어서 온갖 것을 다 보며 지내고 있으면 좋겠다는 생각을 했다. 아내는 그림 속 어디쯤에 있을까? 그곳으로 가 아내를 만나 보고 싶었다. 그리고 아내가 그렇게 가 보고 싶어 하던 쓰리나가르로 여행을 함께 가서 1000년 넘게 동면해 있는 개구리나 도롱뇽이 꿈틀꿈틀 살아 나오는 장면을 보고 싶었다. 나는 이젤 앞에 앉아 아내가 그린 쿠시나가르광장을 보았다. 아내가 숨은 그림처럼 숨겨놓은 사내를 찾아 오랫동안 지켜보았다. 그는 좌판을 벌리고 장사하는 사람들, 버스를 기다리는 사람들, 벤치에 앉아 책을 보거나 뭔가를 먹고 있는 사람들, 바삐 뛰어가는 사람들, 비탄에 빠져 멍하니 서 있는 사람들, 그러한 인간 군상들이 뒤섞여 활발하게 숨 쉬는 광장의 모퉁이에 서 있었다.

잠시 후, 몽롱한 의식 너머로 여기저기 사람들의 두런거리는 소리에 집중하다 보니 눈앞에 생생한 광경이 펼쳐졌다.

"아휴 말도 마, 스스로 동상이 되고 싶어 저러나?"

1층 커피숍 주인은 맞은편 광경이 못마땅한 듯 투덜댔다. 커피를 주문해 놓고 빈틈없이 그를 주시하고 있던 내 시선을 눈치챈 것이다. 나는 테이크아웃 커피를 들고 그를 관찰하기 위해 건물 3층으로 올라갔다. 은밀하게 지켜보기에 딱 알맞은 높이였다. 길 건너 맞은편 마로니에 나무 아래 그가 서 있었다. 적당한 키에 마른 편이었다. 50대 중반쯤 되어 보였다. 여행용 가방이 옆에 놓여 있고 왼손엔 음료가 담긴 종이컵을 들고 있었다. 얼핏 보기엔 어딘가를 향해 이동하다가 잠깐 서서 쉬고 있는 모습이었다. 하지만 그는 그 모습으로 굳어진 채 움직이지 않았다.

시선은 먼 곳의 간판을 보고 있는 듯 상방 10도 쯤으로 고정되어 있었다. 고개를 움직이지도 않았다. 몸 전체가 부동자세로 마치 스스로 동상이 된 듯한 형상이었다. 꿈과 현실의 경계에서 아직 어느 쪽을 선택해야 하는지 결정하지 못한 모습이었다. 복장은 양복을 입었으나 신발은 운동화여서 역시 머무름과 떠남의 경계였다. 물론 들고 있는 종이컵을 마시는 일도 없었다. 단지 그냥 들고 있을 뿐이었다. 그렇게 머무름과 떠남의 경계에서 마네킹처럼 멈춰선 동작으로 움직이지 않는 그의 모습을 관찰하고 있다 보니 나도 그처럼 마네킹이 되어 버린 기분이 들었다.

아! 움직였다. 그가 움직였다. 나는 3층에서 커피를 신속하게 마시고 빠른 걸음으로 계단을 통해 1층으로 내려왔다. 마음과 마음은 서로 만날 수도 없고 서로 알아볼 수도 없는 법이어서 그가 왜 그리 평범치 않은 행위에 집착하고 있는지 알 수 없었다. 그가 슬로우모션을 끝내고 근육이 이완된 모습으로 되돌아와 여행 가방을 들고 전철역을 향해 걸어가고 있었다. 나는 그가 어디로 가는지 그리고 어디서 사는지 뒤쫓아가 보기로 했다. 쿠시나가르광장역 2번 출입구를 통해 지하에 내려간 그는 개찰구를 향해 쭉 걸어가다가 갑자기 무슨 생각이 났는지 가던 길을 되돌아섰다. 많은 인파에 섞여 있던 나는 들킬 염려가 없었기 때문에 화장실 쪽으로 가는 척 하면서 회향한 그의 뒤를 다시 밟았다. 그는 들어온 2번 출구가 아닌 반대쪽 1번 출구로 나갔다.

여전히 인파가 많아 들킬 염려는 없었다. 그는 몸이 호리호리한 데다 세로무늬 양복을 입어 날렵하게 보였다. 걸음도 무척 빨랐다. 바퀴 달린 여행용 가방에 짐이 전혀 들어있지 않은지 가방을 땅바닥에 굴리는 법이 없이 그냥 들고 다녔다. 신호등이 바뀌자 그는 길을 건너 주유소가 있는 골목으로 빠져나갔다. 쏜살같았다.

갑자기 거리엔 인파가 줄어 있었다. 간간이 몇 명의 행인만 오갈 뿐이었다. 나는 들키지 않기 위해 일부러 약국 앞에서 손님을 기다리는 척 하며 서성거렸다. 그가 주유소 계산대 옆 공중전화부스로 들어갔다. 아! 아직도 공중전화부스가 있다니, 그가 아니었으면 있는 줄도 모르고 그냥 지나칠 물건이었다. 마치 이동통신문화에 저항하듯 견고한 고정물로 서 있는 공중전화부스가 낯설게 느껴졌다. 하지만 공중전화부스보다 그가 누군가와 전화기를 통해 소통한다는 사실이 더욱 낯설게 느껴졌다. 마치 동상이 현실로 뛰쳐나와 그동안 기억하고 있었던 누군가와 대화를 나누고 있는 장면을 보는 듯했다. 그의 통화는 그리 길지 않았다. 공중전화부스에서 나온 그는 다시 지하철역으로 들어가지 않고 버스정류장 쪽으로 갔다. 목적지를 바꾼 듯했다. 나는 추적자가 되어버린 기분으로 그에게 들키지 않기 위해 온통 신경을 곤두세우며 그가 탈 버스의 번호를 가늠했다. 109번이었다. 정면에 번호를 큼지막하게 쓴 109번 버스가 멈추자 그는 여행용 가방을 부쩍 높이 들더니 차에 오르고 있었다. 나는 신속하게 그의 뒤에 따라붙어 차에 올랐다. 그는 카드가 없는 듯 현금으로 버스비를 계산했다. 나는 얼른 카드단말기에 카드를 대고 버스 맨 뒤로 이동했다. 빈자리가 몇 개 있었지만 그에게 들키지 않고 그를 관찰하기는 맨 뒤가 좋을 듯 했다. 그는 주변을 두리번거리거나 살피는 기색이 없었다. 뭔가 깊은 생각에 빠져 있는 듯한 표정으로 주로 자신의 발밑을 응시하고 있었다. 그를 추적하기는 생각보다 쉬웠으나 환승을 자주 하면 쉽게 들킬 수 있는 일이라 걱정스러웠다.

그가 주차장에서 내려 전철을 탔다. 쓰리나가르 방향이었다. 객실이 한산했다. 나는 그가 앉은 좌석과 멀리 떨어진 경로석 옆 좌석에 앉았다. 그는 역시 버스 안에 있던 모습처럼 자신의 발밑을 응시하고 있었다. 객차 중앙 통로로 맹인이 지팡이를 짚고 좌우 승객들에게 구걸을 하며 지나갔다. 그의 딸로 보이는 소녀가 남루한 옷차림으로 그를 부축하고 함께 걷고 있었다. 50대 중반쯤 되어 보이는 맹인은 목에 자신에 관한 설명문을 매달고 다녔다. '저는 희소병인 당뇨성 녹내장으로 시력을 잃었습니다. 그동안 병 치료를 하다가 가산을 탕진하고 이제는 먹을 것이 없게 된 장애인입니다.'로 시작하여 몇 개의 문장이 쭉 이어져 있었지만 나는 더 이상 글을 읽어갈 수 없었다. 문득 병 진단을 받아 시무룩해 있던 아내를 위로한답시고 나눴던 농담이 생각났다. "당신 알지? 그 노래 〈Bridge Over Troubled Water〉, 당신이 다소 초라하게 느껴질 때, 눈에 눈물이 고일 때, 제가 모두 닦아 드릴게요, 강물 위의 다리처럼 제가 당신이 이 세상을 건너 갈 다리가 되어 줄게요, 가사가 아마 이렇게 되지? 걱정 마, 난 당신의 지팡이가 되어 세상 어디든 다닐 수 있는 눈이 되어 줄 테니까." 나는 약간 과장된 어투로 말했다. 아내는 전철에서 구걸도 함께 할 수 있겠느냐고 물었었다. "뭐 어때? 나도 선글라스 끼고 같이 다니지, 뭐?" 당시엔 아내가 행여 맹인이 되어도 절대 그런 일은 생기지 않을 거라는 오만한 생각에 해 본 농담이었지만 지금 눈앞에 보이는 부녀의 모습은 현실로 와 닿는 고통이었다. 나는 제법 큰돈을 소녀가 들고 있는 함에 넣었다. 사내는 맹인 부녀가 중앙통로를 지나갈 때도 여전히 자신의 발끝만을 응시하고 있었다.

사내가 쓰리나가르역에서 내렸다. 발끝을 내려다보며 깊은 생각에 잠겨 움직임이 없던 그가 천천히 여행용 가방을 들고 일어설 때 나도 따라 움직였다. 개찰구를 빠져나온 사내는 3번 출구를 향해 걷고 있었다. 망설이지 않고 곧장 가는 것으로 보아 그의 집을 향해 가거나 아니면 자주 가 봤던 특정한 곳을 향해 가는 듯했다. 지하철 밖은 벌써 캄캄해져 있었다. 마치 거꾸로 지상에서 지하로 들어간 기분이었다. 사내는 버스 정류장으로 이동해서 노선 안내표지판을 오랫동안 보고 있었다. 타고 갈 버스를 찾아보는 것이 아니라 생각 없이 시선을 그곳에 고정시키고 있는 듯했다. 머뭇거리다가 다시 보기도 하고 주변을 둘러보기도 했다. 갑자기 횡단보도를 건너더니 반대쪽 정류장에 가서 멍한 표정으로 있다가 다시 이쪽으로 돌아오기도 하였다. 길을 잃어버려서 그러는 것 같지는 않았다. 목적지를 향해 가야하는 건지 되돌아가야 하는 건지 고민하는 동작으로 보였다. 가로등이 희미했다. 나는 희미한 어둠을 틈타 가까운 거리에서 그를 자세히 볼 수 있었다. 주변에서 흔하게 보아 오던 인상이었다. 궁금함으로 팽팽했던 긴장의 끈이 축 늘어지는 느낌이 들기도 하였다. 드디어 결심이 섰는지 52번 버스가 서자 그가 여행용 가방을 예처럼 높이 들고 차에 올랐다. 퇴근시간이 지났음에도 불구하고 사람들이 꽤 많았다. 여기서부터는 전철이 없고 버스만 이용할 수 있기 때문인 것 같기도 하였다. 나는 편안하게 그의 뒤를 따라 탑승했다. 그는 여전히 나를 전혀 의식하지 못하고 있는 듯했다. 주변이 캄캄해 버스가 어느 곳을 향해 달려가고 있는지 알 수 없었다. 나는 오로지 사내의 움직임만 지켜볼 뿐이었다. 문득 이런 생각이 들기도 하였다. 혹시 내가 사내를 관찰하는 것이 아니라 사내가 나를 어떤 곳으로 유인하고 있는 것이 아닐까? 대략 30분 정도 시간이 지난 후 차내 스피커에서 안내멘트가 흘러나오고 있었다. "다음 정류장은 쿠시나가르 승화원입니다." 아! 여기, 아내의 뱃속에서 세쌍둥이를 끄집어

낸 후 죽은 태아를 화장했던 곳 아닌가? 갑자기 당시의 상황이
떠올라 가슴이 먹먹해졌다. 순간, 사내가 이곳에 내리는 것이
확인되었다. 사내는 자신의 집을 향해 가고 있었던 것이 아니었
다. 하필 승화원이라니. 무슨 일일까? 혹시 귀가 후, 아내에게
사내에 관한 이야기를 해 주게 되면 이곳 승화원의 이야기는 빼
야 한다는 생각이 스쳐 갔다. 아내가 유산과 관련된 내용을 듣
고 상처가 되살아나는 일이 없도록 주의해야 하는 까닭이었다.
사실 아내는 유산한 직후 세 아이를 어떻게 처리했는지 알지 못
했다. 그녀가 나에게 묻지도 않았고 나도 말하지 않았기 때문이
었다. 그것은 우리 부부에게 절대 꺼낼 수 없는 금기어였다. 얼
핏 어떤 이야기 끝에 화장이나 유골에 관한 이야기가 나오면 나
는 성급하게 비슷한 내용의 다른 화제로 돌리곤 했었다.

　사내가 승화원 쪽으로 이동하다가 갑자기 발걸음을 멈추더니
여행용 가방을 세워놓고 담배를 한 대 꺼내 물었다. 의식을 치
르듯 연기를 깊숙이 빨아들여 오랫동안 길게 내뿜었다. 담배연
기는 마치 향불처럼 피어올라 재빠르게 허공으로 사라졌다. 그
가 니코친의 영향인지 약간 비틀거리는 발걸음으로 추모의 집을
향해 높다란 계단을 한걸음씩 올라가고 있었다. 엉덩이를 뒤로
쭉 빼고 계단을 오르는 모습이 무척 지쳐 보였다. 그는 추모의
집 출입문을 힘겹게 열고 입장했다. 여행용 가방을 입구에 놓고
옷매무새를 가다듬더니 익숙한 동작으로 안내테이블 위에 있는

조화를 들고 유골보관함이 가지런히 놓아진 공간의 한 자리를 향해 가고 있었다. 그리고 모서리가 노란색 꽃으로 둘러싸인 사각형 함 앞에 섰다. 오른손을 힘겹게 들어 함 앞에 붙여진 사진을 쓰다듬더니 조화를 틈새에 꽂고 나서 오랫동안 고개를 숙여 묵념을 하고 있었다. 나는 출입문 기둥에 몸을 숨기고 시선을 집중해 그가 서 있는 자리를 확인했다. 그리고 추모의 집 입구로 돌아가 그가 추모의 집을 떠날 때까지 기다리기로 했다. 유골함의 주인공은 누구일까? 확인하고 싶었다. 잠깐 화장실을 다녀오는 사이 그가 묵념을 마치고 여행용 가방을 끌고 나가고 있는 것이 목격되었다.

나는 그가 멀리까지 떠나는 것을 확인하고 신속하게 아까 그가 서 있었던 그 자리 앞으로 갔다. 유골함에는 등산복 차림의 중년 여인과 고등학생으로 보이는 여학생이 바다를 배경으로 활짝 웃고 있는 사진이 붙어있었다. 사내의 아내와 딸로 추측되는 인물이었다. 유골함의 좌측과 우측에 각각 두 고인의 이름과 생몰연대가 적혀 있었다. 일종의 합장인 셈이었다. 두 명의 출생연도는 25년 차이가 났지만 죽음은 같은 시간대였다. 사진 한 장과 생몰연대 외에는 동양화의 여백처럼 그 어떤 정보도 주어지지 않았지만 모녀관계로 보이는 두 고인의 비극적인 최후가 유골함에 함께 담겨져 있는 것 같았다. 어떤 격랑의 파도가 이 둘을 휩쓸고 지나갔을까? 그리고 남은 자는 또 어떤 파도에 실려 흔들리고 있는 것일까? 미묘한 혼란이 뒤엉킨 감정의 파도를 타고 멀미처럼 흔들렸다.

아내의 뱃속에서 세 명의 태아를 꺼내 이곳에 왔을 때, 황망한 기분으로 애써 아무렇지도 않은 듯 건조하게 수속을 밟고 화장했던 그날이 떠올랐다. 태연하게 몇 주먹 안 되는 가벼운 분골을 유택공원 곳곳에 뿌리고 나서 일상으로 되돌아갔던 뒤로 망각하고 있었던 그날의 생채기가 사내가 쓰다듬던 사진 속 여인과 아이의 평화스러운 얼굴 위에 흔들리고 있었다. 잠시 후, 뒤돌아선 순간 나는 깜짝 놀랐다. 분명히 멀리까지 돌아가고 있는 것으로 확인했던 그가 출입구 문 앞에 서서 내가 그랬던 것처럼 나를 지켜보고 있는 것이 아닌가? 나는 예상치 못한 당혹스러움으로 겸연쩍은 표정을 지으며 그를 알은체하려 했다. 순간 그는 마로니에 나무 아래의 동상으로 돌변하여 차가운 기운을 내뿜으며 안면을 거부했다. 그래도 따뜻한 수인사라도 하면서 가벼운 이야기라도 나눠 보고자 그가 서 있는 입구를 향해 다가가려 했을 때 어느새 그는 흔적 없이 사라져 버리고 없었다. 혹 내가 환영을 보고 있었던가? 나는 종적을 감춘 그의 자취를 찾기 위해 유택공원과 정류장 쪽으로 나가는 길목을 살펴보았다. 주변은 인적이 끊기고 이미 캄캄해져 간간이 서 있는 가로등이 낯설게 느껴질 정도로 쓸쓸한 풍경뿐이었다.

나는 추모공원 앞 정류장에서 지나가는 택시를 잡아 탔다. 택

시운전사는 나에게 목적지를 물었다. 하지만 나는 어디로 가야 할지 알 수가 없었다. 쓸쓸함 때문인지 마치 그와 묵시적인 약속으로 승화원에 동행한 후 혼자 남겨진 채 속죄의 아픈 상처를 보듬고 있는 듯한 기분이 들기도 하였다. 기억을 팔러 기억거래소를 가야 하나 하고 생각하다가 문득, 육조 정상을 찾아야 한다는 생각이 떠오르면서 꿈에서 깨어났다. 아내는 소파에 누워 변함없이 깊은 잠을 자고 있었다. 나는 아내를 침대로 옮기고 오랜만에 안락한 잠 속으로 빠져들었다.

28 관음

이른 아침, 차이코프스키의 현악사중주가 울리고 있었다. 아내의 부탁으로 바꿔 놓은 휴대폰 벨소리였다. 감미로운 선율에 애절함이 짙게 밴 곡으로 휴대폰 벨에는 어울리지 않는 연주곡이었지만 아내의 부탁은 피할 수 없었다. 아내는 나에게 전화를 걸었을 때 길게 신호음이 가도 받지 않는 경우를 몇 번 경험한 후 음악이라도 길게 듣자며 평소 좋아하던 안단테 칸타빌레를 컬러링으로 깔도록 했다. 아내는 톨스토이가 이 곡을 듣고 감동하여 눈물을 흘리기도 했다며 길게 들으면 자기도 눈물을 흘릴 수도 있으니 되도록 빨리 받으라고 농담을 하기도 하였다. 나는 컬러링과 벨소리를 모두 안단테 칸타빌레로 고정시켜 놓았다. 일찍 일어나 반가부좌를 틀고 앉아 있던 나는 휴대폰 창에 박 수사관이라고 알림문자가 뜬 것을 보고 창을 옆으로 밀어 전화를 받았다.

"박 수사관님, 접니다."

"예, 이른 시간에 전화를 드려 죄송하게 되었습니다. 좋은 소식이 있어서요. 어제 연락을 해 드리려다가 아직 내부정보유출 문제가 해결되지 않아서 지체하다가 연락을 드리는 겁니다. 먼저 정보를 공유하려면 민간인 수사협조자가 되어주셔야 합니다. 타인에게 정보유출을 금해주시고요. 약속하실 수 있죠?"

"예, 약속합니다."

"어제 국과수에서 피해자 부검결과가 나왔습니다. 모자에서 채취한 머리카락의 DNA 검사결과도 함께요. 일단 부검결과를 먼저 말씀드리면, 예측한대로 피해자가 절두되기 이전에 독살이 되었음이 판명되었습니다. 문제는 검출된 독극물인데요. 아이오켄이라고 국내에서 구할 수가 없는 것입니다. 외국에서 구입해 국내로 밀반입했거나 국내에서 인터넷을 활용하여 은밀하게 구입했다는 얘긴데, 두 가지 경우 다 여몽 씨는 가능성이 없다는 겁니다."

"그렇군요, DNA 검사결과는?"

"예, 그것도 여몽 씨의 DNA와 일치하지 않았습니다. 그래서 어제 급하게 수사팀 회의를 한 결과 수사 방향을 급선회하기로 했는데요. 제가 피해자의 사무실을 수색하던 중에 유선전화기에 녹음되어 있던 익명의 전화 목소리를 듣고 뭔가 예감이 잡혀서요. 혹시 피해자와 대화 중에 피해자가 전화를 받거나 할 때 아주 작게라도 상대방의 전화 목소리를 들은 적이 있나요?"

"저하고 이야기하던 중에는 그렇게 자주 전화가 온 것이 아니라서요. 그리고 가까이 앉아서 대화를 나눈 것이 아니고 VIP룸에서 좀 멀리 마주 보고 앉아서 저는 전혀 들을 수가 없었습니다. 적음은 차 안에 앉아 대화를 나눴다고 하니 가능성이 있기는 합니다만."

"아, 그래요? 민간인 정보공유자의 범위를 넓히긴 힘든데 어쩌지요? 유선전화기에 상당히 길게 녹음되어 있는 내용만 들어서는 도저히 누군지 알 수가 없습니다. 강하게 협박하고 있는 내용은 분명한데 회사와 관련된 사람인지 아니면 피해자와 개인적으로 원한관계에 있는 사람인지, 몇 명으로 압축해서 조사해 볼 수는 있지만 뜬구름을 잡는 것 같아서요. 발신자가 고속도로 휴게소 공중전화를 이용하거나 대포폰을 사용해서 위치는 추정할 수 있는데 신원에 관한 윤곽은 잡을 수가 없습니다."

"대화가 조금 길게 되어 있다고 했는데요. 목소리의 색깔이나 높낮이 두께 등을 충분히 구별할 수 있나요?"

"협박성이긴 해도 일상적인 대화를 나누듯이 진행된 부분도 있어서 목소리를 들어본 사람이라면 바로 누군지 알아 볼 수 있을 겁니다."

"제가 이런 말씀을 드리면 어떻게 생각하실지 모르겠는데요. 제 아내가 목소리만 듣고도 그 사람의 얼굴을 그릴 수 있는 능력이 있습니다. 지금 시력을 완전히 잃은 시각장애인입니다만,"

"예? 어떻게 그럴 수가 있는 겁니까? 물론 모든 사람들의 목소리가 마치 지문처럼 반드시 다 다르다는 이야기는 들은 적이 있지만 목소리만 듣고 몽타주를 그릴 수 있다는 것이 믿겨지지 않는군요. 그럼 제가 음성파일을 메일로 한번 보내드려 볼까요?"

"예, 제가 도움이 될 수 있는 길을 한번 열어 보겠습니다. 저는 아내를 믿거든요."

언제 나와 있었는지 아내가 소파에 앉아 전화하는 내 모습을 지켜보고 있었다. 나는 전화를 끊고 아내에게 통화내용을 설명하면서 도우미학생을 그렸듯이 한번 그려 보자고 요청했다. 아내는 육성으로 듣는 것과 녹음으로 듣는 것이 달라서 어쩔지 모르겠지만 녹음이 음성을 그대로 재현해 준다면 가능할 것 같기도 하다고 말하면서 한번 그려 보겠다고 했다.

"그런데 어떻게 감쪽같이 사람을 죽일 수 있지? 독약이 그렇게까지 무서운 건가?"

"세상엔 우리가 모르는 물질이 많아. 선하게 쓰는 것도 악하게 쓰는 것도. 범인은 범행을 오랫동안 계획하고 준비했을 거야. 순식간에 죽음에 이르는 치사제를 찾았겠지. 그것도 완력을 사용해서 제압한 후 먹일 수 없으니 술이나 음식물, 음료수 등에 섞어 절대로 눈치 챌 수 없게 먹일 수 있는 것으로."

"색깔이 없고 냄새도 없고 맛도 없으면 절대로 알 수 없겠지? 갑자기 공포가 느껴지네, 누군가로부터 이러한 공격을 당하지 않고 안전하게 살아가는 것도 어찌 보면 기적이야."

"본성은 절대로 이런 악행을 저지르지 않아, 동물들도 자신들이 배고프지 않는 한 절대로 다른 동물을 해치지 않는대. 사람이잖아, 살아있는 앎, 앎은 본성에 어긋난 행위를 스스로 제어하잖아, 모든 사람이 본성에 충실하면 안전한데, 욕망에 집착하는 물든 마음 때문에."

"육조정상탈취비사를 패러디한 걸 보면 치밀하게 준비한 것이 분명해 보여, 그런데 범인은 탈취비사를 어떻게 접했을까? 당신이 기자회견을 할 때 현장에 있었나?"

"범인이 피해자를 미행하고 있었다면 그 날 참석했을 수도 있지, 소극장에 오륙십 명이 앉아 있었으니."

아내와 대화를 나누고 있는 중에 박 수사관으로부터 '녹음파일 확인요망'이라는 휴대폰 문자메시지가 도착했다. 나는 곧바로 휴대폰 바탕화면에서 사용 중인 포털사이트의 수신메일함을 열어 음성파일을 다운받았다. 녹음상태가 상당히 좋았다. 협박하고 있는 두터운 저음의 목소리는 마치 화자가 거실 한쪽에 앉아서 말하고 있는 것처럼 울리고 있었다. 화자의 움직이는 입술이 느껴졌고 호흡지간에 벌름거리는 콧구멍과 다급함에 들떠 있는 광기 어린 눈빛도 느껴졌다. 약간 소리를 높일 때는 볼 양쪽의 광대뼈가 씰룩거리는 모습이 현장감 있게 느껴지기도 했다. 아내는 음성파일에 녹음되어 있는 화자의 목소리를 몇 번 반복해서 들었다. 그리고 꽤 오랜 시간 동안 침묵 속에 있었다. 화자의 이미지를 추적하고 있는 듯 눈꺼풀이 파르르 떨리고 있었다.

잠시 후, 아내는 깨끗한 도화지를 이젤 위에 올려놓아 줄 것을 부탁하고 스케치용 연필을 들었다. 그림을 그리기 전 먼저 손바닥과 손가락 끝 부분으로 놓여진 도화지를 쓸면서 만져 보았다. 아내는 마치 복사기가 복사할 페이지를 스캔하듯 준비 작업을 마치고 왼손 손가락 끝을 이용하여 연필선의 길이, 간격 등을 조정하며 빠른 터치로 그림을 그려 나갔다. 아내의 손을 통해 형태를 갖추어 가는 한 남자의 얼굴은 놀라울 정도로 빠른 속도로 완성되어 가고 있었다. 아내는 손가락 끝마디의 감각을 활용해 마치 눈으로 보고 있는 것처럼 연필이 있어야 할 정확한 위치를 짚어 가며 질감표현에 필요한 명암을 그려 냈다.

그림이 조금씩 정밀해질수록 집중력을 놓치지 않기 위해 안간힘을 쓰는 표정이 아내의 얼굴에 그대로 드러났다. 마침내 그림이 완성되었을 때 아내는 길게 숨을 내쉬며 긴장의 끈을 내려놓았다. 아내가 그려낸 화자의 초상은 좁은 이마에 낮은 콧대, 그리고 두꺼운 입술과 둥근 턱 선이 인상적이었다. 얼굴 크기에 비해 귀는 상대적으로 작았으며 상관이 좁고 하관이 넓어 마치 역삼각형처럼 불안해 보이기도 했다. 짙은 일자 눈썹과 분노와 원망이 서려 있는 눈빛은 구부러지지 않고 끝까지 내닿는 고집스러움이 느껴지기도 했으며 극단에 이르는 폭력성이 느껴지기도 했다. 나는 아내가 그린 초상화를 핸드폰에 부착된 카메라로 촬영해 음성파일을 보내 준 박 수사관의 메일 주소로 보냈다. 보낸 지 얼마 되지도 않은 시간에 박 수사관은 고맙다는 인사말과 곧 연락을 드리겠다는 문자메시지를 보냈다. 아내는 온몸에 기력이 빠진 후줄근한 모습으로 소파에 등을 기대고 앉아 있었다.

"쿠시나가르광장을 마지막으로 당신이 다시는 그림을 그릴 수 없을 거라고 생각했는데."

"내가 환쟁이가 된 것은 피할 수 없는 업일 거야, 업이란, 생각을 일으키는 힘이라며, 그림을 그리고 싶은 생각이 일어나는 힘이 어디서 우러나는지 내가 어떻게 알겠어, 불가사의한 일이지, 몇 번의 환생을 통해 쌓인 업인지 그걸 어찌 눈치나 챌 수 있겠어?"

"당신이 그려놓은 쿠시나가르광장을 보고 있다가 깜빡 잠이 들어서 쿠시나가르광장에 있는 당신을 만났었어, 그것도 한번이 아니라 몇 번."

"그래? 정말 내가 그려 놓은 쿠시나가르광장과 똑같은 곳이었어? 나는 뭘 하고 있었는데?"

"처음 광장에 들어갔을 때는 예지몽이었는지 당신이 맹인이되어서 광장 한 모퉁이에서 사람들에게 그들의 목소리만 듣고 초상화를 그려주고 있었어, 나는 그 모습을 보고 빨리 집에 돌아가자고 채근했었지, 당신이 그려준 초상화를 보고 잘못 그렸다고 막 호통을 친 사람도 있었고."

"사실 나는 지금 당신과 함께 있는 이 순간에도 여기가 쿠시나가르광장이라는 착각을 하기도 해, 때때로 꿈과 현실의 경계에서 모호한 감정에 휩싸이기도 하고, 모든 사람은 각자 자기가 지은 자신의 나라에서 사는 것이 아닐까? 서로 겹쳐 있어서 마치 하나의 세상만이 있는 것처럼 느끼고 살지만…"

"객관은 없단 말이지? 주관만 있고."

"하여튼 언덕 너머의 도시 쿠시나가르광장은 나만의 나라인 줄 알았는데 당신도 거기에 갔었단 말이지. 날 만났고."

"응, 당신은 쿠시나가르 옆에 있는 도시 쓰리나가르를 여행하고 싶어 했지, 얼음덩이를 사고 싶어서."

"얼음덩이? 흥미로운데… 무슨 얼음덩이?"

"단순한 얼음덩이가 아니야, 개구리나 도룡뇽이 산 채로 박제

되어 있는 얼음덩이였어, 얼음이 녹으면 1000년이 넘게 동면해 있던 개구리나 도롱뇽이 꿈틀꿈틀 살아 나온다고 알려진 얼음덩이였지."

"정말? 1000년씩이나 동면해 있는 생명체를 만날 수 있단 말이야? 그래서 어떻게 됐어, 여행은 간 거야? 얼음덩이는 샀고?"

"아니, 한동안 여행이 금지되어서 가질 못했어, 그러다가 분쟁이 해결되어서 갈 만한 상황이 되었는데 또 다른 문제로 인해 못 갔지, 당신이 현미경까지 준비해 두었는데."

"아쉽네, 그런데 당신 꿈속에 있는 내가 쓰리나가르 여행을 간다고 해도 나하고는 상관없는 일이잖아, 그 얼음덩이에서 1000년이나 잠자고 있던 개구리나 도롱뇽이 살아 나온다고 해도 그것을 경험하고 있는 당사자는 당신 아니야? 당신 꿈속에 있는 나는 결국 당신이 만들어 낸 인물이니까."

"그러고 보니 내가 꿈속에서 당신을 만나는 것은 실지로 당신과 아무런 관련이 없구나. 꿈속에서 우리가 진짜 서로 만나려면 어떻게 해야 하지?"

"방법은 하나밖에 없어, 당신이 꿈속에서 나를 만나고 있을 때 나도 또한 꿈을 꾸면서 꿈속에서 당신을 만나는 거야, 그리고 당신 꿈과 내 꿈이 서로 섞여 하나의 꿈이 되는 거야, 그런 다음 당신 꿈속의 나와 내 꿈속의 당신이 서로 만날 수 있도록 하면 되잖아."

"아이고 복잡하다, 우리가 서로 만날 수나 있는 것일까? 현실에서조차도,"

"문득, 당신이 언젠가 해 줬던 말이 생각나네, 마음과 마음은 서로 알아볼 수도 없고 만날 수도 없다고 했었지."

"천상천하유아독존인데 어찌 하나를 둘로 나눌 수 있겠어?"

문득, 언젠가 위대한 스승의 무차선법회가 끝나고 여몽이 위대한 스승께 질문했던 장면이 떠올랐다. 여몽이 물었었다.

"일체가 다 마음에 비친 자취일 뿐이라는 사실을 철저히 사무치고 싶습니다. 그런데 미혹한 이 중생은 철저히 사무치는 방법을 알고 싶어 하는 마음으로 가득 차 있습니다. 어찌해야 합니까?"

위대한 스승은 앉아서 해도 되는 것을 일부러 일어서서 대나무처럼 꼿꼿한 자세로 질문하는 여몽의 당돌한 모습에 지긋이 미소를 지으며 여몽을 자리에 앉도록 한 뒤 답변했다.

"물결이 그대로 물이오. 일체의 움직임과 작용이 다 물의 움직임이요 물의 작용이지만, 물은 일찍이 움직인 적이 없는 게 실상이오. 모든 작용의 근본이 움직인 적이 없다면 그에 의지해 있는 모든 작용은 당연히 움직임이 없는 것인데, 인간의 관견(管見)이 이 여여한 법 가운데서 끊임없이 생멸을 보고, 왕래를 보고 있을 뿐이오. 다시 말하면, 이 세상은 무시 이래로 일찍이 움직인 적이 없는데, 연기법에 어두운 중생이 이 가운데서 생멸상을 보고, 가고 오고 하는 모습을 마치 실제인 양 보고 있을 뿐이오. 그러기에 경에 이르기를 마음이 있으면 만법이 있고 마음이 없으면 만법이 없다고 했으니, 온갖 법의 있고 없음이 전혀 보는 이의 한 찰나 한 생각에 매어 있건만, 사람들은 저 바깥에 고유의 성품을 갖고 있으면서 제 갈 길을 가고 있는, 실재하는 사물이 존재한 것으로 여기고 있는 것이오.

잘 모르겠거든 꿈을 생각해 보세요. 꿈속에 나타나는 일체 존재는 다 마음이 변해서 나타난 게 아니겠어요? 하지만 꿈꾸고 있는 동안엔 그것들이 다 저 바깥에 나와 상대적인 자리에 있는 실체로 보이기 때문에 꿈속에선 이 경계를 좇으면서 온통 법석을 떨 뿐이오. 몸은 편안히 자리에 누워 있고, 오관은 전혀 작용하지 않는데, 그런데도 꿈속에서는 볼 것 다 보고 들을 것 다 듣지 않습니까? 그러므로 선인이 이르기를 견문각지가 실제로 면전에서 일어나고 있는 줄을 아는 자는 청맹과니이니, 제도하지 못한다고 했던 것이오. 이 세상천지 삼라만상이 몽땅 중생의 부사의한 업의 인연으로 말미암아 중생의 마음에 투영된 허망한 그림자일 뿐임을 간파한 사람만이 비로소 천년 묵은 꿈에서 깨어나서, 실상의 세계를 볼 수 있는 가능성이 열리는 것이니, 제대로 된 수행자라면 모름지기 부지런히 힘써 참구할 일이오. 이 세상이 온통 나 혼자뿐인데, 다시 누가 있어서 무엇을 보고 듣고 하겠어요? 그러므로 이 보고 들음이 보고 들음인 채로 보고 들음이 아

닌 줄 알아서, 다만 이 신령한 성품에 맡겨 자재할 수 있으면, 이
것이 곧 천 성인이 함께 귀착할 본향임을 알아야 하오."

29   환수

아내가 그린 몽타주를 보낸 지 며칠이 되었는데도 박 수사관
으로부터 가타부타 연락이 없었다. 여몽은 여전히 G시 구치소
에 갇혀있었으며 여몽 부인은 G시에 머물러있었다. 여몽 부인
은 내가 여몽이 궁금하여 전화를 할 때마다 여몽은 구치소 안에
서도 전혀 동요 없이 좌선에 전념하고 있으니 걱정하지 말고 아
내나 잘 챙기라고 채근했다. 여몽에 대한 경찰의 조사는 더 이
상 이뤄지지 않고 있지만 구속영장 심사 결과가 나오지 않아 아
직도 구치소에 머물러 있는 듯했다. 나는 수사진행 상황이 궁금
하여 박 수사관에게 전화를 해 보고 싶었지만 아내가 말려서 하
지 않았다.

아내와 나는 안내견 학교를 방문해 아내에게 가장 잘 맞는 안
내견을 구입했고 아내는 4주 동안 해야 하는 사용자 교육을 시
작했다. 안내견은 이제 갓 퍼피워킹을 마친 생후 1년 된 리트리
버 종으로 이름은 아내가 원하는 대로 무심이라고 지었다. 훈련

사들은 말할 것도 없고 퍼피워커라 불리는 무보수 자원봉사자들의 도움으로 아내에게 딱 궁합이 맞는 무심이를 골라내는 짝짓기를 할 수 있었다. 무심이는 안내견 학교에서 태어나 생후 7주가 되었을 때 퍼피워커 가정에 10개월간 위탁되어 사회화과정을 거쳤다. 위탁기간 동안 전염병 예방접종을 받았고 불임수술을 받았다. 아내와 내가 안내견 학교를 방문했을 때 무심이는 다양한 상황에서의 보행 및 교통훈련을 받고 있었다. 훈련사는 이 과정이 훈련의 막바지 단계라고 설명하면서 무심이를 엄격하게 다루고 있었다. 사용자 교육을 담당하는 지도사는 나긋나긋한 목소리로 처음 2주는 안내견 학교에서, 나머지 2주는 사용자의 주거지와 주요 보행지를 중심으로 이루어지고 교육과정은 보행 방법, 안내견 관리, 도로 및 상가출입 요령, 실제 생활 적응 등으로 구성되어진다고 설명하면서 이 기간 동안 아내와 무심이는 빨리 긴밀한 관계를 맺어야 한다고 강조했다. 아내는 또한 훈맹정음을 배우고 익히기 시작했다. 훈맹정음은 훈민정음에 빗댄 맹인들의 훈민정음이라는 한글 점자의 다른 명칭이었다.

아내가 무심이와 함께 안내견 학교에서 보행방법을 교육받고 있는 모습을 지켜보고 있을 때 스마트폰에서 안단테 칸타빌레가 울렸다. 박 수사관으로부터 걸려온 전화였다.

"그동안 오래 기다리셨죠? 드디어 범인을 잡았습니다. 오늘 아마 뉴스에 크게 나갈 겁니다. 보내 주신 몽타주가 큰 도움이 되었습니다. 참 믿기 어려울 정도로 똑같이 그렸더군요. 저는 처음부터 여몽 씨가 범인이 아닐 거라는 확신을 가지고 있었습니다."

"예? 그럼 육조 정상의 행방도 알 수 있겠군요?"

가장 먼저 떠오르는 것이 육조 정상의 행방이었다. 범인이 누구인지, 왜 죽였는지, 여몽은 석방이 되었는지 여부 등은 그 다음의 문제였다.

"어이쿠, 차근차근 말씀 나누죠. 육조 정상은 은행 보물보관함에 그대로 있습니다. 피해자가 잔금을 다 납부하면서 굳이 찾아서 다른 곳으로 옮길 필요가 없다고 하면서 그대로 두라고 했다더군요. 그런데 그보다 더 중요한 사실이 있습니다. 피해자가 정상을 인수하면서 중요한 공증문서를 남겼더군요. 자신이 협박을 당하고 있다는 것이 몹시 꺼림칙했는지 만약에 자신의 신상에 변고가 생기면 제3자에게 무상으로 인도해 달라는 친필에 사인과 인감도장의 날인이 있는 확인서였습니다. 놀라지 마십시오. 그 제3자가 바로 지금 전화 받고 계신 분입니다."

"예? 정말입니까? 아!"

나는 믿을 수 없는 박 수사관의 말을 듣고 잠시 혼돈을 겪었다. 그리고 이게 쿠시나가르광장에서 일어나고 있는 일인지 아니면 현실인지 잠시 숨결을 가다듬으며 냉정하게 가늠해 보아야 했다.

"사실 저는 사고가 난 날 밤부터 은행 측의 협조로 확인서의 존재를 알고 있었습니다. 나중에 조사과정에서 알게 되었습니다만, 피해자는 무진 씨와 적음 씨를 만나 이야기를 나누면서 기증할 의사를 갖게 된 것으로 보였습니다. 알고 보니 G시에 있는 사찰에 보수공사 명목으로 시주도 많이 했던 분이더군요."

"아, 예, 범인은 누군가요?"

"피해자의 가족관계부에 아들로 기록되어 있는 사람입니다. 처음에는 국내에 있지 않고 외국에 나가 있기 때문에 용의자 선상에 올리지 않았지만 무진 씨가 보내 주신 몽타주를 보고 그 사람으로 적시하고 압축수사를 한 결과 체포할 수 있었습니다. 범인의 어머니가 하고 있는 커피집에 나타났더군요. 여몽 씨에게 모든 것을 덮어씌워 성공적으로 일을 처리했다고 생각했는지 방만해진 마음으로 어머니에게 연락을 취하고 G시에 나타났더군요."

"살해 이유는 뭐죠?"

"피해자가 진행 중인 혼인무효소송이 승소할 가능성이 엿보이자 피해자를 제거하고 자신의 상속 1순위 권리를 유지하기 위해서 벌인 범행이었습니다. 범인의 어머니는 아들의 범행에 전혀 관여하지 않았더군요. 아들이 범행을 위해 일본에서 밀항하여 국내로 잠입한 사실도 모르고 있었고요. 국내에 잠입한 범인이 외국인 노동자 한 명을 매수하여 벌인 일이었습니다. 모자에서 채취한 머리카락의 유전자와 범인의 유전자가 일치했습니다. 범인은 그 모자를 이용해 여몽 씨를 완벽하게 범인으로 몰아가려고 했지만 결국은 거꾸로 그 모자가 범인의 범행을 입증하는 데 결정적인 역할을 했습니다. 범인은 범행을 자행하는 중에 마약을 복용하고 있었더군요. 하긴 그 정도로 흉측한 범행을 맨 정신으로 저지르기는 쉽지 않았을 것입니다."

"여몽은?"

"당연히 모든 혐의를 벗고 귀가조치되었습니다. 용의자 신분일 때 서에서 강하게 압박하거나 심하게 진술을 강요하지 않았기 때문에 건강상태는 양호했습니다. 여몽 씨는 무혐의 판결을 통보받고서도 크게 동요하지 않고 평상심을 유지하면서 범인이 누군지, 범행이 어떻게 이루어졌는지 도무지 관심이 없는 표정이었습니다. 도를 닦는 사람이라 그런지 평범한 사람이 아닌 것 같았습니다. 부인께서 자기 차가 있었기 때문에 서에서 차량으로 귀가를 도와드릴 필요 없이 바로 출경했습니다."

"앞으로 저는 육조 정상을 어떤 절차에 의해 돌려받게 되는 거지요?"

"아마 은행에서 연락이 갈 겁니다. 그리고 시간이 좀 걸릴 수도 있을 겁니다. 재판이 끝날 때까지 기다릴 수도 있고요. 이미 정해져 있는 거니까요."

"아, 예, 오늘 전화 너무 감사합니다."

"별 말씀을요. 사건을 해결하는 데 무진님의 협조가 무척 도움이 많이 되었습니다. 사모님께도 감사 말씀 전해 주십시오. 수사 결과 발표 시에 사모님의 활약에 관해 언급을 할 예정입니다."

박 수사관과 통화를 마치고 이제야 비로소 위대한 스승의 유언을 성취할 수 있는 길이 열린 것에 대한 안도의 한숨을 내쉬면서 이리저리 배회하고 있을 때 아내가 안내견의 목에 고정된 손잡이를 잡고 내가 있는 곳으로 걸어 나오고 있었다. 몇 발자국 뒤에 지도사가 함께 따라 나오면서 이것저것 지적하면서 주의사항을 인지시키고 있었다. 아내와 무심이가 상호교감을 통해 보폭과 보속을 조정하면서 가장 안전하고 무난하게 걷는 연습을 진행하고 있는 것 같았다. 문득, 두 명씩 짝을 지어서 두 발 묶고 세 발로 뛰기 게임을 하던 기억이 떠올랐다. 짝의 발과 함께 묶여 있던 발은 마치 나무와 나무를 한 몸으로 연결해주는 연리지처럼 짝과 한 몸이 되게 하는 가교였지 내 발이 아니었다. 평소 내 습관대로 양발을 움직이면 곧 넘어지곤 했었다. 이제 아내와 무심이는 짝이 되어 세 발로 뛰기 게임을 하듯 서로 절반의 것을 내놓고 묶어 달리기를 해 나가야 할 것이다. 지도사는 나에게도 무심이와 일체감과 친밀감을 느낄 필요가 있다며 빨리 친해지도록 노력해 줄 것을 부탁하기도 했다. 아내가 일부러 그런 것인지 길이 아닌 곳으로 걸어 나아가려고 하자 무심이가 적극적으로 가지 않도록 제지하는 장면이 목격되었다.

"견주가 위험한 곳으로 가려고 할 때 그곳이 위험한 곳임을 알아차리고 가지 못하게 적극적으로 말리는 훈련입니다. 무심이는 천부적으로 재능이 있어서 이미 훈련이 잘 되어 있습니다만, 견주께서 무심이가 보내는 신호를 감지하는 연습을 하는 것입니다. 무심이가 멈칫하며 발걸음을 멈추는 느낌과 위험한 곳임을 판단할 때 하는 특이행동 등을 빨리 인지해야 합니다."

아내는 지도사의 친절한 설명을 듣고 고개를 끄덕이면서 무심이를 묶고 있던 안내 장비를 풀어주었다. 훈련을 마칠 시간이 다 된 것 같았다.

"이걸 하네스라고 하는데 이 장비를 풀어주면 무심이는 맹도견에서 평범한 개로 바뀝니다. 행동거지도 좀 자유스러워지고 안내의 강박에서 잠시 벗어나 쉬는 거죠, 오늘 수고하셨습니다. 내일 뵙고요, 이렇게 2주를 마치면 이제는 무심이와 댁에서 동거를 하면서 사용자훈련을 하게 될 겁니다."

설명을 마친 지도사가 낮게 휘파람을 불며 무심이를 데리고 건물 안으로 철수하고 있을 때 아내가 침울한 목소리로 말했다.

"하네스를 풀려고 할 때 무심이가 좋아하는 것이 느껴져, 마치 일을 마친 노동자처럼 신이 나서 낮게 짖기도 하고, 나는 생존을 위해서 절실하게 무심이가 필요하지만 무심이는 과연 무엇을 위해 이래야 하는 건지, 지나친 인간이기주의 아닌가 싶어?"

"금방 박 수사관이 전화를 했어, 좋은 소식이야."

나는 아내에게 박 수사관과 통화를 통해 나눴던 이야기들을 쭉 해 주면서 아내의 훈맹정음 학습을 위해 시각장애인 도움터로 이동했다. 아내는 육조 정상을 반환할 수 있게 된 상황을 무척 기쁘게 생각했으며 여몽이 혐의를 벗고 다시 토굴로 돌아가 보임수행을 할 수 있게 되어 다행이라고 말했다. 『육조정상탈취비사』를 팔아서 그 돈으로 여몽의 토굴이 있는 구신리에 사찰을 짓고 아이들을 입양해 키우고 싶다는 생각은 여전히 변함이 없는 듯했고 오늘도 훈맹정음을 배우고 나서 육조단경을 또 읽어달라고 하는 것으로 봐서 공연에 관한 욕망은 여전한 것 같았다. 벌써 3번씩이나 읽어준 육조단경을 이번에 또 읽어주게 되면 아내의 집중력으로 봐서 처음부터 끝까지 거의 암기할 수준에 이를지도 모를 일이었다.

"손으로 점자를 만지고 있으면 문자가 꼭 살아서 움직이는 것 같아. 꿈틀꿈틀, 마치 깊은 바다 속 바위에 웅크리고 있다가 손가락을 톡 대면 꿈틀대는 생물처럼, 기다리고 있던 자판에 손가락을 톡 대면 바로 ㄱ으로 되살아나고 ㄴ으로 되살아나고 그래, 어떻게 그렇게 신기하게 만들었지, 맹인이 되고 나서 오히려 세계가 넓어졌어, 그동안 모르고 지내던 세계, 6개의 점들 중에 몇 번째가 튀어나왔는지를 보고 문자를 알아낼 수 있다니 신기하지? ㄱ은 4점, ㄴ은 1, 4점, ㄷ은 2, 4점, ㄹ은 5점, ㅁ은 1,

5점, ㅂ은 뭘까?"

"2, 5점?"

"아니야, 4, 5점이야, 어린이들은 이걸 노래로 배우면서 외운대."

아내가 훈맹정음 학습을 마친 후 밝은 표정으로 대화를 이끌었다. 아내와 함께 이런저런 이야기를 나누며 귀가하던 중에 적음으로부터 전화가 왔다. 그는 뉴스를 보고 깜짝 놀랐다면서 구신리로 여몽을 보러 같이 가지 않겠냐고 물어왔다. 나는 집에가서 아내에게 육조단경을 읽어주어야 할 일이 아직 남아 있기 때문에 몇 시간의 여유를 두고 약속시간을 잡았다. 적음은 범인의 목소리만 듣고서 몽타주를 그려 낸 아내의 활약에 관해 G경찰서 수사팀장이 극찬을 아끼지 않았다고 전하면서 전화를 끊었다. 수사팀장의 수사발표 장면이 아내가 즐겨보는 뉴스전문채널에 몇 번을 반복해서 시간마다 방영될 텐데 아내가 어떻게 받아들일지 걱정이 되었다.

"범인 검거 소식이 뉴스에 크게 나왔나 봐, 특히 당신이 많이 도움이 되었다고."

"응, 그랬대? 그럼 됐어, 앞으로 할 일이 더 중요하니까."

집에 도착한 후 잠깐의 휴식과 간단한 식사를 마치고 나서 아내는 곧바로 육조단경을 읽어달라고 요청했다. 나는 해설서가 있는 덕이본 육조단경을 처음부터 본문 내용만 또박또박 한 문장 한 문장 읽어가며 아내의 표정을 살폈다. 아내는 경의 내용을 마음 바탕에 새기듯 집중해서 듣고 있었다.

"잠깐, 오프닝 멘트로 뭔가 넣어야 하긴 하겠지만, 탁발승이 응무소주이생기심을 외우는 장면을 새벽예불처럼 합창으로 하면 좋을 것 같아, 오늘은 내가 말하는 것을 좀 메모해 줘, 이제 장면을 만들고 대사도 만들어 가게, 사실 대사는 경을 그대로 옮겨도 되는 부분이 많아서."

"그럼, 구상하고 있는 장면부터 쭉 말해 봐, 일단 메모를 해놓고 나서 정리하면서 살을 붙여 보자."

"응, 오프닝 멘트로 성덕왕이 육조가 지니고 있는 가사를 탐하게 되는 배경을 설명해 줘야겠지, 육조정상탈취비사의 전반부 내용으로 하면 좋을 것 같아, 성덕왕이 가락국의 혈통에 서자 출신으로 왕이 되면서 닥치게 되는 상황을 묘사하고."

"그럼 동시대 배경으로 당나라 신흥주에 있는 혜능의 구법 이야기로 대비시키면 되겠네."

"새벽 예불을 배경음악으로 실루엣 효과를 노려보는 거야, 무대 전면에 약간 불투명한 실루엣 막을 내려놓고 안개 속의 풍경처럼 혜능이 나무를 팔고, 금강경 독송을 듣고, 한 스님에게 금강경의 출처를 묻고, 황매헌 홍인 스님을 소개받고, 혜능이 어머니와 이별하고 홍인을 만나러 가는 장면까지 예불 소리는 계속 이어지고."

"그리고 나서 실루엣을 걷으면 홍인과 만나서 대화를 나누는 장면이 무척 살겠는데."

"조명효과를 이용해서 더욱 더 살려야지. 굉장히 중요한 장면이니까, 압도적인 포인트를 주면서, 중요한 것은 혜능의 답변을 듣고 홍인이 깜짝 놀랐음에도 불구하고 그걸 숨기는 걸 복선으로 깔아야 돼."

나는 아내가 강조하는 내용들을 메모하면서, 또 다른 필요 사항이 있으면 다시 묻기도 하면서 대화를 진행해 나갔다.

"다음 장면은 다시 실루엣을 내려서 혜능이 후원에서 장작을 패고, 방아를 찧고, 돌을 짊어지고 소처럼 도르래를 돌리는 장면을 역시 약간의 불투명한 안개 속 풍경으로 속도감 있게 진행하는데 여기서도 중요한 것은 이 과정을 홍인 스님이 지켜보고 있다는 거야."

"그 다음 장면이 게송을 지어 올리는 장면인데."

"홍인 스님이 게송을 지어 올리라고 하명하는 장면은 목소리로만 처리해도 될 것 같아, 그리고 실루엣을 걷어 올려 무대를 밝게 하고, 신수 게송장면은 코러스 합창이나 판소리 형태로 진행하면 좋겠는데, 신수가 게송을 지어 올렸을 때 게송은 현장에서 바로 붓을 들고 퍼포먼스처럼 일필휘지로 써가는 장면으로 만들어도 되겠고, 여기서 중요한 포인트는 홍인 스님의 이중적인 태도를 꼭 보여줘야 한다는 거야, 대중을 향해서는 이 게송에 의지하여 도를 닦으면 악도에 떨어지지 않고 큰 이익이 있을 것이라고 말하고는 신수를 조용히 불러 아직 문 밖에 있음을 일러주면서 더욱 분발하도록 하는 장면으로…"

"다음 장면은 대중들이 신수가 지은 게송을 외우고 다니는 장면인데 거리나 광장으로 하면 좋겠지?"

"좁은 거리에서 광장으로 나가는 장면으로 하면 더욱 좋을 것 같아, 한 사미승이 신수의 게송을 외우는 소리를 듣고 혜능이 자신을 게송이 적혀 있는 곳으로 데려다 줄 것을 청하는 장면도 있어야 하니까, 그리고 혜능이 게송을 지어 올리는 장면인데 이 장면은 조금 속도를 늦춰가면서 천천히 진행하는 것이 좋겠어, 혜능이 글자를 모르지만 게송을 올리고 싶은 강렬한 의지를 지니고 있는 것, 주변의 사미승에 대필을 부탁하지만 거절당하는 것, 비웃으며 쑥덕거리기도 하는 대중의 모습, 이들의 경망스러운 태도를 꾸짖는 혜능의 용감한 모습과 이 모습을 보고 범상치 않음을 느낀 한 사미승의 도움으로 게송이 올라가는 장면까지, 혜능이 올리는 게송을 좀 더 극적으로 만들어야 하는데 그 방법은 많이 연구해 봐야겠지, 여기서 두 가지 포인트를 놓치면 안 되는데 하나는 대중들 중에 일부는 혜능의 게송을 보고 곧바로 그 깊이를 알아보고 감탄한다는 거야, 그리고 또 하나는 홍인 스님이 갑자기 나타나서 게송을 보게 되는데 게송을 훑어보고는 곧바로 신발로 문질러 지워버리고 만다는 거지, 그리고 대중들 앞에서 아직 견성하지 못한 글이라고 평가하면서 폄훼하는 거야, 다음 장면에 다시 실루엣이 내려지고 캄캄한 밤, 홍인 스님이 혜능을 비밀스럽게 조용히 불러 의발을 전수하고 멀리 피하도록 하는 장면인데, 이 때, 고승 혜명이 엿듣고 있는 모습을 반드시 넣어야 돼, 여기까지 1막으로 처리하고 통일신라 상황으로 넘어오는 거야."

아내가 여기까지 말하고는 지친 기색으로 소파에 등을 기대고 앉아 휴식을 취하고 있을 때 휴대폰 신호음이 울렸다. 휴대폰 창에 떠 있는 전화번호가 주소창에 없는 모르는 번호였다. 나는 일부러 아내가 안단테 칸타빌레를 감상하도록 받거나 거절하지 않고 내버려두었다. 연주는 끝없이 이어졌다. 할인상품 광고 전화나 불법사이트 가입안내 전화는 아닌 것 같았다.

"받아 봐, 통화가 꼭 필요한 분 같은데."

아내의 질책에 나는 버튼을 우측으로 밀어 올리며 휴대폰을 들었다.

"여보세요,"

"안녕하세요, 조계종 총무원 문화붑니다. 무진님 맞죠?"

"예? 그렇습니다만, 어쩐 일로?"

"반갑습니다. 제가 전화를 드리게 된 것은 긴밀한 사안을 상의하기 위해섭니다. 육조 정상에 관한 건데요. 지금 바쁘지 않으시면 조금 길게 통화하실 수 있겠는지요?"

"그렇게 시간이 넉넉하진 않지만, 굉장히 긴급하게 말씀하실 내용이 있는 것 같군요."

"예, 지금 막 총무원 문화부 소속 스님들이 회의를 마쳤고 제가 연락책을 맡아 전화를 드리는 것인데요, 육조 정상을 긴급하게 불교문화재로 지정해서 국외로 유출되는 것을 막아야 한다는 의견들이 많아서요. 저희가 문화재청에 협조 요청을 해 놓긴 했는데요. 국가기관에서 하기에는 법률적인 문제와 절차가 복잡하고 시간이 많이 걸릴 것 같아 일단 저희들이 빨리 움직여서 유출부터 막자는 결의를 했습니다."

"지금 제가 가지고 있지도 않고 제가 소유자도 아닌데 어떻게 아시고?"

"사실은 육조 스님의 영골이 처음 언론에 공개될 때부터 관심을 갖고 있었습니다. 경매에 참여해서 일단 확보해야 한다는 의견도 있었고요. 하지만 저희가 참여하게 되면 터무니없이 가격이 올라갈 수도 있다는 의견과 영골이 상업적으로 거래되는 현장에 참여할 수는 없다는 의견들이 많아 참여하지 않기로 한 겁니다. 그렇지만 끊임없이 관심을 놓지 않고 낙찰 이후의 대책까지 세우고 있었는데 불행한 사건이 생긴 겁니다. 은행 측에 행방을 계속해서 알아보고 있었는데 무진님께 소유권이 넘어갈 거라는 말을 들었습니다. 그런데 무진님이 영골을 광동성 남화선사에 되돌려줘야 한다는 생각을 강하게 하고 있는 것으로 알고 있어 이렇게 먼저 전화를 드리는 겁니다."

"저는 스승님으로부터 유언으로 부탁받은 책임이 있어서,"

"그런 모든 사실들을 저희도 파악하고 있는데요. 육조사 스님의 종지를 그대로 변함없이 지켜가고 있는 우리 종단으로서는 스님의 영골은 꼭 지켜야 한다는 사명감을 포기하기가 어려울 것 같습니다. 오늘은 일단 제가 뜻을 전한 거고요. 조만간에 저희 문화부 부장 스님과 총무원장 스님이 댁을 방문하실 겁니다. 그 때 많은 애길 나눌 수 있는 기회를 주셨으면 합니다."

"제 생각은 쉽게 변하지 않을 겁니다만, 방문까지,"

"저희가 좀 더 많은 사항들을 고려해서 빠른 시간 내에 다시 전화 드리도록 하겠습니다."

"저는 스승님의 유언을 성취하는 것이 옳다고 생각합니다."

"예, 무진님의 올곧은 신심은 알겠는데요, 만허 스님 때는 종단이 정비되지 않아 그런 생각을 하신 것 같습니다. 그러나 지금 우리 조계종이 혜능조사께서 전파하고자 하신 선의 종지를 지키고 있는 마당에,"

"에, 그럼."

소파에 앉아 통화하는 모습을 지켜보고 있던 아내는 누구와 무슨 내용으로 통화하는지 대략 짐작을 하고 있을 텐데 통화가 끝나고 난 후 아무런 반응을 보이지 않았다. 나는 어색함을 풀기 위해 육조단경을 집어 들었다.

"오늘은 그만해, 당신 구신리도 가야 하고."

나는 휴대폰에서 도우미학생의 전화번호를 찾아 연락을 취하고 도움을 요청했다. 적음으로부터 연락이 왔다. 적음은 자신의 차로 가자며 나를 픽업하러 오고 있는 중이라고 했다.

30   시심마

침묵을 지키며 거칠게 운전하는 적음을 몇 번 탓하다 보니 구신리 여몽의 토굴에 벌써 도착했다. 여몽은 아무 일 없었던 사람처럼 가부좌를 틀고 두터운 방석에 앉아 있었다. 여몽 부인은 보이지 않았다. 토굴 주변은 깔끔하게 정리되었고 토굴 내부도 단정하게 수리되어 있었다. 부서졌던 문이나 깨진 유리창 등이 새것으로 말끔하게 교체되어 있었다. 우리가 기척을 하자 여몽이 가부좌를 풀고 반갑게 맞아 주었다.

"깨끗하지? 경찰에서 미안했는지 미리 손을 봐 놨어."

"마두금의 언덕에 어미 낙타는 어디 갔지?"

"응, 며칠 안 가 본 약국이 궁금하다고 올라갔어."

여몽과 적음이 친근하게 만남의 기쁨을 나누고 있을 때 내가 끼어들었다.

"험한 산 하나 넘어 오니 농담이 오가는구나."

"도 닦는 사람들이 험한 산 하나 넘었다고 풀어지면 안 되지, 한 차례 뼈 속에 스며드는 추위를 견뎌 내야 할 사람들이."

"그래야지만, 코를 찌르는 향기를 얻을 수 있는 거야?"

"황벽 스님은 참으로 엄격한 분이셨어."

"그러니 임제 같은 천재들도 아무 소리 못하고 몽둥이 맞아가며 배웠지, 덕분에 큰 인재가 되었지만."

"우리가 이렇게 좋은 날, 여몽의 출옥을 기념하여 곡차 한잔해야지 않겠어? 준비를 좀 해 왔지, 잠깐만."

적음은 토굴 앞마당에 주차되어 있던 차 트렁크 속에서 술과 안주가 잔뜩 담긴 박스를 안고 토굴 안으로 들어왔다.

"여몽이 좋아하는 와인도 좀 준비하고 요즘 철에 맞는 과일도 좀 가져왔다."

참으로 오랜만에 셋이 모여 격의 없는 대화를 나누고 있었다.

"영숙이, 몇 년 됐지? 가면서 그랬지, 자기는 절망에 목 졸려죽어도 남은 우리들은 희망을 곱씹으며 살라고."

"영숙이 얘긴 왜 꺼내. 하긴 경찰서에서 철창 안에 갇혀 있는 여몽을 보니 영숙이가 많이 겹쳐 보이긴 하더라만."

"여몽은 이제 병 속에 든 새를 꺼낼 수 있나?"

여몽은 확실히 뭔가 달라진 모습이었다. 말수가 부쩍 줄어 있었고 표정이나 행동거지가 넌지시 세간의 풍파를 벗어나 있는 듯한 분위기가 느껴지기도 하였다.

"지금 막 꺼냈거든, 보여줄까? 옜다,"

여몽은 주먹을 쥐었다가 빈 손바닥을 펼쳐 보이며 잠깐 헛웃음을 쳤다. 예사롭지 않은 모습이었다.

"어, 안 보이네. 벌써 날아갔나?"

"무슨, 고승의 흉내를 내고 그래?"

여몽은 적음과 내가 어색해하자 엄숙한 표정으로 중얼거리듯 말했다.

"우린, 너무 오랜 세월 병속에 새가 들어있다는 말에 속아 온 거야,"

"새는 없어, 그러니 꺼낼 일이 없는 거지. 모든 존재는 있는 그대로 존재가 아니야. 다행스럽게도 난 경찰에 체포되어 가는 순간 그걸 깨달았어. 내 몸이 경찰에 붙잡히고 완력으로 딱 포박되는 순간."

적음은 여몽의 고백을 굳은 표정으로 듣고 있다가 술 한 잔을 입안에 떨어 넣고 나서 말했다. 때때로 이런 한 소식 비슷한 말을 들을라치면 농담을 쏟아내며 진지하게 말하는 당사자를 난처하게 만들어버리던 적음이었다.

"위대한 스승이 지금 여몽이 한 말을 들었다면 뭐라고 할까? 아마, 뭔가 깨달은 바가 있을 때 그 때가 가장 위험한 때이니 조심해야 한다고 말할 것 같은데."

잠시 셋은 침묵을 지키며 술잔을 비워 나갔다. 나는 적음의 직설이 자칫 뾰족하게 느껴질 수 있다는 생각에 입을 열었다.

"적음, 혜능이 언제 제자의 깨달음을 인가해 줬는지 알아? '닦고 증득할 것이 없습니다.'라고 말할 때가 아니야, 그 대답에는 공부를 조금 더 하라고 되돌려 보냈어. 인가를 해 줄 때는, '닦아 증득할 것은 있으나 물들어 더러워진 바는 없습니다'라고 대답했을 때지. 여몽한테 적음이 그렇게 막말을 할 계제가 아니야."

적음과 나의 대화가 조금씩 어긋나가고 있었다. 적음이 취기가 많이 돌았는지 코를 벌름거리는 특유의 표정을 몇 번 짓더니 장광설을 쏟아내기 시작했다.

"난, 말이야, 깨달음이란 중도(中道)라고 생각해, 중도란 뭐냐? 중용지도(中庸之道)의 약자란 말이야, 잘 알겠지만 중용은 사서, 삼경 중에서 가장 종교적 성격이 강한 책이잖아. 중용의 의미는 말 그대로 中을 쓰는 거야. 용 자가 그게 쓸 용 자거든, 그렇다면 中이란 무엇이냐? 여몽, 中이 뭐라고 생각해?"

"좀 취한 것 같다, 사설 늘어놓는 것 보니, 아무리 좋은 말도 말 없음만 못하잖아."

여몽은 적음이 현학을 부리며 길게 말하는 것을 그리 좋아하지 않았다.

"무진, 무진은 中이 뭐라고 생각해, 설마 이쪽저쪽도 아닌 가운데쯤으로 생각하지는 않겠지. 그럼 이렇게 물어볼까? 중국이 어찌 나라 이름을 中國이라 지었을까? 中이라는 한자어는 말이야, 입구(口)에다 하늘에서 땅으로 내리지를 곤(ㅣ)이 합쳐진 글자야. 너희들도 잘 알겠지, 자 그럼 두 가지 의미를 합쳐보자고, 하늘에서 땅으로 내려오는 말을 입으로 받는 모양을 딴 문자가 바로 中이란 말이야. 그러면 하늘은 무엇이냐? 하늘이 무엇일까? 아니 먼저 하나님을 물어볼까? 하나님이 무엇일까?"

"하나님이고 개뿔이고 이제 그만 해, 말로 생사문제를 어떻게 해결하나?"

여몽은 계속해서 적음을 저지하기 위해 노력했지만 적음의 방사(放射)를 막을 수는 없었다. 적음이 작정하고 자신의 논리를 펼칠 때는 이미 결론까지 지어놓고 하는 경우가 대부분이기 때문에 끝까지 들어줄 수밖에 없었다.

"하나님은 늘 하나인 아(我)님을 말하는 거잖아? 하늘은 늘 하나인 것을 하늘이라 한단 말이야. 늘 하나, 둘로 나눠질 수 없는 것. 참 우리말은 좋은 말이야, 늘은 끝이 없이 영원한 것을 말하는 거잖아? 영원히 하나인 것은 변함이 없는 것이지. 항상 그것이 그것인 것, 우리는 그것을 여여도 부족해 진여라고 하잖아. 바로 진여법성이 늘 하나인 것이고 물들어 더러워진 적이 없으니 청정법체가 늘 하나인 것이고, 변하지 않고 늘 하나인 것이 참 생명인 부처이니 늘 하나인 것이 바로 부처님인 거야. 바로 이 늘 하나인 하늘에서 말을 받아쓰는 것이 중용이란 말이야. 말을 받아쓴다는 말은 혜(慧)로 베푼다 혹은 행(行)으로 펼쳐 쓴다고 생각해도 돼. 그러니까 중용은 늘 하나로 고요한 정(定)에서 우러난 지혜를 쓰는 것을 말한단 말이야, 내가 같은 말을 계속 반복하고 있는가? 또한 신령한 앎인 영지(靈知)가 행으로 펼쳐지는 지행합일을 말하는 것이 아니겠어? 자, 그러면 도(道)란 무엇이냐? 여몽, 도가 뭐여?"

"뒷산에 뻐꾸기 울음소리지 뭐여?"

"아니, 그 뭐시냐 뻐꾸기 말고, 내가 묻는 것은 단순한 한자의 의미를 묻는 거야. 무진! 한번 생각해봐, 한자로 道를 써놓고, 내가 생각하는 道는 머리를 하늘로 곧추세우고 달리는 것을 말하는 거여, 道는 달릴주(走)에 머리수(首)를 합친 거잖아. 책받침변이 달릴주를 의미한다는 것은 잘 알 것이고, 오로지 늘 하나인 참나를 향해 머리를 곧추세우고, 즉 하늘을 향해 머리를 곧추세우고 달리는 모양을 한자로 만든 것이 곧 도란 말이여, 도는 움직인 채로 움직임이 없는 즉 늘 하나인 생명의 자유자재한 활동을 말하는 것이여. 움직임이 있다면 벌써 늘 하나가 아닌 것이지. 중도는 즉 중용지도는, 다시 정리해서 그 의미를 언어로 형상화해 보자면 늘 하나인 진여법체에서 지혜가 우러나 써지는 것, 곧 늘 하나인 생명의 자유자재한 활동을 말하는 것이여."

몇 번을 저지해도 적음이 계속 말을 이어가자 여몽은 잠시 밖으로 나가고 나는 적음의 달변과 열정이 대단하게 느껴져 고개를 끄덕이면서 들어주고 있었다. 적음은 말을 다 마치고 나서 지쳤는지 앉은 채로 졸고 있었다. 여몽이 안으로 들어와 주섬주섬 널브러진 술병과 먹다 남은 안주들을 치우고 자신의 방석에 앉았다. 나는 적음이 누울 자리를 깨끗하게 치우고 나서 적음을 편안하게 눕혔다. 여몽이 지긋이 그 모습을 보고 있다가 말했다.

"옛날에 우리가 소양강에서 통통배를 타고 오봉산에 갔을 때가 생각나네, 그 때도 적음이 저렇게 혼자 떠들다가 앉아서 꾸벅꾸벅 조는 것을 재웠었는데, 적음이 참 외로워 보인다."

"적음이 지금 우리가 있는 이 자리에 사찰을 짓고 싶어 해, 딸처럼 사고 후 장애를 안고 있는 사람들이 재활할 수 있는 곳도 짓고 싶어 하고."

"알고 있어, 언젠가 나한테 얘기한 적 있거든."

"내 아내는 아이를 입양해서 기르고 싶어 해."

"시력을 완전히 잃게 되었다며 가능하겠어?"

"의지가 강해. 너는 부쩍 공부가 깊어진 것 같다."

"이제 좌선이나 해탈에 집착하지 않아. 모든 게 있는 그대로 옳은 일인 것 같아. 마치 꿈속처럼 거죽만 있는 세상에 뭐 하나 손으로 움켜쥐고 싶은 욕망도 없고, 그냥 담담히 지켜볼 뿐이야. 뭘 내세우거나 뭘 들이고 싶지도 않고. 뭐든지 내 일이다 싶으면 다급해지지만 남의 일이다 싶으면 멀찍이서 쳐다만 보아도 돼. 경찰이 들이닥쳐 포박하면서 고함을 지르고 하는데도 꼭 남의 일처럼 겉돌고 있더라고. 그래서 내가 한번 반항을 해 봤지. 발길질로 문도 부숴 보고. 그런데도 내 일이 아닌 거야. 자꾸 이런 생각만 들었어. 인연 따라 생기는 일은 본래 생겨난 일이 아니다. 이상하지? 이 말을 의식적으로 되새기고 있다는 것이."

나는 여몽의 말을 들으며 어딘가를 향해 가고 있었다. 비행기를 탔던 것 같기도 하였다.

혹시 여기가 비행기 안인가? 맞다, 광저우행 비행기 안이었다. 광저우에서 고속열차를 타고 40분만 가면 사오관에 도착한다. 생각이 앞서고 움직임은 뒤따라 달렸다. 사오관에 있는 남화선사에 도착했을 때 해가 뉘엿뉘엿 지고 있었다. 서쪽 단하산 기슭이 석양으로 붉게 물들어가고 있었다. 절 앞으로 소담한 개울이 흐르고 절 뒤에 있는 낮은 산은 마을을 포근히 감싸고 있었다. 남화선사 산문 처마 밑의 조계란 편액이 강렬하게 눈길을 사로잡았다. 나는 손에 힘을 주어 보자기를 불끈 움켜쥐었다. 보자기 속에는 육조 정상을 모셔놓은 함이 들어 있었다. 이제 위대한 스승의 유언을 성취할 수 있게 되었다. 마지막까지 아무 탈 없이 이루어지려면 일주문을 통과하여 조전에 이를 때까지 발걸음 하나하나를 조심스럽게 살펴야 할 것이다. 조계산문과 보림문을 지나니 작은 연못이 나타난다. 연못을 가로지르는 다리를 건너자 사천왕문이 있고, 바로 사천왕문 뒤에는 거대한 규모의 대웅보전이 자리를 잡고 있었다. 오가는 사람들의 표정을 살피며 대웅보전으로 들어가지 않고 조전의 위치를 찾았다. 장경각이나 영조탑을 둘러볼 여유를 가질 수도 없었다. 드디어 찾았다. '祖殿'이라는 편액이 눈길을 사로잡았다. 많은 순례객들이 조전의 문 앞에서 웅성거리고 있었다. 보자기를 가슴에 안고 순례 일행들 틈 사이에 끼어 두근거리는 마음으로 한 발짝씩 조전을 향해 이동했다. 순례 일행 모두 혜능의 등신불 앞에 무릎을 꿇고 삼배를 올리고 있었다. 나는 우두커니 서서 등신불을 살펴보았다. 마치 소인천국의 작은 거인처럼 자그마한 등신불이 유리관 안에 천진하고 온화한 표정으로 앉아 있었다.

나는 목 부위를 자세하게 살펴보았다. 진하게 옻칠을 하여 검게 빛나고 있는 얼굴을 받치고 있는 목 부위에 선명하게 칼로 잘린 자국이 드러나 있었다. 아! 고통으로 일그러져 있어야 할 얼굴이 저렇듯 평화롭다니, 나는 보자기를 가슴에 안고 무릎을 꿇어 삼배를 올렸다. 그리고 고개를 들어 등신불을 쳐다보는 순간 나는 깜짝 놀라지 않을 수 없었다. 온화한 표정으로 묵묵히 앉아 있던 혜능이 갑자기 일어서더니 유리관의 문을 열고 뚜벅뚜벅 걸어 나오는 것이 아닌가. 마치 1000년이 넘게 동면해 있던 개구리나 도룡농이 꿈틀꿈틀 살아 나오듯이 혜능은 굳은 표정으로 나에게 다가왔다. 그리고 마치 메아리처럼 은은한 목소리로 준엄하게 꾸짖었다.

"그대는 아직도 형상에 머물러 있는가? 나는 형상이 없네, 뭣하러 이런 허튼짓을 하는가? 나는 머무름이 없네, 그대는 어찌내가 그 해골에 머물러 있을 것이라고 생각하는가? 망상을 멈추게. 그리고 오직 얼굴 없는 참사람, 그걸 찾게, 시간이 급하네, 이 무엇인가?"

준엄한 꾸짖음에 어찌할 바를 몰라 어리둥절하다가 뭔가 하나 물어보고 싶은 생각이 들어 정신을 차렸으나 이미 혜능은 다시 유리관 속으로 뚜벅뚜벅 걸어 들어가고 있었다. 나는 갑자기 '이 무엇인가?'라고 외치고 싶은 생각에 몸을 뒤척이다 꿈에서 깨어났다.

여기가 어딘가 한참을 궁리하다가 마두금의 언덕이라는 말이 떠오르고 여몽의 토굴에 와 있었다는 기억이 되살아나면서 주변을 둘러보았다. 적음은 아까 누인 그 자리에서 코를 골며 자고 있었고 여몽은 결가부좌를 한 채 자리에 미동 없이 앉아 있었다. 혹시 자는 걸까? 여몽은 또 무슨 꿈을 꾸고 있는 것일까?

에필로그

○
○

　줄탁동기를 생각해 본다. 때에 따라 줄탁동시라고도 한다. 줄
도 탁도 쪼는 것을 이른다. 줄(啐)은 달걀이 부화하려 할 때 알
속에서 나는 소리, 탁(啄)은 어미 닭이 그 소리를 듣고 바로 껍질
을 쪼아 깨뜨리는 것을 말한다. 옛 선사들이 흔히 썼던 비유로
서 참 좋은 의미를 담고 있다.

　어미 닭이 새끼를 부화하기 위해 알을 자신의 따뜻한 품에 품
는다. 어미의 (따뜻한)체온으로 수정란은 점점 병아리의 형태를
갖추며 성장하고 마침내 알을 깨고 밖으로 나갈 때가 되었을 때
연한 부리로 안에서 "나가자고 나가자고" 쪼아 댄다. 그 소리를
듣고 어미 닭은 병아리가 나올 때가 되었음을 알게 되어 강력한
부리로 탁 쪼아 준다. 병아리라는 새 생명이 탄생하는 혁명적인
사건이 발생하는 순간이다.

　연한 부리의 쪼아댐과 튼튼한 부리의 쪼아댐이 동시에 이루
어져야만 생명이 열린다. 어미 닭이 쪼아 주지 않으면 병아리의
연한 부리로 그 두꺼운 달걀의 껍데기를 어찌 깨고 나올 수 있
으랴? 또한 병아리가 연한 부리로 신호를 보내지 않는다면 어미
닭이 쪼아 줄 때를 놓쳐 결정적인 순간을 만날 수 없을 것이다.

너무 빨라도 안 되고 너무 늦어도 안 되고, 가장 적절하게 잘 익어 비로소 나올 수 있을 때, 그때 어미 닭의 한 번의 탁, 그것이 결정적으로 중요하다. 그런 소설을 한 편 써 보자는 생각을 했었다. 그러나 얼마나 부질없는 생각인가? 단지 말일 뿐이다. 말은 항상 그것이 아닌 것을 강변한다. 텅 비어 깨끗한 마음은 맑고 시원해서 말이 필요 없다. 그저 있는 그대로 받아들일 뿐이다.

모두 다 꿈인데,
모두가 다 헛것인데….

혜능이 오다

초판 1쇄 인쇄일 2019년 04월 17일
초판 1쇄 발행일 2019년 04월 23일

지은이 이정우
펴낸이 양옥매
디자인 임홍순 송다희

펴낸곳 도서출판 책과나무
출판등록 제2012-000376
주소 서울특별시 마포구 방울내로 79 이노빌딩 302호
대표전화 02.372.1537 **팩스** 02.372.1538
이메일 booknamu2007@naver.com
홈페이지 www.booknamu.com
ISBN 979-11-5776-716-8 (03810)

이 도서의 국립중앙도서관 출판예정도서목록(CIP)은
서지정보유통지원시스템 홈페이지(http://seoji.nl.go.kr)와
국가자료종합목록시스템(http://www.nl.go.kr/kolisnet)에서 이용하실 수
있습니다. (CIP제어번호: CIP2019014535)

* 이 도서는 한국문화예술위원회, (재)충남문화재단에서 기금을 보조받아 발간되었습니다.